Carola Clasen
Eifelmädchen

Bisher von der Autorin bei KBV erschienen:

Seit 1998 schreibt **Carola Clasen** Kriminalromane, die in der Eifel spielen. *Eifelmädchen* ist ihr neunter Roman mit der eigenwilligen Kommissarin Sonja Senger. Auch mit ihren Kurzgeschichten und Lesungen hat Carola Clasen sich einen Namen in der Region gemacht. Die »Queen of Eifel-Crime« lebt und arbeitet in Köln.

Carola Clasen

Eifelmädchen

1. Auflage August 2015
2. Auflage Dezember 2015
3. Auflage April 2016
4. Auflage Januar 2018

© KBV Verlags- und Mediengesellschaft mbH, Hillesheim
www.kbv-verlag.de
E-Mail: info@kbv-verlag.de
Telefon: 0 65 93 - 998 96-0
Fax: 0 65 93 - 998 96-20
Umschlaggestaltung: Ralf Kramp
unter Verwendung von:
© ibush, © Stefan Körber – www.fotolia.de
Redaktion: Volker Maria Neumann, Köln
Druck & Bindung: GGP Media GmbH, Pößneck
Printed in Germany
ISBN 978-3-95441-255-6

Jeder ist an allem schuld
(F. M. Dostojewski 1821-1881)

Prolog

Der Tag hatte so gut angefangen.

Sie wollten ausreiten, querfeldein, ohne ein Ziel, sie hatten den ganzen Tag Zeit. Es war sein Geburtstag.

Er war noch ein Anfänger und hatte bisher immer die kleine, sanfte Sally geritten, die sich durch nichts aus der Ruhe bringen ließ. Aber heute war ein besonderer Tag. Es war sein 18. Geburtstag.

Endlich erlaubte sie ihm, Black Magic zu reiten – einen pechschwarzen, selbstbewussten Hengst, der manchmal unberechenbar war. Sie wollte ihm eine Freude machen.

Sie ritten nebeneinander. Sie sagte ihm, was er tun und lassen sollte. Erst hörte er auf sie, aber dann packte ihn der Übermut, er gab Black Magic die Sporen und forderte sie zu einem Rennen heraus.

Im Galopp ging es über den Feldweg hinauf zu den Hügeln. Am Waldrand holte sie ihn ein, ritt ein Stück voraus, wollte ihm den Weg versperren, riss die Zügel herum und schrie ihn an.

Sie schrie auch noch, als ihr Pferd strauchelte, über den Ast am Wegesrand stolperte und die Böschung hinunterstürzte.

Sie schrie auch noch, als es sich überschlug und gegen den Baumstamm prallte.

Dann war sie stumm und voller Blut.

1. Kapitel

Mr. Harper?«, fragte der junge Mann, der die schwere Eichentür aufzog.

Tony Harper nickte und bog die Schultern zurück.

»Bitte. Kommen Sie herein.«

Er betrat die dämmrige Empfangshalle, über der ein Geruch von Staub hing.

»Wenn Sie mir bitte folgen würden?«

Ihre Schritte auf dem alten, dunklen Teppich waren fast lautlos. Eine der Türen war angelehnt. Der junge Mann stieß sie auf und sagte: »Bitte sehr«, ehe er sich zurückzog und Tony sich allein auf der Türschwelle fand.

Ein Arbeitszimmer lag vor ihm, ein hoher, langgestreckter Raum mit zwei Fenstern. Vor einem war ein schwerer Vorhang zugezogen, durch das andere fiel ein breiter Lichtstrahl herein, in dem Staubkörner tanzten. Mittelpunkt war ein mächtiger Schreibtisch, hinter dem ein hagerer Mann saß und ihn müde herbeiwinkte.

»Dr. Weinberg!«, grüßte Tony den Mann. »Es freut mich, Sie zu sehen. Wie geht es Ihnen?«

»Setzen Sie sich.« Dr. Weinberg wies auf einen Ledersessel auf der anderen Seite seines Schreibtisches.

Tony ließ sich ächzend fallen. Mehr als achtzig Meilen über die Interstate 90, von Albany, New York, nach Springfield, Massachusetts, hatte er zurückgelegt, in einem klapprigen Gefährt, das die Bezeichnung Auto nicht mehr verdiente, und war von einem Stau in den anderen geraten. Er versuchte, sich nicht anmerken zu lassen, wie erschöpft er von dieser Tortur war. Er konnte es sich nicht leisten. Er brauchte diesen Job dringend. Er war der erste, der ihm seit einem Monat angeboten wurde. Was immer dieser Dr. Weinberg gleich fordern würde, Tony Harper musste es erfüllen. Alles!

Alles? Nein, eines würde er nicht tun, eines um keinen Preis.

Aber Weinberg hüllte sich vorerst in Schweigen. Er sah nicht gut aus, fand Tony. Abgemagert schien der Mann ihm gegenüber, seine Hautfarbe war gelblich, die Schatten unter seinen Augen unübersehbar, die faltigen Wangen eingefallen. Seine ungewöhnlich hohe Stirn war von Altersflecken übersät. Seine hageren Hände zitterten auf den Armlehnen des Ledersessels. Er lehnte seinen Kopf zurück, als machte es ihm Mühe ihn zu halten. Tony schätzte ihn auf Ende siebzig.

Bis auf das Ticken einer stolzen Standuhr war es still. Still wie in einer leeren Kirche. Deckenhohe Bücherregale und schwere Teppiche waren eine gute Dämmung. Eine grüne Bankerlampe mit Messingfuß beschien den Schreibtisch mit der modernen Telefonanlage, einem Tischkalender, einer Schale für Stifte und einer dunkelbraunen Ledermappe.

Tony saß im Schatten. Er räusperte sich, um sich bemerkbar zu machen. Weinberg reagierte nicht. Seine Augen waren zugefallen, vielleicht war er eingeschlafen, vermutete Tony und erhob sich. Auf Zehenspitzen trat er neben Weinberg, hob vorsichtig den Deckel der Ledermappe mit dem Daumen an und lugte hinein. Ein kleiner Stapel marmoriertes, dickes Papier, auf dessen erster Seite unter einem rot-blauen Wappen in großen Lettern stand: *LETZTER WILLE*. Tony ließ die Mappe zufallen, als er ein kleines, knackendes Geräusch vernahm, das aus der Telefonanlage kam. Dort blinkte ein grünes Licht, aber das hatte es schon die ganze Zeit über getan.

»Geboren ist er Ende 1978«, vernahm er eine raue Stimme hinter sich.

»Wer?«, fragte Tony irritiert.

»Mein Sohn!«

»Ihr Sohn?«, wiederholte Tony. Wieso wusste Dr. Weinberg nicht das Geburtsdatum seines Sohnes?

»Finden Sie ihn!«

»Ich brauche seinen Namen – und das Problem ist gelöst.«

»Feldmann«, stieß Dr. Weinberg hervor.

Tony zog die Stirn in Falten. »Und der Vorname?«, wiederholte er freundlich und beugte sich ein wenig hinab.

Dr. Weinberg schüttelte den Kopf.

Wieso wusste er nicht den Vornamen seines Sohnes?

Er forderte Tony mit einer Handbewegung auf, sich wieder zu hinzusetzen. »Man hat Sie mir empfohlen.«

»Das freut mich«, brachte Tony mühsam hervor.

»Sie sollen gut sein.«

»Das bin ich«, bestätigte er und warf mit kühnem Schwung seine Haare zurück. Sie waren grau, steingrau, und lang, hingen fast bis auf seine breiten Schultern. Sie waren dicht und glatt, und er war stolz darauf. Damit konnte er locker seine Leibesfülle überspielen. Er legte ein Bein auf das andere und betrachtete liebevoll seine grasgrüne, handgestrickte Socke. Es gab jemanden, der für ihn strickte. Die alte Mrs. Blankworth.

»Dann machen Sie Ihrem Ruf Ehre.«

»Darum bin ich hier, Dr. Weinberg.«

»Ich würde es selbst tun, aber mein Arzt hat mir das Reisen untersagt.«

»Das tut mir leid«, sagte Tony halbherzig.

Weinberg klopfte mit einem krummen Zeigefinger auf die Armlehne. »Bringen Sie meinen Sohn hierher. Hierher in dieses Haus. Zu mir, haben Sie verstanden?«

»Selbstverständlich.«

»Und jetzt gehen Sie, gehen Sie endlich!« Weinberg winkte ihn davon.

»Moment, bitte«, warf Tony ein. »Was darf ich ihm sagen? Vielmehr – was *soll* ich ihm sagen?«

»Das ist Ihr Problem. Sagen Sie ihm, was Sie wollen.«

»Wie Sie meinen. Aber da gibt es noch etwas, was ich Sie fragen möchte.«

»Ihr Honorar?«, fragte Weinberg mit bitterer Miene.

»Nein, nein. Das hatten wir geklärt: 800 Dollar pro Tag plus Spesen.«

Tony musterte sein Gegenüber und hoffte, dass Weinberg sich in der Zwischenzeit nicht eines Besseren besonnen hatte.

»1.000, wenn Sie es in 14 Tagen schaffen.«

1.000! Tony stockte der Atem. Für 1.000 Euro am Tag würde er alles machen. Restlos alles.

»Wenn ich vorher sterben sollte, zahlt meine Firma Sie aus. Ich habe entsprechende Anweisungen gegeben. Sie sehen, ich habe vorgesorgt.«

»Wo soll ich nach ihm suchen?«, fragte Tony und ging in Gedanken alle nordamerikanischen Staaten durch, die er per Zug, Bus oder Auto leicht erreichen konnte.

»In Europa.«

»Nein!«, entfuhr es ihm. Dr. Weinberg ahnte nicht, was er da verlangte.

»In Deutschland.«

»Nein!« Tonys Stimme brach.

»Haben Sie etwas gegen Deutschland?«

»Nichts«, beteuerte er schnell.

Im Gegenteil: Deutschland war sogar ein winziger Lichtblick. Im Gegensatz zu Amerika, wo man lediglich mit der entsprechenden Sozialversicherungsnummer weiterkam oder dann, wenn der Gesuchte mit dem Gesetz in Konflikt gekommen war, gab es in Deutschland wenigstens ein sogenanntes Einwohnermeldeamt, das bei Recherchen behilflich sein konnte. Aber Fliegen?

»Wittlich heißt die Stadt.«

»Witt… Wie schreibt sich das?«

Weinberg buchstabierte, Tony schrieb.

»Sprechen Sie eigentlich deutsch?«, wollte Weinberg wissen.

Tony machte das internationale Zeichen für ein bisschen. »Aber das ist kein Problem. Unsere Sprache ist eine Weltsprache, nicht wahr?«

»Wir werden sehen. Was wollen Sie noch wissen?«

»Was ist mit der Mutter Ihres Sohnes?«

Weinberg schüttelte entschieden den Kopf. »Das gehört nicht hierher.«

»Ein Foto von ihr würde mir helfen.«

»Es gibt keines. Und wenn es eines gäbe, wäre es 36 Jahre alt.«

»Gut«, sagte Tony. »Aber Sie können sich doch sicherlich an ihren Vornamen erinnern?«

Weinbergs Blick wanderte über Tony hinweg und kehrte zu ihm zurück. »Berthilde«, gab er endlich preis, sprach den Namen so leise aus, als handelte es sich um eine geheime Information.

»Wie bitte?«

»Berthilde.«

»Schöner Name«, sagte Tony, weil er dachte, dass Weinberg das gern hörte. »Berthilde Feldmann.«

Weinberg nickte.

»Können Sie sich noch an den Namen der Straße erinnern, in der sie gewohnt hat?«

»Mozartstraße«, stieß Weinberg hervor und presste die Lippen aufeinander, als hätte er schon viel zu viel gesagt.

»Wunderbar«, lobte Tony ihn. »Und die Hausnummer?«

Weinberg richtete seinen Blick nach innen.

»Ist auch schon alles sehr lange her«, tröstete Tony ihn und bemühte sich, sein wachsendes Entsetzen über den Auftrag in Schach zu halten. Wie sollte er das Zoe beibringen? Sie kannten sich noch nicht lange, er ließ sie ungern allein. Er war eifersüchtig und sie empfänglich für Komplimente.

»Ich war von 1970 bis 1977 in Spangdahlem stationiert«, hörte er Weinberg sagen. »Ich war Captain bei der Air Force.«

Tony wartete, dass er fortfuhr. Aber er tat es nicht. »Danach sind Sie zurück nach Amerika?«, half Tony nach einer Weile nach.

Weinberg klopfte auf seine rechte Armlehne. »Ja, hierher. Ich *musste* zurück. Ich gehöre hierher. Mein Vater hatte große Pläne mit mir. Ich habe die Army quittiert und studiert. Wissen Sie, ich sollte immer in die Firma meines Vaters einsteigen. Und ich habe es nie bereut. Mir konnte überhaupt nichts Besseres passieren.«

»Was ist das für eine Firma?«, fragte Tony.

»Das *Weinberg Research Center*. Wir betreiben medizinische Grundlagenforschung und haben uns auf seltene Krankheiten spezialisiert. Krankheiten, an denen weniger als 10.000 Menschen weltweit leiden. Krankheiten, die nicht lukrativ sind, es lohnt sich nicht, sie zu erforschen. Die meisten Institute haben weder Interesse daran noch machen sie Geld dafür frei.«

»Sehr interessant. Und Sie haben das Geld?«

Dr. Weinberg überging seine Frage. »Wenn Sie es genauer wissen wollen, kann ich Ihnen eine Broschüre mitgeben.« Er öffnete die Schublade seines Schreibtisches und zog einen Hochglanzprospekt hervor. Er schob ihn Tony entgegen.

»Sie sind also Arzt?«

»Neurologe.«

»Und Sie leiten die Firma immer noch?«

»Im Prinzip ja. Was soll ich machen? Ich habe keinen Erben ... mehr«, Dr. Weinberg schloss die Augen und schüttelte kaum merkbar den Kopf.

»Das tut mir leid«, sagte Tony und bemühte sich, Mitgefühl zu zeigen. Er dachte, dass es Schlimmeres auf der Welt gebe, zum Beispiel gar keine Firma zu haben.

»In einem rosa Haus hat Berthilde gewohnt«, hörte er Weinberg sagen.

Tony wollte ganz sicher sein, sich nicht verhört zu haben. »In einem rosa Haus auf der Mozartstraße, also.«

Weinberg nickte, ohne ihn anzusehen.

»Sie war doch sicher auch berufstätig?«

»Ja, sie war eine Blumenverkäuferin«, antwortete Weinberg. »So habe ich sie auch kennengelernt. Ich wollte Blumen kaufen für ein Abendessen, zu dem mich mein Colonel eingeladen hatte.« Er kratzte sich am Hinterkopf. »Ich wollte Rosen für seine Frau kaufen, aber Betty, ich meine Berthilde, hat mich davon überzeugt, dass Lilien viel passender sind. Weiße Lilien hat sie mir verkauft, ich weiß es noch ganz genau.«

»Können Sie sich erinnern, wo das Blumengeschäft war?«

Dr. Weinberg nickte erst, aber dann schüttelte er bedauernd den Kopf.

»Gut«, sagte Tony, obwohl nichts an diesem Auftrag gut war. Außer dem Honorar.

»Wann fliegen Sie?«, fragte Dr. Weinberg und richtete sich auf.

»Ich nehme morgen sofort den ersten Flieger vom Albany International«, behauptete Tony und klang sehr entschlossen, obwohl sich sein Magen allein bei der Vorstellung, ein Ticket zu lösen, bereits verkrampfte.

»Erst?« Weinberg war enttäuscht. »Warum fliegen Sie nicht heute? Ich könnte das arrangieren. Ich habe noch immer gute Beziehungen zur Air Force, Sie landen direkt in Spangdahlem und können sofort loslegen ...«

»Oh nein! Oh nein!«, Tony winkte erschrocken ab. Das ging viel zu schnell. Er musste sich erst seelisch auf den Flug einstellen. Dazu brauchte er mindestens eine Nacht. Eigentlich ein ganzes Leben. »Da muss ich Sie enttäuschen. Aber ich muss zuerst noch in mein Büro. Ich muss ein paar dringende Dinge erledigen und an meinen Assistenten delegieren, Sie verstehen, Sie sind nicht mein einziger Auftraggeber.«

»Nun denn«, kommentierte Dr. Weinberg sichtlich unzufrieden.

»Soll ich Sie telefonisch auf dem Laufenden halten?«, bot Tony an.

Weinberg winkte ab. »Auf keinen Fall. Unterstehen Sie sich. Sie bringen mir den Jungen. Sonst nichts.«

»Wird gemacht.«

Weinberg drückte auf einen Knopf auf seiner Telefonanlage und beugte sich über den Lautsprecher. »Unser Gast möchte gehen«, sagte er, als sich eine Frauenstimme meldete.

Kurz darauf öffnete sich die Tür und eine Frau ohne Alter erschien im Türrahmen.

Tony steckte seinen Notizblock ein, rollte den Hochglanzprospekt zusammen und schob ihn in die Tasche seiner schwarzen Cordjacke, die an den Rändern und am Kragen schon blank war. Er streckte die Hand aus und versprach: »Sie hören von mir.«

»Ich will nichts von Ihnen hören, ich will den Jungen hier haben.« Dr. Weinberg nahm Tonys ausgestreckte Hand nicht an. »Und beeilen Sie sich!«, sagte er und gab seinem Drehsessel einen Schwung, sodass er Tony den Rücken zukehrte.

»Das werde ich tun«. Auf dem Weg hinaus konnte Tony es nicht lassen, die Hausangestellte zu fragen. »Sind Sie schon lange für Dr. Weinberg und seine Frau tätig?«

»Seine Frau?«, fragte sie erstaunt zurück. »Er hat keine Frau.« Sie zog die schwere Eingangstür auf. »Gute Fahrt und auf Wiedersehen!«

Tony setzte einen Fuß auf die Außentreppe und holte tief Luft. Sie war klar, frisch und hell. Ein wahrer Genuss nach dem abgestandenen, staubigen Geruch im dämmrigen Inneren des Hauses. Der Blick in den Himmel versprach einen glänzenden Septembertag, den Tony nicht in Albany im *Ridgefield Park* würde genießen können. Keine durchzechten Nächte mehr im *Bogie's*, seiner Stammkneipe. Keine vertrödelten Tage mehr lang ausgestreckt auf der Couch im Souterrain, ausgestattet mit einer Illustrierten, einem doppelten Whisky und Michael Jackson. Die Zeiten des bequemen Wartens auf einen Auftrag waren vorbei.

Als die Tür hinter ihm zugeschoben wurde, warf er einen Blick in den Hochglanzprospekt des *Weinberg Research Centers*. Gleich auf der ersten Seite fand er ein Foto des Firmeninhabers. Prof. Dr. Dr. Daniel Weinberg aus dem Jahre 1984. Ein heller, wacher Blick in einem schmalen Gesicht mit einem wohldosierten Lächeln. Er trug seine dunklen Haare raspelkurz.

Im Text darunter folgte ein kurzer Abriss der Firmengeschichte. Die folgenden zehn Seiten widmeten sich Statistiken und grafischen Darstellungen über medizinische und geschäftliche Erfolge des WRC. Man rühmte sich der Zusammenarbeit mit anderen Instituten und diversen Universitäten. Schwerpunkt der Tätigkeit war die Erforschung seltener Erkrankungen, sogenannter *orphan deseases*. Die Liste dieser Erkrankungen, mit denen sich die Forschung nur ungern beschäftigte, war erschreckend lang. Tony hatte von keinem der Syndrome je gehört, aber sie klangen alle ziemlich aussichtslos. Erschüttert schlug er den Prospekt zu und steckte ihn wieder in seine Jackentasche. Eigentlich sollte er das WRC aufsuchen, um sich ein Bild von der Firma zu machen, aber der Senior hatte ihm keine Zeit gelassen, den Fall von der Pike auf zu recherchieren.

Tony sah sich um, hielt nach nichts Bestimmtem Ausschau, ließ den Anblick nur auf sich wirken. Das Gelände war menschenleer, gepflegt symmetrisch angelegt und mutete barock an. Exakt geschnittene Buchsbaumhecken schlängelten sich an den Kieswegen entlang. Zwei Springbrunnen plätscherten. Zwei Marmorstatuen bewachten einen kleinen Säulengang. Sogar die Vögel und die Wolken am Himmel traten paarweise auf.

Linker Hand waren eine Scheune und Stallungen zu erkennen, offene Boxen, eine Weide, ein kleiner Parcours und ein runder Longierplatz. Aber kein einziges Pferd war unterwegs.

Tony steckte die Hände in die Hosentaschen, stieg die Treppen hinab und pfiff *Thriller* von Michael Jackson. Der Auftrag war genial, 800, vielleicht sogar 1.000 an einem einzigen Tag! Unfassbar! Unvorstellbar! Wenn er zurückkam, konnte er sich ein neues Auto leisten. Und wenn er länger als 14 Tage brauchte, musste er nur sehen, dass er deutlich länger brauchte, dann kam er auch auf seine Kosten.

Wenn nur der Flug nicht wäre!

Wenn er Mrs. Blankworth, die seine Socken strickte, erzählen würde, dass er nach Europa reisen musste, würde sie ihm blaue Socken mit gelben Sternen stricken. Sie wohnte über ihm in Albany in der Norwood Avenue. Vielmehr wohnte er unter ihr im Souterrain. Er hatte der alten Damen zwei Jahre zuvor einen Dienst erwiesen. Sie war am helllichten Tag in ihrem Appartement überfallen und ausgeraubt worden. Nicht viel hatten die Diebe erbeutet, aber eine am Boden zerstörte Mrs. Blankworth zurückgelassen. Tony Harper war es – im Gegensatz zur Polizei – gelungen, den skrupellosen Einbrecher wenige Wochen später zu stellen. Der hatte das gestohlene Geld inzwischen allerdings ausgegeben, kam aber für eine Weile hinter Schloss und Riegel. Statt eines Honorars versprach Mrs. Blankworth Tony lebenslänglich handgestrickte Socken. Und sie strickte schnell, lieferte unaufhaltsam jeden Monat ein Paar ab. Ein fortschreitender grauer Star war schuld daran, dass die Socken mit der Zeit immer bunter und greller wurden und die Muster immer abenteuerlicher.

Tonys grasgrüne Socken leuchteten in der Sonne, als er auf sein rostiges Gefährt zuging, das in traurigem

Kontrast zur gepflegten Umgebung stand. Über die Beifahrertür stieg er ein und quetschte sich zum Fahrersitz durch. Nach einigen Anläufen sprang der Motor gnädig an. Mit asthmatischem Husten wendete das Gefährt in der Einfahrt und entließ in die klare Landluft eine blau-schwarze Rußwolke, durch die Tony einen letzten Blick auf den beeindruckenden Herrensitz werfen konnte.

2. Kapitel

Frieda Stein zählte ein weiteres Mal die Umzugskartons, die sich vor ihr auftürmten. Sie kam auf vier Reihen à vier Kartons, das machte 16 Kartons. Ihre Wohnung stand schon randvoll. Heute ging es nicht um Möbel, sondern um Schrankinhalte: Geschirr, Kleidung und Bücher. Bücher stellten zwei Drittel ihres Besitzes dar.

Sie sprang von der Ladefläche des gemieteten Sprinters, griff nach einem Karton, trug ihn über den Bürgersteig zwei flache Stufen hinauf ins schmale Treppenhaus, das hinter den Glasbausteinen lag, und stellte ihn auf die anderen, die sie dort zwischengelagert hatte. Als sie ihn abstellte, spürte sie einen heftigen Stich in den Lendenwirbeln. Sie stöhnte auf und stemmte beide Hände in die Hüften. Vielleicht hätte sie doch das Angebot ihrer Freunde annehmen sollen, anstatt etwas theatralisch darauf zu bestehen, diesen Weg – diesen ungeliebten Weg – allein zu gehen, allein und aufrecht. Von aufrecht konnte bald keine Rede mehr sein.

Sie lief zurück zum Auto und fuhr sich durch die kurzen Haare. Sie waren feucht. Sie strich über ihr Sweatshirt. Feucht. Es regnete leicht. Ein feiner, vornehmer Nieselregen, der aber auf Dauer nicht besser als ein ordentlicher Landregen war. Aber es war nicht kalt an diesem letzten Tag im September.

Ab morgen hatte sie endlich ein Auto zu Verfügung, und die Zeiten der kostspieligen Taxis, verpassten Straßenbahnen und ausgefallenen Busse waren endlich vorbei. Der Dienstwagen schien ihr einer der wenigen Vorteile ihres neuen Arbeitsplatzes zu sein. Ein weiterer war sicherlich das regelmäßige Einkommen, mit dem sie sich ein für alle Mal aus den Fängen ihres Vaters befreien konnte. Das Thema Vater war heikel. Aber jetzt war nicht die Zeit zu grübeln und zu hadern, jetzt war die Zeit zu handeln. Es galt, Kartons von A nach B zu tragen und den Sprinter bis 18 Uhr wieder abzuliefern.

Frieda stemmte einen weiteren Karton hoch, presste ihn an ihre Brust und schleppte ihn über den Bürgersteig ins Treppenhaus, einen Weg, den sie heute schon gefühlte hundert Mal gegangen war. Mehr als acht Kartons fasste der Eingangsbereich nicht. Nun ging es nach oben in den zweiten Stock, vorbei an geschlossenen Wohnungstüren, vergessenen Schuhen, Kinderwagen und Regenschirmen, und Frieda verfluchte jede einzelne Treppenstufe. Noch hatte sie keinen ihrer Nachbarn zu Gesicht bekommen. Es kam ihr vor, als wohnte sie ganz allein im Haus Nr. 73 auf der Reinaldstraße.

Ihre Wohnungstür stand offen. Sie setzte den Karton ab. Leider war von ihrer schönen Wohnung nicht mehr viel zu erkennen. Aber als sie sie zum ersten Mal gesehen hatte, hatte sie ihr gefallen. Sie war schlicht und einfach. Ohne Schnickschnack. Baujahr 1984. Das Bad hellblau, die Küche hellgrün gefliest, Diele, Wohn- und Schlafzimmer mit dem gleichen Teppichboden (mittel-beige meliert) ausgelegt. Die Loggia bot einen unend-lich weiten Blick über Ackerfurchen. An den Wänden klebten altmodische, ein wenig vergilbte Tapeten, die aber sehr gut zu den altmodischen Deckenlampen passten, die der Vormieter zurückgelassen hatte, der ein Nichtraucher gewesen war.

Friedas Mutter war entsetzt gewesen und hatte sich bereit erklärt, die Kosten für die Renovierung zu über-nehmen. Aber Frieda hatte abgewinkt. Die Möblierung beschränkte sich nun im Wesentlichen auf Bett und Schrank, Tisch und Stühle, und ein kleines, gelbes Sofa stand im Wohnzimmer. Ein Sammelsurium aus Bestän-den von Freunden, so wie es in ihren verschiedenen WG-Zimmern gewesen war, die sie während ihres Stu-diums an der HWR in Berlin bewohnt hatte. Danach war sie auf Drängen ihrer Eltern nach Köln zurückge-kehrt – ein Fehler, wie sich herausstellte. Aber immerhin hatte sie die erste Möglichkeit beim Schopf ergriffen und wieder das Weite gesucht. Und nun war sie hier in Euskirchen.

Sie lief die Treppen hinunter, nahm zwei Stufen auf einmal. Auf dem Bürgersteig rannte sie beinah einen vorübergehenden Mann um. Sie stolperte und hielt sich im letzten Moment an der geöffneten Tür des Sprinters fest.

15 Uhr. Zeit, eine Pause einzulegen. Sie stemmte sich hoch zur Ladefläche, setzte sich und ließ die Beine bau-

meln. Aus ihrer Schultertasche fischte sie sich eine Dose Cola hervor, öffnete sie, legte den Kopf in den Nacken und setzte sie an die Lippen.

Das Haus, in dem sie ab sofort leben würde, war das vorletzte auf der Reinaldstraße und bestand eigentlich aus zwei aneinandergebauten Häusern. Sie waren hellgelb gestrichen und boten auf zwei Stockwerken, jeweils sechs Parteien ein Dach über dem Kopf. Über beiden Eingängen, Nummer 73 und 75, erstreckten sich die Treppenhäuser hinter Glasbausteinen. Die Stockwerke wurden durch rot angestrichene Mauerabsätze getrennt.

Auf der Rückseite zeigten Loggien zu einer schmalen Rasenfläche mit einem kleinen Kinderspielplatz und einer Reihe eingezäunter Schrebergärten. Darauf folgten Ackerland, Überlandleitungen, ein Handymast, Windräder, am Horizont zog ein Traktor lautlos seine Runden. Idyllisch.

Aber irgendetwas stimmte hier nicht.

Nicht typisch – und damit Minuspunkte – waren die mehrstöckigen Wohnhäuser, die der kleinen Einfamilienhaus-Siedlung in einer Zeit der Wohnungsnot aufs Auge gedrückt worden waren. Zumindest wirkte das so. Wenn das hier ein Brennpunkt war – dann war Frieda Stein hier genau richtig.

Sie sah an ihrem Wohnhaus hoch. Alle Fenster, die zur Straßenseite zeigten, waren geschlossen. Gardinen schienen eine angepasste Ordnung zu verbergen. Aber darin irrte Frieda Stein. Gründlich.

Im Nachbarhaus, im zweiten Stock links, versank eine junge Frau gerade in ihrem Schaumbad. Immer, wenn sie aus dem Blumenladen kam, nahm sie zuerst ein langes, heißes Bad. Egal um welche Uhrzeit. Es war ein Ritual. Um die ganze Blumenerde loszuwerden, wie sie sich sagte, vielleicht war es auch mehr. Vorher war sie jedenfalls zu nichts zu gebrauchen. Zu dem Ritual gehörte es, die Badezimmertüre abzuschließen, nur die kleine Lampe über dem Spiegel leuchten zu lassen und den kleinen CD-Spieler auf den Badewannenrand zu stellen. Seitdem sie sich von ihrem Freund getrennt hatte, schwärmte sie für Liebeskummerlieder, und unter denen ganz besonders für den Ohrwurm *Auf anderen Wegen*. Den Refrain kannte sie in- und auswendig:

Mein Herz schlägt schneller als deins,
sie schlagen nicht mehr wie eins,
wir leuchten heller allein,
vielleicht muss es so sein …

Sie summte die Melodie mit, schloss die Augen und ließ sich tiefer sinken, bis sie unter Wasser lag und nur noch ihre Fußspitzen herausschauten. Der Schaum knisterte in ihren Ohren. Als er in ihre Augen lief, zog sie sich am Wannenrand hoch, griff nach dem Badehandtuch auf dem Schemel, trocknete ihre Augen ab und öffnete sie wieder mit klimpernden Lidern. Und erstarrte im gleichen Moment.

Die Türklinke senkte sich.

Sie hielt den Atem an. Ihr Herz schlug schneller. Angst kroch in ihre Adern. Ein Schauder lief ihr über den Rücken. Sie fror im heißen Wasser.

Die Türklinke hob sich. Begleitet von einem leisen Quietschen wurde sie erneut heruntergedrückt und ein großer, dunkler Schatten presste sich gegen den Ausschnitt im Türblatt aus geriffeltem Glas. Es sah aus und es hörte sich an, als gebe die Tür nach. Jeden Moment. Knacken, Schaben, Reißen. Das Türblatt wölbte sich ein wenig. Die beiden Angeln schienen bersten zu wollen.

Ich geb dich frei
Ich werd dich lieben
Bist ein Teil von mir geblieben

Die Sekunden standen still. Krampfhaft hielt Sandra sich am Wannenrand fest. Nackt und hilflos lag sie im Wasser. Ausgeliefert, ausweglos. Das halbhohe Fenster im Bad bot im zweiten Stock keine Fluchtmöglichkeit. Der Spiegel über dem Waschbecken war beschlagen. Ein Gefängnis. Sie saß in der Falle. Noch einmal presste sich der Schatten gegen die Tür, dann zog er sich zurück und verschwand. Schritte gingen im Flur hin und her, bedrohlich langsam, bedrohlich hart, mal kamen sie näher, mal entfernten sie sich, mal setzten sie aus, dann waren sie wieder zu hören.

Vielleicht muss es so sein
vielleicht muss es so sein
so sein so sein so sein

Endlich fiel die Wohnungstür ins Schloss. Sie stellte die Musik ab und lauschte. Langsam stemmte sie sich hoch, kletterte aus der Wanne und stellte sich auf ihre Kleidung, die verstreut auf dem Boden lag und eigentlich in die Schmutzwäsche gehörte. Nass wie sie war und mit kleinen Schaumkronen bedeckt, stieg sie in ihre Unterwäsche, zog die Jeans hoch und streifte den Pullover über. Die Socken ließ sie weg. Sie löschte das Licht und trat zur Tür. Sie versuchte, durch das geriffelte Glas etwas zu erkennen. Der helle Teppich, der im

Flur lag, warf ein diffuses, gelbes Licht zurück. Vorsichtig drückte sie die Türklinke herunter und zog die Tür auf. Die Türen zu Küche, Wohnzimmer und Schlafzimmer standen offen. Kein Schatten fiel von dort in den Flur. Sie horchte in ihre Wohnung hinein. Stille. Die einzigen Geräusche waren ihre eigenen Atemzüge. Kinderlachen drang von irgendwoher im Haus zu ihr. Ein Auto fuhr auf der Reinaldstraße vorbei. Eine Tür schlug zu. Musik verklang.

Mit nackten Füßen stieg sie in ihre hellgrauen Sneakers, die weißen Schnürsenkel ließ sie offen. Auch wenn sie sich langsam bewegte, war sie in allergrößter Eile. Noch ein Schritt, und sie war draußen. Sie schloss ab, als ihr das Medaillon einfiel. Sie fasste sich an den Hals. Sie hatte es ausgezogen, bevor sie in die Badewanne gestiegen war. Es musste noch auf der Ablage über dem Waschtisch liegen. Ohne Medaillon konnte sie unmöglich gehen. Aber zurück in die Wohnung und ins Bad? Nein!

Auch ihre Handtasche ließ sie zurück. Sie zog die Wohnungstür zu und schloss ab. Zweimal drehte sie den Schlüssel herum, ehe sie ihn in die Gesäßtasche ihrer Jeans schob und sich auf Zehenspitzen zur Treppe wandte. Am Geländer blickte sie hinab. War er noch im Haus? Wartete er unten auf sie? Ihre Beine zitterten, ihre Knie waren weich wie Butter, als sie sich krampfhaft am Geländer festhielt und Stufe für Stufe bewältigte. Sie verlor das Gleichgewicht, stieß mit der rechten Hand gegen die Wand – einen Raupputz, der ihr die badeweiche Haut an den Händen aufriss. Endlos bauten sich die Stufen vor ihr auf, verschwammen vor ihren Augen. Auf den Treppenabsätzen hielt sie kurz inne. Aber mehr als ihr Atem war nicht zu hören.

Je weiter sie hinabstieg, desto heller wurde es im Treppenhaus, denn durch die Haustür aus Glas fiel das Licht des Tages. Drei Stufen und sie hatte es geschafft. Mit letzter Kraft zog sie die Haustür auf, lehnte sich gegen den offenen Rahmen und schnappte nach Luft.

Am Straßenrand lud eine Frau Umzugskartons in einen Sprinter. Sandra versuchte zu rufen und zu winken, aber ihr Arm wollte ihr nicht gehorchen. Die Frau war beschäftigt, sah nicht herüber, sondern wandte Sandra den Rücken zu. Sie öffnete den Mund und rief: »Hallo!« Aber stattdessen brachte sie nur ein Wimmern zustande. Ihre Knie gaben nach, sie rutschte langsam am Türrahmen entlang.

Frieda Stein hielt inne. Ein seltsam unpassendes Geräusch drang zu ihr. Sie drehte sich um, blickte suchend umher und entdeckte in der Haustür des Nachbarhauses schließlich eine Frau, die am Türrahmen in der Hocke saß. Ihre langen, aschblonden Haare waren klatschnass und hingen ihr über das gerötete Gesicht, sodass nur ein offenstehender Mund zu erkennen war.

Mit wenigen Schritten war Frieda bei ihr und fing sie auf, hob sie hoch, trug sie auf ihren Armen kurzerhand zu ihrem Sprinter und legte sie auf die Ladefläche. Eine der Arbeitsdecken schob sie in einem Knäuel unter ihren Kopf, mit einer zweiten deckte sie sie zu. Aber die Frau strampelte sich sofort wieder frei. Beruhigend sprach Frieda auf sie ein, während sie in ihrer Hosentasche nach einem Taschentuch suchte, aber nur ein benutztes aus Stoff fand, das sie kaum anbieten konnte.

Die Frau legte beide Hände über ihr Gesicht. Auf dem Handrücken und den Fingerknöcheln der rechten Hand waren die frischen Schrammen nicht zu übersehen. Ein Fingernagel war abgebrochen. Sie trug Jeans und einen dunkelgrünen Pullover mit langen Ärmeln, sodass Frieda keine weiteren Wunden erkennen konnte. Bei näherem Hinsehen bemerkte sie, dass ihr Pullover auf links gedreht und der Reißverschluss der Jeans nur halb hochgezogen war, der Knopf nicht im Knopfloch. Vereinzelte, nasse Flecken auf den Oberschenkeln. Der linke Sneaker saß am rechten Fuß und umgekehrt. Die Schnürsenkel waren nicht zugebunden. Und Socken trug sie auch nicht. Ihre Fesseln glänzten feucht und waren von einer Gänsehaut überzogen.

Zögernd ließ die Frau die Hände von ihrem Gesicht sinken, als wollte sie sich vergewissern, ob ihre Retterin noch da war. Frieda lächelte ihr zu. Seltsamerweise sah die Frau rosig, wie frisch gebadet aus, ihre Augen waren gerötet. Frieda schätze sie auf Mitte dreißig.

»Wo bin ich?«

Frieda breitete die Arme aus. »In meinem Umzugswagen. Nicht besonders komfortabel, aber besser als nichts.«

»Und wer sind Sie?«

Frieda zeigte erst zum Haus und klopfte sich dann auf die Brust. »Ihre neue Nachbarin. Nummer 73. Ich ziehe gerade ein. Mein Name ist Stein. Friederike Stein.« Sie hoffte, die Frau würde ihr nun auch ihren Namen verraten. Aber sie presste ihre Lippen aufeinander. Sie versuchte sich aufzusetzen, stemmte die Hände auf die Ladefläche und verzog dabei ihr Gesicht.

»Immer langsam«, sagte Frieda und wollte sie stützen.

Die Frau wehrte sie mit einem finsteren Blick ab.

Frieda wich zurück und hob die Hände. »Was ist passiert?«

»Hingefallen«, stieß sie hervor, ließ die Beine von der Ladefläche baumeln, verschränkte die Arme vor der Brust und betrachtete den nassen Fleck, den sie hinterlassen hatte.

»In die Badewanne?« Frieda legte den Kopf schief. Es fiel ihr schwer, nicht über den Rücken der Frau zu streicheln. Er war so bemitleidenswert schmal und krumm. »Ich bringe Sie sofort zu einem Arzt.«

»Nein!«

»Ich kann einen Notarzt rufen.«

»Nein!« Sie zog ihre Stirn zornig zusammen.

»Soll ich Sie etwa zurück in Ihre Wohnung bringen?« Entsetzt blickte sie zu ihrem Haus hinüber.

»Dann vielleicht zu einer Freundin?«, schlug Frieda vor. Die Blicke der Frau hellten sich auf und sie nickte leicht.

»Gut«, sagte Frieda erleichtert, denn ihre nächste Frage wäre gewesen, ob sie zur Polizei wolle. Zur Polizei hatte sie ein gespaltenes Verhältnis. »Dann müssen Sie aber jetzt herunterklettern.« Sie trat einen Schritt zurück. Sie hatte nicht vor, die Frau noch einmal zu berühren.

Die Frau sprang vorsichtig herunter, kam unsicher auf, schwankte und hielt sich unwillkürlich an Friedas Armen fest. Schnell nahm sie ihre Hände wieder zurück, steckte sie kurz in beide Gesäßtaschen und zog sie sofort wieder hinaus.

Frieda machte einen großen Bogen um sie und öffnete die Beifahrertür des Sprinters. Ein rascher Blick auf die Uhr. Unwahrscheinlich, dass sie den Sprinter zeitig abgeben konnte. Als sie neben der Frau einstieg, hatte die sich schon angeschnallt.

»Wollen Sie Ihre Freundin nicht lieber vorher anrufen, ich meine, es könnte sein, dass sie nicht da ist und dann …?«

»Doch, ja«, antwortete sie mit leiser Stimme. »Aber mein Handy ist oben …«

Frieda zog ihres aus der Hosentasche und reichte es ihr. Es war eingeschaltet.

Die Frau tippte auf einige Tasten und hielt das Handy ans Ohr. »Nadine? Ja, hallo, ich bin's. Sandra. Nein, ist nicht mein Handy … ist doch egal … erzähl ich dir später … kann ich zu dir kommen? Jetzt sofort! Bitte! Ja? Gut. Ich bin noch in Euskirchen. Bis später.«

Sandra und Nadine, registrierte Frieda und klopfte aufs Lenkrad. Soweit so gut.

»Fahren Sie schon los«, kommandierte Sandra.

»Wohin denn?«

»Nach Groß-Vernich.«

»Aha«, sagte Frieda. »Und wo haben wir das? «

»Wenden Sie erst mal und fahren Sie die Straße da runter auf die Kessenicher Straße und danach da unten links«, sagte Sandra mit ausgestrecktem Arm.

Frieda tat wie ihr geheißen, fuhr über die Theodor-Nießen-Straße bis zur Kreuzung, bog links ab und passierte das Ortsschild *Kessenich*. Die restlichen Umzugskartons rutschten im Laderaum hin und her. Der Kessenicher Straße folgten sie am Ortsausgang in die Rechtskurve, überquerten die Erft und gelangten bald auf die Kölner Straße.

Frieda Stein, die sich weder in Euskirchen noch im Umland auskannte, entdeckte exotisch klingende, aber trostlos scheinende Orte wie Wüschheim, Ottenheim, Derkum, Hausweiler und fand, dass sie mit einer großen Stadt wie Euskirchen doch recht gut bedient war. Immerhin gab es dort sogar ein Kino.

Ihre Begleiterin schwieg. Frieda musterte ihr Profil. Die niedrige Stirn, eine Nase, die sich neugierig in die Höhe reckte und die vorstehende Oberlippe gaben ihr etwas Mädchenhaftes.

»Ich mache mir Sorgen um Sie«, sagte Frieda möglichst beiläufig und schaltete einen Gang höher.

»Das müssen Sie nicht.«

»Was haben Sie gesagt?«

»Das müssen Sie nicht«, schrie Sandra und rang die Hände.

»Aber ich mache es trotzdem.« Frieda blickte auf die nasse Jeans. »Das sieht nicht nach einem Sturz aus.«

»Wieso nicht?«

»Ich bin auch schon einmal hingefallen.«

»Ach, ja?«

»Bei mir persönlich hat sich nicht dabei der Pullover automatisch auf links gedreht. Mir sind nicht die Socken von den Füßen gefallen und die Schnürsenkel haben sich auch nicht geöffnet. Vom Reißverschluss meiner Jeans ganz zu schweigen. Und meine Haare waren nur dann nass, wenn ich in eine Pfütze gefallen bin …«

Ein Ortsschild kündigte Groß-Vernich an.

»Das geht Sie überhaupt nichts an.« Sandra zerrte an ihrem Pullover so lange herum, bis er die Hälfte ihrer Oberschenkel bedeckte.

Doch, dachte Frieda, das ging sie sehr viel an.

»Biegen Sie lieber hier ab«, kommandierte Sandra.

Frieda bremste im letzten Moment und bog rechts in die Josefstraße ab. Einfamilienhäuser, die seltsamerweise fortlaufend durchnummeriert waren. Vor der Nummer 31 bat Sandra anzuhalten und öffnete die Beifahrertür.

»Danke«, sagte Sandra und hob schon ein Bein zum Ausstieg.

»Moment.« Frieda legte eine Hand auf ihren Arm.

Sandra starrte entsetzt auf ihre Hand.

»Schon gut.« Frieda hatte es vergessen. Hände weg! »Vielleicht sehen wir uns noch einmal. Wir sind ja schließlich Nachbarn.«

»Hm«, knurrte Sandra.

»Passen Sie auf sich auf.«

Sandra lächelte spöttisch, stieg aus und murmelte dabei etwas Unverständliches.

»Was haben Sie gesagt?«, fragte Frieda und beugte sich vor.

»Nichts.«

»Doch. Sie haben doch gerade etwas gesagt.«

»Nein. Habe ich nicht.«

»Haben Sie doch«, beharrte Frieda. Sie wusste nicht genau, warum sie es tat. Es war ein Spiel. Sie wollte Sandras Aufmerksamkeit, wollte, dass sie sich an sie erinnerte.

»Eh, sind Sie taub oder was?«, blaffte Sandra sie an und schwang die Beifahrertür hin und her.

»Ja«, sagte Frieda, »aber nur auf einem Ohr.« Sie legte die Hand auf ihr linkes Ohr. »Aber das geht Sie nichts an.«

»Eben.« Sandra knallte ihr die Tür vor der Nase zu, ehe Frieda ihr erzählen konnte, wie es zu dem Unfall gekommen war, der ihr linkes Ohr für immer zu einem nutzlosen Körperteil gemacht hatte. Und das in so jungen Jahren, wie ihre Mutter immer wieder gern beklagte. Ihr ganzes Leben hatte sie noch vor sich. Mit einem halbem Gehör.

Auf dem Weg zum Haus stolperte Sandra über einen Schnürsenkel. Sie blickte sich nicht um, als sie sich am Treppengeländer die Stufen hochzog. Die Haustür wurde geöffnet, bevor sie klingeln konnte. Eine Frau zog sie schnell hinein und knallte die Tür hinter ihr zu. Kurz darauf erschienen hinter einem Fenster im Erdgeschoss zwei grimmige Gesichter.

Frieda winkte ihnen zu. »Gern geschehen.«

3. Kapitel

Am Vormittag ihres letztes Arbeitstages hatte Hauptkommissarin Sonja Senger ein bedrückendes Ritual über sich ergehen lassen müssen. Als sie ihren Dienstausweis, ihre Walther P99, die Kfz-Papiere und Kfz-Schlüssel abgegeben hatte, kam sie sich vor wie eine Schwerverbrecherin. Es hätte sie nicht gewundert, wenn sie auch den Gürtel aus ihrer Jeans und ihre Schnürsenkel hätte abliefern müssen. Die lobenden und aufmunternden Worte, die alle in den zuständigen Stellen für sie hatten, klangen in Sonjas Ohren wie Hohn.

Als sie zurück in ihr Büro am Ende des Flures ging, hatte sie eine seltsam geschäftige Unruhe, geheimnisvolles Tuscheln und bedeutsame Blicke bemerkt. Alles schien mit dem großen Besprechungsraum zu tun zu haben, der jedoch verschlossen war, als sie versuchte, die Türen zu öffnen.

»Was ist hier los?«, rief sie, als sie ihr Büro betrat.

Hauptkommissar Brummer und sein Kollege Hauptkommissar Neugebauer, die seit vielen Jahren mit

Sonja Senger die Mordkommission der Polizeibehörde Euskirchen repräsentierten, gaben sich nichts ahnend.

»Ich weiß nicht, was du meinst«, brummte Brummer.

»Was soll hier schon los sein?«, fragte Neugebauer und blinzelte nervös.

Sonja ließ sich auf ihren Drehstuhl fallen und begann, hin und her zu rollen. »Ihr seid gemein.«

Brummer: »So kann man das nicht sagen.«

Neugebauer: »Das ist eine sehr unqualifizierte Äußerung.«

Sonja musterte ihre Kollegen. Sie wusste, sie musste nur lange genug insistieren, irgendwann rückten sie mit Informationen heraus. Es gab verschiedene Methoden, zum Ziel zu kommen. Mal half es, anklagend zu schweigen, um ihr Mitleid zu wecken, mal half es, sie mit aufgeregten Worten zu überhäufen und an die Wand zu reden.

Sie wusste noch nicht, für welche Methode sie sich entscheiden sollte, als Brummer sagte: »Eigentlich dürfen wir nichts sagen.«

»Genau.« Neugebauer nickte und kaute hungrig an einem Bleistift.

»Ich will es aber wissen.« Sonja stand auf und trat ans Fenster. Sie presste ihre Stirn gegen das kühle Glas. Sie wollte nicht glauben, was sie ahnte. Unten auf dem Parkplatz stand der Lieferwagen eines Catering-Service.

»Du ahnst es sicher, oder?«, meinte Neugebauer hinter ihr.

»Nein!«, antwortete Sonja und wandte sich um. »Hat das mit mir zu tun?«

Neugebauer und Brummer blickten sich fragend an und kamen schließlich überein zu nicken.

»Etwa eine Abschiedsfeier?«

Nicken.

»Aber es wird keine Abschiedsfeier geben. Roggenmeier hat es mir versprochen.«

Neugebauer fiel der Bleistift aus dem Mundwinkel, Brummer verschluckte sich. Hilflos breiteten sie die Arme aus.

Sonja spürte, wie sie rot wurde, ihr Herz schlug schneller, ihr Puls klopfte in den Schläfen. Sie fühlte sich verraten. Roggenmeier hatte ihr zugesichert, auf die übliche Abschiedsfeier zu verzichten. Sie wollte keine Reden, keine Geschenke, keine Urkunde, keine Blumen. Sie wollte einfach gehen und sonst nichts. Und er wollte ihren letzten Willen erfüllen.

»Er hat es mir hoch und heilig versprochen!«, schrie sie aufgebracht und stampfte mit dem Fuß auf.

»Aber …«, begann Brummer.

»So ein …!«, fluchte Sonja und stapfte in ihrem Büro hin und her, umkreiste die Kollegen, die sich duckten, und konnte es nicht fassen. »So ein …!«

»Das haben wir nicht gewusst«, beteuerte Neugebauer. »Vielleicht konnte er nicht anders.«

»Ehrlich nicht!«, rief Brummer und legte seine Hand aufs Herz. »Es ist doch einfach so üblich.«

»Üblich?« Plötzlich blieb sie stehen und fuhr ihn an: »Und die Neue?«

»Die kommt auch.«

»Auch das ist normal«, versuchte Neugebauer sie zu beruhigen.

»Normal?« Sonja setzte ihren Weg durch das Büro fort. »Das nennt ihr normal?« Als sie wieder stehen blieb, fragte sie: »Und was mache ich jetzt?«

»Es wird doch bestimmt ganz nett«, tröstete Neugebauer sie. »Man wird nur Gutes über dich sagen, was auch sonst? Sie werden alle deine gelösten Fälle aufzählen.«

»Und es gibt bestimmt was Leckeres zu essen und zu trinken«, ergänzte Brummer.

»Nie!«, schrie Sonja. »Niemals gehe ich da hin!« Sie plumpste auf ihren Drehstuhl, rollte dicht an ihren Schreibtisch heran, stützte die Ellbogen auf und verbarg ihr Gesicht in ihren Händen. Es war ihr ganz und gar unmöglich, auf dieser Abschiedsfeier zu erscheinen. Sie wollte Roggenmeier nie wiedersehen.

Nach einer Weile ließ Sonja ihre Hände sinken und blickte ihre Kollegen ratlos an.

»Dann geh doch nicht hin!«, schlug Brummer vor.

»Genau. Würde ich an deiner Stelle auch nicht tun«, steuerte Neugebauer bei, lehnte sich zurück und kreuzte die Arme über der Brust. »Du könntest dich hier ab 15 Uhr einschließen.«

»Wieso 15 Uhr?«, fuhr Sonja ihn ungeduldig an.

»Um 15 Uhr beginnt die Feier.«

»Pah!«

»Für zwei Stunden. Bis Dienstschluss.«

»Pah!«

Schweigen breitete sich im Büro aus.

»Kann einer von euch mich vielleicht nach Hause bringen?«, fragte Sonja leise, ohne die Kollegen anzusehen.

»Klar«, antworteten beide im Chor und sprangen auf. »Klar. Sofort oder später. Wann immer du willst.«

»Jetzt«, sagte sie.

Und so gingen die drei nebeneinander über den langen Flur. Sonja in ihrer Mitte, Schulter an Schulter mit festen Schritten und entschlossenem Blick, sodass niemand, der ihnen über den Weg lief, es wagte, ihnen eine Frage zu stellen oder sie aufzuhalten.

Die Fahrt von Euskirchen nach Wolfgarten, einer kleinen Ortschaft in der Nähe von Gemünd, verlief schweigend. Die Bedrückung war mit Händen greifbar. Der letzte Tag, das letzte Mal, die letzte gemeinsame Fahrt. Sie stand unter keinem guten Stern. Als sie vor dem Forsthaus am Ende der Stromleitung anhielten, stiegen sie alle drei aus. Aber hereinkommen wollten Brummer und Neugebauer nicht, verlegen vermieden sie jeden Blickkontakt.

»Du kannst dich hundertprozentig auf uns verlassen«, versprach Brummer, als er Sonja in den Arm nahm. »Wir wissen nicht, wo du bist.«

Auch Neugebauer zog sie an sich. »Wir erzählen dir morgen alles haarklein.«

»Los, haut schon ab!«, schickte Sonja sie mit belegter Stimme weg. Rührselig, wie sie waren, hätten sie ihr in diesem Augenblick alles versprochen. »Sonst verpasst ihr noch die Feier.«

Sie umarmten einander noch einmal und noch einmal.

Endlich stiegen die Kollegen ein. Umständlich wendete Brummer. Langsam schaukelten sie davon. Auch als das Auto schon längst hinter der Anhöhe verschwunden war, sah Sonja ihnen nach, als könnten sie auf die Idee kommen umzukehren. Aber das taten sie nicht.

Ihren letzten Tag im Dienst hatte sie sich anders vorgestellt.

Als sich ein mulmiges Verlassenheitsgefühl einstellte, blieb und nicht wieder weggehen wollte, beschloss Sonja, es mit einer Dusche zu bekämpfen. Das heiße Wasser sollte alles wegspülen, ab damit in den Ausguss, auf Nimmerwiedersehen. Aber als sie später im Bademantel, mit der Kapuze über den nassen Haaren, einem starken Kaffee und dem Kater West draußen auf der Ofenbank saß, ging es ihr nicht besser. Die Vorstellung, von nun an nie wieder nach Euskirchen in die Polizeibehörde zu fahren, nie wieder, aus keinem Anlass der Welt, war unwirklich und bedrückend. Sie fror.

Als es 16 Uhr wurde und im fernen Euskirchen ihre Abschiedsfeier ohne sie vermutlich gerade den Höhepunkt erreichte, hielt sie es nicht mehr auf der Ofenbank aus und folgte dem dringenden Bedürfnis, sich in ihr Bett zu verkriechen, die Decke über den Kopf zu ziehen und am helllichten Tag zu schlafen. Nichts zu tun als zu schlafen. Für immer.

West, der uralte, graue Kater, leistete ihr gern Gesellschaft. Schlafen war neben Fressen zu seiner Hauptbeschäftigung geworden. Für das Jagen und Herumstrolchen fühlte er sich mittlerweile zu alt, das überließ er den Jungen aus dem Dorf. Manchmal sah er ihnen von der Fensterbank aus zu und schien sich zu wundern. Er verfolgte sie nicht mehr und jagte ihnen ihre Beute nicht mehr ab, so wie früher. Er war ein alter, würdiger Herr geworden.

Halb im Traum flackerte die Wut auf Hauptkommissar Hans Roggenmeier in Sonja wieder auf. Sie verwünschte ihn nach allen Regeln der Kunst bis ans Ende seiner Tage und, wenn möglich, darüber hinaus. Durch sein unsägliches Vorgehen, seine bodenlose Ignoranz und sein destruktives Geschwätz war er zu ihrem neuen Lieblingsfeind avanciert. Er war es auch gewesen, der ihr nahegelegt hatte, aus dem Dienst auszuscheiden, als sie im vergangenen Jahr ihr 63. Lebensjahr vollendet hatte. Er pries ihr den Ruhestand als Himmel auf Erden und hatte doch nichts anderes im Sinn, als sie loszuwerden. Er pries ihr auch das Polizistenleben als Hölle auf Erden und hatte doch nichts anderes im Sinn, als es ohne sie zu genießen.

Dabei war weder das eine noch das andere für Sonja Senger Himmel oder Hölle. Entnervt hatte sie irgendwann nachgegeben. Sie wusste selbst nicht mehr genau, an welchem Tag er seinen Sieg hatte davontragen können. Vermutlich an einem dieser Tage, an denen sie selbst nicht genau wusste, was sie wollte. Davon gab es in ihrem Leben mehr als genug, hatte es immer schon gegeben und würde es immer geben. Tage, an denen man keine Entscheidungen fällen sollte. Tage, die man am besten abwartete, bis sie vorüber waren. Exakt an einem solchen Tag hatte Roggenmeier zugeschlagen, weil es angeblich ein Stichtag war.

Stich! Sonja ballte unter der Bettdecke die Fäuste und hoffte inständig, dass seine eigene Abschiedsfeier, die nächstes Jahr bevorstand, das Desaster des Jahres werden würde. Vielleicht konnte sie etwas dazu beitragen. Und hoffentlich blamierte er sich gerade bis auf die Knochen. Bei dieser Vorstellung fühlte sie Genugtuung.

Bevor der Schlaf sie übermannte, stellte sie fest, dass es die beste Entscheidung ihres Lebens war, der dienstlich angeordneten Abschiedsfeier fernzubleiben. Sie hatte nur einen einzigen Haken. Auf diese Weise lernte sie ihre Nachfolgerin nicht kennen.

Sie war vor ein paar Tagen im Gebäude gewesen und war in Roggenmeiers Büro vereidigt worden. Wie durch ein Wunder waren sie einander nicht begegnet. Sonja wusste nur, dass ihr Nachfolgerin eine Frau war. Aber wie hieß sie? Wie sah sie aus? Wie alt war sie? Sonja hatte gehört, dass sie erst Kommissarin war. Würde sie in der Lage sein, sich gegen Brummer, Neugebauer und Roggenmeier und wie sie alle hießen durchzusetzen? Würde sie so viel Biss und Hartnäckigkeit haben wie ihre Vorgängerin? Würde sie ein Bauchgefühl haben? Und wenn ja, würde sie darauf hören?

4. Kapitel

Alle waren sie gekommen. In Uniform und in Zivil. Vom Oberstaatsanwalt über den Hauptkommissar, den Inspektor, die Sekretärin bis hin zur Auszubildenden. Kollegen von befreundeten Kommissariaten waren angereist, ehemalige, längst im Ruhestand befindliche Beamte waren wieder aufgetaucht. Die Damen und Herren tummelten sich im großen Besprechungsraum der Kreispolizeibehörde Euskirchen, der unter dem ungewohnten Stimmengemurmel und Duftgemisch aus Essen, Blumen und Parfums aus allen Fugen geraten zu sein schien. An der langen Wand gegenüber dem Fenster lockte ein beeindruckendes Büfett eines bekannten Euskirchener Party-Service mit Häppchen und Salaten, Sekt und Orangensaft, Wasser, Kaffee und Tee. Auf dem Gabentisch neben dem Eingang überragte ein überdimensionaler, bunter Blumenstrauß die Entlassungsurkunde im goldenen Rahmen und die kleinen, liebevoll verpackten Päckchen der Kollegen.

Es war der 1. Oktober, Mittwoch und der offizielle Beginn der Feier war lange vorbei. Es ging bereits auf 16

Uhr zu. Aber immer noch fehlte die Hauptperson. Immer öfter war ein mahnender Blick auf die Uhr zu sehen und die Frage, wo sie nur bliebe, die zunächst freundlich und nachsichtig gestellt wurde, klang von Minute zu Minute ungeduldiger und drohender. Ratlose Blicke wichen verständnislosem Kopfschütteln. Irgendjemand hatte vergeblich versucht, sie anzurufen. Ihr Handy war ausgeschaltet. In ihrem Festnetztelefon lief der AB.

»Das ist mal wieder typisch.«

Köpfe fuhren herum. Wer hatte das gesagt? Gewagt zu sagen? An einem Tag wie heute, der allein ihrem Lob gehören sollte. Als der Täter nicht ausfindig gemacht werden konnte, setzte das allgemeine Gemurmel wieder ein. Lauernd und immer näher strich man um das Büfett herum. Der eine oder andere naschte bereits unauffällig oder ließ eine Frikadelle verschwinden. Den Sekt zu öffnen, wagte niemand.

Irgendjemanden könnte man doch losschicken, sie zu holen, schlug ein Oberkommissar vor, aber es fand sich niemand, der sich dazu bereit erklärte. Ein Schlauberger meinte, man solle eine Vermisstenanzeige aufgeben, wurde aber sofort von den Kollegen zusammengefaltet, da das bei Erwachsenen erst nach 72 Stunden rechtlich möglich sei.

Die Hauptkommissare Brummer und Neugebauer, die den Verbleib ihrer Chefin am meisten interessieren sollte, zeigten sich bei all dem seltsam zurückhaltend, wenn nicht gar geheimnistuerisch, und warfen einander verschwörerische Blicke zu.

Endlich trat Hauptkommissar Hans Roggenmeier aus der Menge hervor und stellte sich hinter das Mikrofon, das überflüssigerweise installiert worden war. Er räusperte sich und sagte schließlich: »So.« Für dieses »So« und seinen knochenbrecherischen Händedruck war er bekannt, und auch dafür, dass er der Leiter des Kriminalkommissariats und damit der direkte Vorgesetzte der heute zu feiernden und bisher nicht erschienenen Person war.

Nach und nach breitete sich Schweigen aus, und als es das Besprechungszimmer vollständig erfüllte und jemand die Tür bedeutungsvoll schloss, setzte Roggenmeier zu seiner Rede an. Wohl um den Tag und die Situation zu retten, vielleicht auch in der Hoffnung, sie tauche während seiner Worte noch auf, tat er so, als wäre die Abwesende anwesend.

»Liebe Frau Hauptkommissarin!«, rief er aus und musste sich recken, um mit seinem Mund in die Nähe des Mikrofons zu gelangen. Nicht jeder verstand diesen meisterlichen Kniff auf Anhieb. Die meisten verrenkten sich die Hälse nach der lieben Frau Hauptkommissarin. Vereinzelte murmelten: »Vortreten!« Wieder andere fragten: »Wo ist sie denn?«

»Liebe Frau Hauptkommissarin«, wiederholte Roggenmeier und rang die Hände. »Wir alle sind hier zusammengekommen, um mit Ihnen zusammen Ihren Abschied zu feiern. Wir sind der festen Überzeugung, dass ein persönlich wichtiges, positives und vor allem zukunftsweisendes Ereignis Sie im Augenblick daran hindert, Ihr Forsthaus …«

»… am Ende der Stromleitung«, steuerte Neugebauer bei.

Roggenmeier blitzte ihn wütend an und verlor den Faden. »… eh … zu … eh … zu verlassen und diesen

Ehrentag gemeinsam mit uns zu begehen. Ich bin überzeugt, dass Sie jeden Moment hier durch diese Tür kommen werden und ...«

»Das würde mich aber wundern«, brummte Brummer.

Roggenmeier verlor erneut den Faden. »... eh ... denn ... eh ... denn heute ist ein besonderer Tag. Bedeutet er doch für Sie, liebe Frau Hauptkommissarin, das Ende alle Verpflichtungen und den Anfang eines neuen Lebensabschnitts in Freiheit und Selbstbestimmung. Aber was wird aus uns? Ohne Sie! Wir werden Sie vermissen. Jeden Tag aufs Neue. Das müssen Sie uns glauben.« Er rieb sich die Hände, als wäre nun alles gesagt. »Nun möchte ich mich unserem Ehrengast zuwenden. Besonders begrüßen möchte ich an dieser Stelle Herrn Oberstaatsanwalt Wesseling, der extra aus Bonn angereist ist.«

Wesseling trat vor und stellte sich hölzern neben Roggenmeier. Er sah verschnupft aus. Sowohl körperlich als auch emotional. Er hatte zugenommen, sein Anzug saß ein bisschen zu knapp und warf in der Taille Querfalten. Er schien die Luft anhalten zu müssen, damit die Knöpfe nicht davonsprangen. Und aus dem Halskragen quoll der Nackenspeck. Diese Einengungen verhalfen seiner Haut zu einer ungesunden Rötung.

»Möchten Sie vielleicht etwas sagen?«, fragte Roggenmeier diensteifrig.

»Nein«, antwortete Wesseling und rümpfte die Nase. »Nicht, solange die Hauptkommissarin es vorzieht, dieser Veranstaltung fernzubleiben. Es ist eine Farce, hier ohne sie zu feiern.«

»Aber, aber«, versuchte Roggenmeier ihn zu beruhigen. »Wir wollen uns doch den Tag nicht verderben lassen. Ich bin dafür, dass jetzt der Sekt serviert wird. Sie wird gleich kommen, Sie werden sehen. Wenn es Sekt gibt, kommt sie immer.« Er lachte nervös auf und kommandierte: »Neugebauer! Sekt öffnen!«

Kaum war die Flasche entkorkt, wurde die Tür zum Besprechungsraum aufgestoßen. So unerwartet und schwungvoll bis zum Anschlag, dass die Türklinke in den Rücken eines Hauptkommissars stieß und dieser entsetzt beiseite sprang. Alle Köpfe fuhren herum. Roggenmeier starrte in den Türausschnitt, in dem zu seiner großen Verwunderung nicht die sehnsüchtig erwartete Hauptkommissarin stand, sondern eine verblüffend gut aussehende junge Frau.

»Ah, da sind Sie ja endlich!«, rief er aus.

»Entschuldigung! Ich habe mich wohl in der Tür geirrt.« Sie war leicht errötet, aber ihre Stimme war fest und klar.

»Nein, das haben Sie nicht«, ereiferte sich Roggenmeier. »Kommen Sie herein! Frau … Frau …« Er räusperte sich.

»Stein«, half ihm die Neue aus, lächelte nicht die Spur verlegen in die Runde und sagte: »Friederike Stein.«

Und ein erstauntes Raunen ging durch die Gesellschaft, die spontan in zwei Gruppen zersplitterte.

An Steins Aufmachung konnte es nicht liegen. Sie trug lässig und selbstverständlich, was sie immer zu tragen schien, Jeans, weiße Bluse, grünen Parka, Sneakers. Ihre dunklen Haare waren kurz geschnitten. Geschminkt war sie – wenn sie es war – unsichtbar.

Ihre hohen Wangen und ihr runder Mund hatten einen natürlichen, rosafarbenen Glanz. Wenn man an ihr etwas aussetzen wollte, dann war es höchstens ihre Länge. Sie überragte alle anwesenden Damen und steckte auch manchen Herrn an Körpergröße in die Tasche.

Die Damen schürzten bei ihrem Anblick die Lippen, zogen ihre Stirnen sorgenvoll kraus und warfen sich beredte Blicke zu. Ohne viele Worte war man sich einig: Eine Frau wie Friederike Stein war zu cool, zu jung, zu schlank, zu groß, zu schön, um gut zu sein. Eine Frau ohne Problemzonen. Wo gab es denn so etwas? Dem Gerücht nach war sie nicht einmal 30 Jahre alt, ein verwöhntes Einzelkind mit einem berühmten Vater. Helmut Stein war ein bekannter Rechtsmediziner, der früher in Aachen gearbeitet hatte, jetzt im Ruhestand zwar, aber immerhin. Es hieß, dass die kleine Friederike auch Medizin studieren sollte, wie der Herr Papa, es aber nicht gepackt hatte. Zweiter Versuch: Auch ihr Jura-Studium habe sie geschmissen. Danach habe der Vater sie aufgrund all seiner Beziehungen schließlich bei der Polizei unterbringen können, wo sie in der Polizeischule Jahrgangsbeste wurde. Und das hier war ihr allererster Job. So eine hatte hier noch gefehlt.

Die Herren hingegen – in der Überzahl – fanden sie umwerfend und wandten sich erleichtert dem Büfett zu.

5. Kapitel

»Sie ist weg«, raunte Nadine, nachdem der Sprinter vor ihrer Haustür weggefahren war. Sie wandte dem Fenster den Rücken zu und setzte sich neben Sandra auf ihre Couch, auf die die letzten Strahlen der Abendsonne fielen. Zum hundertsten Mal bereute sie, eine groß geblümte Couch gekauft zu haben. Egal, was man trug, man sah immer schrecklich darauf aus. »Wer war das überhaupt?«

»Ach«, winkte Sandra ab. »Eine Nachbarin. Keine Ahnung, wie sie heißt. Stein oder so. Sie zieht gerade neben mir ein.«

Nadine nahm Sandra in den Arm und ließ sie sofort wieder los. »Du bist ja ganz nass! Wieso? Wovon denn?«

Sandra stand auf und betrachtete den kleinen, nassen Fleck, den sie auf der Couch hinterlassen hatte. »Gibst du mir was zum Anziehen?«

»Ja, klar. Alles, was du willst. Nimm dir was aus meinem Schrank. Aber was ist denn passiert?«

»Kann ich heute Nacht hier schlafen?«, fragte Sandra weiter mit dumpfer Stimme.

»Natürlich, auch morgen, solange du willst. Du bekommst mein Bett. Ich schlafe hier auf der Couch.«

Sandra schluchzte auf.

»Ich mach uns was zu essen. Magst du Bratkartoffeln?«

Als sie aus dem Bad zurückkam, trug sie Nadines Bademantel, ein zerzaustes, lavendelfarbenes Plüschgewand, das bis auf den Boden reichte. An den Füßen Filzpantoffeln. Auch lavendelfarben. Ihre Haare hatte sie geföhnt, aber nicht frisiert. Sie hingen in einem blonden Berg aus Locken auf ihre Schultern.

»Leg dich so lange auf die Couch«, rief Nadine vom Herd aus. »Ich bin gleich fertig.«

Sandra gehorchte, schloss die Augen und lauschte den Kochgeräuschen. Sie schaffte es, für einen Augenblick an nichts zu denken.

»Essen ist fertig!«, hörte sie nach einer Weile, und der köstliche Duft von Zwiebeln, Speck und Bratkartoffeln stieg in ihre Nase. Sie rappelte sich auf.

Nadine hatte die Vorhänge vorgezogen und die Deckenlampe so weit heruntergezogen, dass nur der Küchentisch beschienen wurde. »Was möchtest du trinken?«, fragte sie. Sie stand am Gläserschrank.

»Champagner«, flüsterte Sandra, setzte sich, spießte eine Kartoffel auf, besah sie von allen Seiten, ehe sie sie sich in den Mund schob.

»Champagner?«, kicherte Nadine. »Du wirst lachen, ich habe sogar welchen im Haus. Na ja, eigentlich ist es Sekt, und er steht nicht einmal kalt.«

»Macht nix«, erklärte Sandra. »Heute ist alles egal.«

Nadine stellte Wassergläser auf den Tisch, öffnete

eine Flasche mit einem satten Plopp und goss die beiden Gläser randvoll. »Prost!«

Die beiden stießen an. Sandra mit Leichenbittermiene. Nadine mit einem heimlichen Grinsen, bis sie Sandras Hände auf dem Glas und die verletzten Handrücken entdeckte.

»Und jetzt erzähl endlich, was passiert ist.«

Sandra stocherte in den Bratkartoffeln herum.

Nadine stieß ihr den Ellbogen in die Seite. »Ich will alles wissen und zwar haargenau.«

Früher hätte sie über Nadines unbändige Neugier lachen müssen. Heute ging sie ihr auf die Nerven. Wo sollte sie beginnen? »Ich kam gerade aus dem Geschäft«, sagte sie, nippte am Sekt und hatte Mühe zu schlucken. »Es war erst Mittag, aber ich durfte früher Schluss machen, weil im Laden nichts los war. Ich habe noch ein bisschen eingekauft und bin danach zu Hause erst einmal in die Wanne gestiegen.«

»Wie üblich.« Das war nichts Neues. Nadine wusste, dass ihre Freundin nach ihrer Arbeit im Blumenladen immer ein langes, heißes Bad nahm und dabei Zeit und Raum verlor.

»Na ja, ich habe ein bisschen herumgeplanscht. Als ich wieder auftauchte, sah ich, wie die Türklinke heruntergedrückt wurde.«

Nadine blieb die Gabel im Mund stecken. »Oh, nein!«

»Doch.«

Sandra schilderte ihr albtraumhaftes Erlebnis, wie sie nackt und eingesperrt in der Badewanne lag, einem Raum ohne Fluchtweg, während ein Unbekannter in ihrer Wohnung war, sich gegen die Tür presste und versuchte, sie zu öffnen. Es klang dramatisch, und das war es auch gewesen, lebensbedrohlich, aber jetzt, da sie darüber sprechen konnte, ließ der Druck ein wenig nach. Immerhin war sie entkommen.

»Welch ein Glück, dass du wenigstens die Badezimmertür abgeschlossen hattest!«, stieß Nadine hervor, als sie sich von dem Schreck erholt hatte. Diese Marotte war für sie bisher nur Anlass zu Spott gewesen. »Noch besser wäre es allerdings, wenn du deine Wohnungstür abgeschlossen hättest.

»Hatte ich doch.«

»Oder besser: das Schloss längst ausgetauscht hättest.«

Sandra überging den Einwand. »Als er weg war, wollte ich nur noch raus, raus, raus. Ich hielt es in der Wohnung keine Sekunde mehr aus, ich weiß nicht einmal, ob er irgendwas geklaut hat.«

»Der ist nicht gekommen, um zu klauen«, behauptete Nadine im Brustton der Überzeugung.

»Sondern?«, fragte Sandra ängstlich.

Nadine schwieg.

»Wenn diese Stein, oder wie sie heißt, da unten nicht gestanden und mich aufgesammelt hätte, dann …«

»Warum hat sie dich eigentlich nicht zur Polizei gebracht?«

»Weil ich ihr gesagt habe, ich wäre hingefallen.«

»Und das hat sie dir geglaubt? So wie du ausgesehen hast?«

»Nein! Natürlich hat sie das nicht geglaubt. Aber das ist doch egal. Das geht sie auch nichts an.« Sandra hob drohend den Zeigefinger. »Und … es war *nicht* Christian. Vergiss es!«

Nadine verdrehte die Augen. »Natürlich war das Mister Wonderful. Wer denn sonst? Niemand anders hat den Schlüssel zu deiner Wohnung.« Als Sandra nicht antwortete, fuhr sie fort: »Du weißt, wie ich es finde, dass du das Türschloss noch immer nicht ausgetauscht hast.«

»Du hast es mir hundert Mal gesagt.«

»Aber du hast es trotzdem nicht getan.«

»Vielleicht hatte ich die Tür auch nicht richtig abgeschlossen?«, überlegte Sandra. »Vielleicht war sie auch nur angelehnt.« Sie wusste selbst, wie unwahrscheinlich diese These war.

Nadine tat, als hätte sie sie nicht gehört. »Mag sein, dass Christian es nicht selbst war, ein Typ wie der macht sich nicht die Hände dreckig. Schon klar. Aber dann war es ein Handlanger, wetten?«

Sandra schüttelte den Kopf, durchschnitt das Spiegelei, sodass das weiche Gelb über die Bratkartoffeln floss. Sie salzte nach und gab noch eine Prise Paprika dazu.

»So ein Bürschchen, das dir für ein paar Euros Angst einjagen sollte, weißt du?«

»Hör auf«, murmelte Sandra, ließ Messer und Gabel fallen und begann plötzlich wieder zu schluchzen, sie stand auf und wollte auf die Couch zurück.

»Entschuldige«, Nadine hielt sie auf und legte den Arm um sie. »Ich bin entsetzlich, ich weiß, aber es war doch klar, dass Christian sich das nicht gefallen lassen und über kurz oder lang zurückschlagen würde, er musste sich erst einmal etwas einfallen lassen.«

»Hör endlich auf, bitte!«, schluchzte Sandra. »Bitte! Lass mich!«

»Wer denn sonst, Sandra, denk doch mal nach. Wer denn sonst?« Nadine führte Sandra wie eine Blinde zur Couch und drückte sie auf die Sitzfläche. Sie knipste die Stehlampe an und legte eine Decke über Sandras Knie.

»Weiß ich nicht«, antwortete Sandra trotzig. »Ich bin doch alles selber schuld. Ich habe alles falsch gemacht. Ich hätte Christian nicht vor aller Welt den Wein über den Kopf gießen dürfen, ich …«

Nadine lachte. »Doch, der rote Wein auf seiner polierten Glatze, das war das Beste, was ich seit Langem gesehen habe. Das war einfach nur geil!«

»Ich versteh das alles nicht. Wir haben uns doch einmal so geliebt!«

Nadine hielt sich die Ohren zu. »Ich kann es nicht mehr hören.«

Aber es war doch die reine Wahrheit, nichts als die Wahrheit. Sie hatten sich fast vier Jahre lang heiß und innig geliebt und waren das glücklichste Paar der Welt gewesen. Ein ungleiches Paar zwar, er, Rechtsanwalt Christian Eckenhagen aus der renommierten Kanzlei Eckenhagen & Wolffs, und sie, Sandra Feldmann, die kleine kaufmännische Angestellte. Er war 16 Jahre älter als sie und ein Mann von Welt. Sie war schüchtern, meist alltäglich gekleidet, er steckte stets in eleganten Anzügen. Sie trug Sneakers, er weiche, italienische Lederschuhe. Sie sprach leise, er hatte einen unüberhörbaren, dominierenden Bass. Ihre Begegnung kam Sandra damals schicksalhaft und unausweichlich vor. Den Tag, an dem sie einander zum ersten Mal sahen, den würde sie nie wieder vergessen – so oder so.

Christian kam in ihre Firma, einen Handel für Büro-bedarf, um den Chef in einer Rechtsangelegenheit zu beraten. Als Sandra den Kaffee ins Besprechungszimmer brachte, hatte er ihr sofort gefallen. Seine Stimme, der Blickkontakt, seine Höflichkeit. Aber sie hatte auch gewusst, dass sie keine Chance bei ihm haben würde. Wie an jedem anderen Tag war sie auch heute nicht geschminkt und hatte ihre Haare zu einem strengen Zopf zusammengebunden. Sie hatte am Morgen keine Zeit gehabt, sich besondere Kleidung auszusuchen. Bis zum letzten Moment hatte ihre kranke Mutter, mit der sie zusammenlebte, sie in Anspruch genommen. Sie hatte nicht gewusst, dass sie ihn heute treffen würde.

Aber Christian Eckenhagen sah über das alles hinweg. Er schien es eilig zu haben, lud sie nach der Besprechung zu einem kleinen Abendessen auf dem Marktplatz ins *Maat Stüffje* ein. Es fehlten noch ein paar Unterlagen, ob sie diese vielleicht bei der Gelegenheit mitbringen könne. Sandra war viel zu überrascht, um abzulehnen. Sie ging früher aus dem Büro, um Zeit für den Friseur zu haben, vor dem Kleiderschrank eine Modenschau zu veranstalten und sich sorgfältig zu schminken und kam dann doch fast zu spät, aufgelöst und aufgeregt bis in die Haarspitzen. Christian dagegen verströmte Ruhe und Routine. Ihr gefiel die Art, wie er sie hofierte und sich nicht anmerken ließ, dass er spürte, wie unsicher sie war. Beim Prosecco bat er sie, ihn zu duzen. Beim Dessert – einer pechschwarzen *Mousse au chocolat* – wollte er wissen, auf welchen Umwegen sie in diese Firma geraten sei und ob sie dort etwa glücklich sei.

Glück? Sie erzählte ein wenig aus ihrem Leben. Dass sie ohne Vater aufgewachsen sei und ihre Mutter – an Demenz erkrankt – mit ihr zusammen sehr beengt in einer Zwei-Zimmer-Wohnung lebe.

Als sein Wagen spät am Abend vor ihrer Haustür hielt, erschlich er sich den ersten, unbeholfenen Kuss und das Versprechen, sie am nächsten Tag wiederzusehen. Verlegen und beseelt zugleich verabschiedete Sandra sich und kletterte die zwei Stockwerke hinauf in ihre Wohnung. Es brannte kein Licht, aus Mutters Zimmer drang kein Laut. Sandra trat an das Wohnzimmerfenster und sah Christian unten am Straßenrand stehen. Er winkte. Sie lächelte.

Jeden Tag ließ Sandra sich ein wenig mehr auf die Beziehung ein und konnte ihr neues Glück kaum fassen. Christian trug sie auf Händen und konnte nicht aufhören zu beteuern, dass sie das Beste sei, das ihm in seinem Leben begegnet war. Er überhäufte sie mit Geschenken und ermutigte sie, ihr langweiliges Arbeitsverhältnis im Büro zu beenden, und sich noch einmal auf die Schulbank zu setzen, das Abitur zu machen. Er verhalf ihr sogar zu einem kleinen Nebenjob in einem Blumengeschäft. Ihre Mutter brachte er im noblen *Rosengarten* unter, das am nördlichen Stadtrand lag und eher ein Schloss als ein Pflegeheim war – eine Aktion, die eher Eindruck auf Sandra als auf die alte Dame machte, die sich bereits in einem Stadium der Krankheit befand, in dem sie ihre Umgebung kaum mehr wahrnahm. Alles auf seine Kosten, er war ein wirklicher Gönner, versuchte auch, Sandra zu überreden aus ihrer kleinen Wohnung in der Reinaldstraße zu

ihm in sein modernes, riesengroßes, sonnendurchflute-
tes Appartement zu ziehen. Aber dazu war es nicht
mehr gekommen.

»Sandra!«, hörte sie Nadine ihren Namen rufen. Sie
spürte, wie sie an ihrer Schulter rüttelte. »Erde an Sandra!«

»Was ist?« Unwillig trennte sich Sandra von den
guten und schönen Erinnerungen an Christian und
blickte Nadine zerstreut an. Vier Jahre waren eine
lange Zeit, verglichen mit drei Wochen. Vier Jahre
Glück gegen drei Wochen Schrecken.

»Hast du vergessen, dass er es war, der dich betrogen
hat?«

»Nein, das habe ich nicht vergessen«, murmelte Sandra. »Und das werde ich auch nicht.« Wie könnte sie?

Von Hochzeit und Kindern war bereits die Rede
gewesen, als Sandras Welt in Stücke zerfiel. Sie hatte
keine Veränderung in ihrer beider Beziehung bemerkt,
und das war wohl das Schlimmste für sie. Wie lange
das wohl schon so ging? Sie hatte keine Gelegenheit
mehr, das herauszufinden. Am 14. September war sie
am Abend mit Nadine ausgegangen, weil Christian
eine Verabredung mit ihr kurzfristig abgesagt hatte. Er
müsse den ganzen Abend arbeiten, wahrscheinlich
auch die ganze Nacht. Es war Hochsaison in seiner
Kanzlei, die auch als Steuerberatung fungierte. Natürlich glaubte Sandra ihm jedes Wort. Ein Fehler, wie sich
herausstellte, denn wenig später entdeckte sie ihn auf
dem Alten Markt im Biergarten vor dem *Maat Stüffje* an
ihrem gemeinsamen Lieblingstisch mit einer anderen
Frau.

So tief und verliebt schaute er dieser Frau in die Augen, dass er Sandra nicht bemerkte.

Sie erstarrte, blieb mitten im Schritt stehen, als wäre sie vom Blitz gerührt. Ihr Herzschlag setzte aus. Ihr Kopf war leer. Ihren Körper spürte sie nicht mehr. Nadine reagierte, machte auf dem Absatz kehrt und zerrte Sandra hinter sich her, bis sie den Alten Markt nicht mehr sehen konnten. Aber Sandra riss sich los und rannte zurück, als hänge sie an einer unsichtbaren Schnur. Nadine folgte ihr aufgelöst. Hintereinander stürmten sie den Biergarten und nahmen an einem Tisch Platz, der sowohl weit entfernt als nah genug stand, um die Situation unbemerkt beobachten zu können.

Sandra bebte und starrte gefesselt hinüber. Das gurgelnde Kichern der jungen Frau, wie sie sich vorbeugte, sodass ihr Ausschnitt sich weit öffnete, wie sie ihre Haare zurückwarf, sich mit der Zunge über die Lippen fuhr, mit der Gabel im Essen pickte wie ein Vögelchen, mit den Augenlidern klimperte. Als einer ihrer Pumps sich unter dem Tisch nach Christians Schuhen ausstreckte, hielt Sandra es auf ihrem Platz nicht mehr aus.

Nadine versuchte, sie zurückzuhalten, aber es war zwecklos.

Christian bemerkte sie erst, als sie schon an seinem Tisch stand. Er riss die Augen für einen Moment weit auf. Im gleichen Augenblick griff Sandra nach einem der beiden Gläser, hob es und kippte es langsam über seinem Glatzkopf aus. Wie Blut rann der Rotwein über seine Stirn, seine Schläfen, die Wangen und das Kinn, er lief über den Anzug in seinen Schoß und auf die weiß gestärkte Tischdecke und seine Hosenbeine entlang. Er saß da wie gelähmt. Seiner Begleitung verging das Kichern, als halb Euskirchen Zeuge wurde, wie der renommierte Anwalt Christian Eckenhagen öffentlich gedemütigt wurde.

Er sagte kein Wort.

Das war das letzte Mal, dass Sandra ihn sah.

Er brach jeden Kontakt zu ihr ab. Keine Mail, keine SMS, kein Anruf, kein Treffen, kein Gespräch, keine Erklärungen, keine Vorwürfe, keine Entschuldigungen, aber auch keine monatlichen Überweisungen mehr. Nichts. Nicht nach einer Woche, nicht nach 14 Tagen, nicht nach drei Wochen. Es war vorbei.

Sandra ließ ihre Hände auf die Oberschenkel sinken und betrachtete im Schein der Stehlampe ihre verletzten Handrücken, lange und unverwandt, so, als würde sie durch sie hindurchsehen. Nadine war aufgestanden und machte sich an der Spüle zu schaffen. Wasser rauschte, Geschirr klapperte.

Sandras Gedanken überschlugen sich. Sie konnte unmöglich morgen arbeiten gehen. Nett und freundlich zu den Kunden sein und unauffällig zur Kollegin, das konnte ihr ohne Tränenausbrüche nicht gelingen. Sie konnte auch nicht in ihre Wohnung zurück. In der Badewanne stand noch das Wasser. Diese Vorstellung jagte ihr Angst ein. Auch ihre Mutter konnte sie morgen unmöglich besuchen. Sie würde sofort merken, dass es ihrer Tochter nicht gut ging. Sie hatte einen siebten Sinn und das würde sie in Aufregung versetzen, die nicht gut für sie war. Sie konnte überhaupt nichts mehr tun. Nichts außer schlafen.

In dieser ersten Nacht lagen Sandra und Nadine Seite an Seite in einem viel zu schmalen Bett. Sandra träumte ein wildes Durcheinander und wurde alle Stunde wach. Nadine tröstete sie, brachte mal einen kalten Waschlappen, mal eine heiße Wärmflasche und ließ eine kleine Lampe brennen.

Am nächsten Morgen musste Nadine zur Arbeit. Sandra schloss die Wohnung hinter ihr ab, rief ihre Chefin an, meldete sich krank und gab auch im Pflegeheim Bescheid, dass sie heute nicht kommen könne. Sie zog sich einen Stuhl ans Fenster und sah hinaus.

Es war nicht viel los auf der Josefstraße. Sie merkte kaum, wie die Zeit verging, hatte keinen Hunger, holte sich aber regelmäßig ein großes Glas Wasser auf ihren Beobachtungsposten. Sandra genoss das helle und warme Sonnenlicht, das um die Mittagszeit durchs Fenster fiel. Sie war noch im Schlafanzug, als Nadine am frühen Abend nach Hause kam. Sie aßen zusammen und gingen früh schlafen. Sandra im Bett, Nadine dieses Mal auf der geblümten Couch. Sie hatten beschlossen, am nächsten Tag nach Euskirchen zu fahren. Sie wollten versuchen, in der Reinaldstraße vor Sandras Wohnung zu parken. Und vielleicht, wenn alles gut ging, sogar die Wohnung gemeinsam betreten. Eine furchterregende Vorstellung für Sandra, die sie die halbe Nacht durch die Zimmer trieb. Sie fand keine Ruhe, legte sich schließlich wie ein Hund auf den Boden vor die Couch, wo Nadine schlummerte.

Sie fanden einen Parkplatz gegenüber von Haus Nr. 75 und stellten den Motor ab. Das Scheinwerferlicht erlosch. Es war später Nachmittag. Sandra hatte den ganzen Tag Zeit gehabt, sich verrückt zu machen und sich auszumalen, wie es in ihrer Wohnung aussah. Der weiße Sprinter ihre Retterin stand nicht mehr am Straßenrand – nicht verwunderlich, und doch schade. Sandra blickte am Nachbarhaus empor. Wolkenpakete zogen über das flache Dach hinweg. Diese Stein, oder wie ihre neue Nachbarin hieß, musste im zweiten Stock eingezogen sein, dort stand seit zwei Monaten eine Wohnung leer. Herr Schimmer war ein stiller, unauffälliger Mann gewesen, den man selten sah. Es hieß, er sei zu seiner Schwester gezogen, die nicht mehr allein leben konnte. Diese Stein war nicht da. Es brannte kein Licht. Die beiden Fenster waren geschlossen und auf den Fensterbänken türmten sich im Halbdunkel Bücherreihen.

Sandras Blick wanderte zu ihrer eigenen Wohnung im Nachbarhaus im gleichen Stockwerk, linke Seite, Wand an Wand mit dieser Stein. Nichts Ungewöhnliches war vom Auto aus zu erkennen. Auch hier brannte kein Licht. Die Fensterscheiben waren blank, die Gardinen hingen unverändert in ihren Falten. Es sah ganz so aus, als wäre hinter diesen Fenstern nie etwas Schreckliches geschehen.

»Was ist?«, fragte Nadine. »Gehen wir?«

Sandra reichte ihr den Schlüsselbund »Sieh zuerst im Briefkasten nach.«

Nadine nickte und stieg aus.

Die Briefkastenanlage befand sich außerhalb des Treppenhauses. Sandra beobachtete, wie die Außenbeleuchtung aufflammte und ihre Freundin den Briefkasten öffnete. Und ein paar Briefe und Ähnliches hervorzog. Nadine kam mir ihrer Beute zum Auto gelaufen. Sandra ließ die Fensterscheibe heruntergleiten.

»Kein Drohbrief«, sagte Nadine grinsend.

»Sehr witzig.«

Eine Rechnung von ihrer Versicherung, ein Schreiben von der Hausverwaltung, Werbezettel für eine Reinigung und für ein Pizza-Taxi.

Nadine reckte sich. »Und jetzt gehen wir in die Höhle der Löwin.«

»Zuerst du. Allein. Bitte. Lass die Haustür offenstehen und stell sie fest. Wink mir zu, wenn alles in Ordnung ist.«

»Ja, ja.« Nadine wandte sich ab und schritt auf die Haustür zu. Sie steckte den Schlüssel ins Schloss und trat ein. Das Treppenhauslicht bis zum obersten Stockwerk leuchtete auf. Ein gelblicher Lichtstrahl fiel aus dem Eingang auf den Weg.

Ein Auto fuhr vorbei und versperrte Sandra den Blick. Es hielt kurz an, wendete umständlich, und kehrte um, während der Fahrer sie interessiert musterte. Sandra verfolgte das Auto im Seitenspiegel so lange, bis es aus ihrem Blickfeld verschwand. Als sie erneut hinauf zu den Fenstern ihrer Wohnung sah, war von Nadine noch nichts zu sehen. Wo blieb sie nur? Sie müsste längst oben angekommen sein. Mit zittrigen Händen klappte Sandra den Sonnenschutz herunter, betrachtete sich in dem kleinen Kosmetikspiegel und redete ihrem blassen Gesicht gut zu.

Es dauerte eine halbe Ewigkeit, bis endlich Licht in ihrer Wohnung gemacht wurde, die Gardine vor dem

Küchenfenster zurückgezogen und ein Fenster geöffnet wurde. Nadine machte das Victory-Zeichen. Suchend blickte Sandra sich um, ehe sie ausstieg und die Straße überquerte. Sie steuerte zunächst auf das Nachbarhaus zu und inspizierte die Klingelschilder. Die neue Nachbarin hatte ihr Namensschild schon angebracht. Auch am Briefkasten. Sie hieß Stein, *F. Stein.*

Über den Bürgersteig näherte Sandra sich ihrem Haus und der offenstehenden Tür, ihre Füße versagten ihr fast den Dienst und wurden langsamer. Sie war kurz davor, stehen zu bleiben und umzukehren und wünschte, irgendetwas würde sie daran hindern, einzutreten zu müssen.

Als sie vor ihrer Haustür stand, legte sie den Kopf in den Nacken und sah an der Fassade empor. Das Haus kam ihr groß vor, höher und dunkler, als sie es in Erinnerung hatte. Es schien, als fiele es ihr entgegen. Der Himmel verdunkelte sich. Schnell senkte sie den Kopf, gewann noch ein wenig Zeit, indem sie ihre Briefkastenanlage und die Klingelschilder betrachtete, als sähe sie sie zum ersten Mal, obwohl sie jeden Namen kannte und wusste, wer sich dahinter verbarg. Sie wohnte seit sechs Jahren hier.

Vorsichtig setzte sie einen Fuß über die Schwelle, als wäre dies der Eintritt in eine fremde Welt. Sie blickte die Treppen hoch, die Treppen hinab. Ein leichter Windzug fuhr durchs Haus, der einen Duft von frischem Kaffee mit sich führte, Kaffee wie nur Frau Broichhausen im Erdgeschoss ihn kochen konnte.

Sandra horchte. Stille. Es war sonst mehr Leben im Haus. Es war eine ungemütliche Stille, als hätte jemand den Bewohnern das Reden verboten. Es lebte eine Handvoll Kinder im Haus, im Erdgeschoss und im zweiten, die sonst unüberhörbar waren, tobten, rauften, lachten, weinten, schrien oder im besten Fall sangen. Im ersten Stock gab es einen Hund, der gern und oft bellte. Gegenüber wohnte ein junges Paar, das manchmal laut stritt.

»Komm ruhig rein!«, rief Nadine, als Sandra auf der Fußmatte vor ihrer Wohnungstür stehen blieb. »Es ist alles in Ordnung. Niemand ist hier. Alles ist an seinem Platz.« Ihre Stimme kam aus dem Badezimmer.

Das erste, was Sandra bemerkte, war der fremde, süße Duft, der ihre Wohnung erfüllte. Als sie die Küche betrat, sah sie den großen Blumenstrauß auf dem Küchentisch.

Lilien, weiß und unschuldig.

6. Kapitel

Am 5. Oktober setzte Tony Harper leicht schwankend einen Fuß auf deutschen Boden. Es war kalt in Deutschland. Kalt und windig. Die Sonne stand tief. Es musste geregnet haben. Vom Asphalt stieg weißer Dampf auf. Wasserpfützen glitzerten.

Es war 16.12 Uhr, als er mit seinem Gepäck den Düsseldorfer Flughafen verließ und nicht weniger als neun Tage, nachdem er von Dr. Daniel Weinberg den Auftrag erhalten hatte, dessen Sohn in Deutschland ausfindig zu machen und nach Springfield, Massachusetts zu bringen.

Tony winkte ein Taxi herbei und ließ sich nach Wittlich chauffieren, wo er via Internet ein Doppelzimmer im Hotel *Well* am Marktplatz mitten in der historischen Altstadt gebucht hatte, der Lage und des Namens wegen, aber auch aufgrund der Tatsache, dass dort Fahrräder zu mieten waren.

In seinem Zimmer im ersten Stock, Nr. 9, dessen Sprossenfenster zum Marktplatz zeigten, drehte er den Schlüssel im Schloss, zog die Vorhänge zu, schaltete sein Smartphone aus, entkleidete sich bis auf die karierten Boxershorts und die grasgrünen Socken und sank krachend auf das Doppelbett. Mit letzter Kraft deckte er sich zu und steckte seine Nase in die frisch gewaschene Bettwäsche. All seine Gedanken galten seinem Auftrag.

Während er seine Flugreise Tag um Tag verschoben hatte und die Zeit ihm zwischen den Fingern zerronnen war, war ihm klar geworden, dass er sich den 14-Tage-Bonus von 1000 Dollar pro Tag abschminken konnte. Er hatte die Zeit genutzt, um seine Deutschkenntnisse aufzufrischen, er paukte Vokabeln, studierte Grammatik und die gängigen Redewendungen.

Auch jetzt nahm Tony sich das Wörterbuch wieder vor, blätterte darin herum, schlug es aber wieder zu und legte es beiseite. Er griff nach dem Hochglanzprospekt des WRC und vertiefte sich in eine Grafik über die seltensten Krankheiten der Welt. Aber seine Aufnahmefähigkeit war begrenzt. Ruhelos wälzte er sich in seinem Bett vom Bauch auf den Rücken, fuhr hoch und sank wieder in die Kissen zurück.

Gegen Mitternacht stand er auf und versuchte, Zoe anzurufen. Die Funkverbindung kam auch zustande, aber sie nahm nicht ab, die Mailbox sprang an, und er hörte ihr wohlbekannte Stimme. »Ich bin's schon wieder, Tony«, sagte er nach dem Piepton. »Ruf mich doch mal an, ja? Es gibt viel zu erzählen. Schade, dass du nicht hier bist. Eh … na ja, ich hoffe, es geht dir gut … Ich versuche es später noch einmal … Ich denke an dich … Vergiss mich nicht. Ciao!«

Zu schlafen gelang ihm erst, nachdem er aufgestanden war und eine der Melatonin-Kapseln eingenommen hatte, die ihm Jeff, sein bester Freund, empfahl, nachdem er ihm von seiner Europareise berichtet hatte. Gegen Flugangst, behauptet Jeff, helfe nur die Holzhammer-Methode. Jeff war kein Arzt, aber seitdem seine Tochter in einer Apotheke arbeitete, kam es Tony so vor. Tony hatte es ohne Holzhammer geschafft. Er wusste nicht mehr, wie. Aber er lebte noch.

24 Stunden später erwachte Tony Harper, ohne zu wissen, wo er sich befand. Er drehte sich auf den Rücken und blickte an die Zimmerdecke. Als Erinnerungsstücke wie Teile eines Puzzles nach und nach an ihren Platz fielen und sich allmählich ein Bild formte, schreckte er auf. Er war in Europa, er war in Deutschland, er war in Wittlich. Er war geflogen! Kein Wunder, dass er aus der Zeit gefallen war.

Er trat ans Fenster, zog die Vorhänge beiseite und blickte auf einen von Straßenlaternen beschienenen und bunten Giebelhäusern eingerahmten Platz, zu dem sternenförmig schmale Straßen führten, die mit Blumenkübeln und Bänken bestückt waren. Von den Giebeln blickten barocke Gips-Figuren. Menschen waren nicht unterwegs. Der Himmel war dunkel. Eine Kirchturmglocke läutete. Sehr idyllisch, fand Tony.

Er ließ die Vorhänge fallen und drehte dem Fenster den Rücken zu. Die Geschichte, die vermutlich hinter seinem Auftrag lag, war nicht ungewöhnlich. Ein amerikanischer Soldat, der einem deutschen Fräulein ein »Kind gemacht«, sie sitzen gelassen hatte und abgehauen war. Und jetzt – den Tod vor Augen – plagte ihn das schlechte Gewissen. Aber warum wollte er dann nicht die Mutter sehen? Waren sie im Streit auseinandergegangen? Aber auch das wäre alles andere als sensationell. Unangenehm an dem Auftrag war für Tony – abgesehen von der Flugreise – die Herodes-Nummer. Der alte Weinberg suchte einen Sohn, um ihm seine Firma zu übertragen. Offensichtlich hielt er nicht viel von Mädchen und Frauen und war noch einer von der alten Sorte, ein Patriarch, für den Töchter im Stammbaum nicht zählten. Tony hatte keine Ahnung, was passieren würde, wenn er Weinberg ein Mädchen präsentieren musste.

Eines nach dem anderen, sagte er sich.

Zunächst brauchte er drei Dinge: ein Fahrrad für die individuelle, unabhängige, schnelle Recherche. Zweitens: einen Stadtplan, denn mit dem Display seines Smartphones stand er auf Kriegsfuß. Die Mozartstraße, in der Berthilde Feldmann in einem rosafarbenen Haus gewohnt haben sollte, hatte er zwar auf Anhieb ausfindig gemacht – sie lag nicht weit vom Marktplatz entfernt – aber der Minimalausschnitt machte Tony wahnsinnig. Vielleicht konnte er sich nach seiner Rückkehr vom Honorar nicht nur ein Auto, sondern auch ein iPad leisten.

Drittens brauchte er einen Informanten, der sich in den Jahren 1970 bis 1977 auskannte.

Aber vor allem anderen und zuallererst brauchte er dringend etwas zu essen. Er blickte auf seine Uhr. Er hatte die Zeit noch nicht umgestellt, wie ihm der Vergleich mit dem Wecker auf dem Nachttisch deutlich machte. Es war 19.30 Uhr MEZ.

Er duschte ausgiebig und zog frische Wäsche aus seinem Handgepäck. Sein weißes Baumwollhemd hatte schwer gelitten, aber seine Jeans saß perfekt, so wie seine langen, grauen Haare nach einer kurzen, aber heftigen Föhnbehandlung. Als Sockenfarbe wählte er Rosarot.

Der junge Mann an der Rezeption sprach nach einem Blick in Tonys Pass ein sauberes, langsames Englisch. Er empfahl ihm das Restaurant *Chilax*, das gute, amerikanische Küche anbot. Aber Tony wollte deutsche Küche.

Da machte der Mann in einem eilig entfalteten Stadtplan ein Kreuz auf der Karrstraße und meinte: »Da liegt das Restaurant *Daus*. Es wird Ihnen gefallen. Und es ist nicht weit von hier. Für eine Einzelperson muss man nicht reservieren.« Er überließ Tony den Stadtplan und wünschte ihm einen guten Appetit.

»Und die Mozartstraße?«

»In der Mozartstraße gibt es kein Restaurant, soweit ich weiß.«

Tony lächelte. »Ich weiß. Aber ich möchte eine alte Bekannte von früher besuchen.«

»Ah. Deswegen sind Sie also hergekommen. Ich habe mich schon gefragt, was Sie hier wollen. Die meisten Amerikaner, die hierherkommen, sind Soldaten und wohnen in Spangdahlem, wissen Sie. Waren Sie etwa auch früher als Soldat dort?«

Tony nickte und behauptete: »Ja, Mitte der Siebziger. Da waren Sie wahrscheinlich mal gerade auf der Welt.«

»Aber dieses Haus hier gibt es schon seit 300 Jahren. 1968 haben es meine Schwiegereltern übernommen. Ich leite es erst seit 2012.«

Tony horchte auf, diese Schwiegereltern könnten die idealen Informanten sein. Sie könnten wissen, wo es in den Siebzigern ein Blumengeschäft gegeben hatte. Aber fürs Erste bedankte er sich und verließ das Hotel.

In der Tür fiel ihm das Fahrrad wieder ein, das er für die Zeit seines Aufenthaltes mieten wollte. Tony entschied sich für ein Citybike mit tiefem Einstieg. Er war lange nicht mehr Rad gefahren und hatte nicht vor, die Stadt zu verlassen, um in der hügeligen Umgebung, die er von Zug und Taxi aus erspäht hatte und die laut Internet den seltsamen Namen »Eifel« hatte, seine Kondition zu testen. Man überreichte ihm einen Fahrradschlüssel, auf dem die Nummer 9 vermerkt war, und teilte ihm mit, dass sein Fahrrad am nächsten Morgen mit aufgepumpten Reifen im Hof stehe.

Anschließend bummelte Tony voller Zuversicht über den Marktplatz und warf einen Blick in die kleinen Straßen. Es lief alles wie von selbst, dachte er zufrieden. Als er einen Biergarten erspähte, kehrte er ein. Dreimal deutsches Pils, *Bitburger Pils*, wie auf dem Etikett der überschäumenden Gläser stand, trank er, während er die anderen Gäste und die Passanten beobachtete. Er verstand nicht, was an den Nebentischen geredet wurde, und nicht einen einzigen amerikanischen Soldaten sichtete er. Aber er kam sich nicht fremd vor, hatte eher das Gefühl, hier schon gewesen zu sein. Auch das Restaurant *Daus* fand er trotz Dunkelheit auf Anhieb und sein Wunsch nach einem Schweineschnitzel konnte erfüllt werden.

Am nächsten Morgen, nach einem kontinentalen Frühstück, nahm Tony Harper sein Citybike Nr. 9 in Besitz und verließ den Hof des Hotels. Es bestand nur eine geringe Hoffnung, dass das Haus in der Mozartstraße noch immer rosafarben war. Aber wenn es so war, dann würde vermutlich auch Berthilde Feldmann immer noch darin wohnen, mit viel Glück sogar zusammen mit dem heiß ersehnten Sohn, vielleicht gab es sogar schon Enkelkinder. Denn Rosa war eine Hausfarbe, die polarisierte. Nur neue Besitzer würden das Haus in einer anderen Farbe streichen.

Während er über seine Theorie nachdachte, schob er mit dem Stadtplan in der Linken sein Fahrrad durch die Fußgängerzone, über den Marktplatz und durch die Burgstraße. Erst auf der Schlossstraße stieg er auf. Tony hielt sich rechts, und als er die Gerberstraße kreuzte, bog er links ab und radelte über den Talweg am Finanzamt vorbei zur Mozartstraße, die eine Einbahnstraße war.

Die Straße war nicht lang, behauptete der Stadtplan, und mündete sehr bald in die Beethoven- und Schubertstraße. Obwohl Tony eher ein Fan von Pop und Jazz war, waren ihm die deutschen Klassiker sehr wohl ein Begriff. Er steckte den Stadtplan ein, stieg vom Rad und pfiff die ersten Takte der *Kleinen Nachtmusik*. Dabei setzte er seinen Tunnelblick auf, seine ganz spezielle Fähigkeit, sich auf eine einzige Farbe zu konzentrieren, während alle andere wie auf einem Schwarz-Weiß-Foto in der Bedeutungslosigkeit verschwanden. Mit diesem außerordentlichen Talent hatte er schon beachtliche detektivische Erfolge erzielt.

Hin auf der linken Seite, über die Brahmsstraße hinweg, Kehrtwende am Ende, zurück auf der rechten Seite. Kein rosa gestrichenes Haus weit und breit. Weder Altrosa, noch Hellrosa, noch Dunkelrosa. Nirgendwo schimmerte an einer Fassade etwas Rosafarbenes durch. Hingegen gerieten einige andere Dinge in sein Blickfeld: eine Spaziergängerin mit einer altrosa Leinenjacke und ein kleiner Lieferwagen mit einer Reklame in einer rosaroten Schrift auf dem Heck, die Werbung für eine Teppichbodenreinigungsfirma machte. Das war alles. Von seinen eigenen, rosafarbenen Socken abgesehen.

Er war enttäuscht. Wäre aber ein schlechter Detektiv, wenn er keinen Plan B in der Tasche hätte: Das Einwohnermeldeamt. Er hatte sogar einen Plan C entwickelt: Krankenhäuser, die 1978 eine Entbindungsstation hatten und Hebammen, die 1978 eine Frau entbunden hatten. Detektivische Arbeit. Darin konnte ihm niemand etwas vormachen. Er war bisher immer an sein Ziel gekommen. Immer.

Währenddessen schlenderte er ein weiteres Mal die Mozartstraße in Richtung Beethovenstraße hinunter, sein letzter Versuch, sicherheitshalber, betont langsam und auffällig, in der Hoffnung, einen Anwohner auf sich aufmerksam zu machen. Mit Erfolg.

Eine ältere Frau verließ mit ihrem Rollator umständlich ihr Haus, rollte auf den Bürgersteig und steuerte direkt und unaufhaltsam auf Tony zu. »Junger Mann!«, rief sie schon aus einiger Entfernung.

Tony hatte schon immer geahnt, dass ihn seine Haare jünger aussehen ließen. Mit coolem Schwung warf er sie zurück.

»Junger Mann!« Sie bremste haarscharf vor seinen Schuhen ab, richtete sich auf und blickte ihn mit wasserblauen Augen an. »Ich habe Sie jetzt schon eine Weile beobachtet. Suchen Sie was?«

»Ja.« Tonys aktive Kenntnisse der deutschen Sprache waren immer noch bruchstückhaft. Am leichtesten fiel es ihm, zu lesen und zuzuhören. Also ließ er der Rollator-Frau den Vortritt.

»Was denn, junger Mann?«, fragte sie und legte ihren Kopf schief. Sie hatte sich eine Plastikhaube um ihre Frisur gebunden, obwohl es nicht regnete. Und es sah auch nicht so aus, als würde dies bald geschehen. Sie trug eine bunte Kittelschürze, die ihr bis zu den Waden reichte.

»Eine Frau«, antwortete Tony.

»Ah!« Sie lächelte verschwörerisch, nahm eine Hand vom Rollator und drohte mit dem arthritisch-krummen Zeigefinger. »Hab ich's mir doch gedacht, junger Mann.«

Er spielte den Verlegenen.

»Wie soll sie denn heißen, junger Mann?«

Er faltete die Hände, schickte prompt einen verliebten Blick in den Himmel und sagte: »Berthilde Feldmann!«

»Berthilde?«, entfuhr es ihr. Sie zog ihre Stirn kraus, schüttelte den Kopf und wiederholte. »Berthilde Feldmann?«

»Berthilde Feldmann«, bestätigte Tony.

»Berthilde Feldmann«, wiederholte sie und richtete ihren Blick nach innen.

»Richtig.« Tony nickte und beobachtete sie gespannt. »Sie muss hier in dieser Straße in einem rosa Haus gewohnt haben.«

»Und wann etwa?«

»In den Siebzigern.«

»Wie hieß sie noch mal?«, fragte die Frau nach einer Weile.

Er räusperte sich. Langsam wurde er ungeduldig. Suchte sie nur ein wenig Unterhaltung? Er tippte sich an die Stirn und sagte seinen ersten kompletten Satz in deutscher Sprache: »Vielen Dank für Ihre Hilfe, aber ich muss weiter.«

»Sind Sie etwa Amerikaner?«, fragte sie weiter.

»Yes!«, sagte Tony forsch, schob sein Rad vom Bürgersteig auf die Straße und schwang ein Bein über den Sattel.

Sie kniff die Augen zusammen. »Etwa von der NSA?«

Tony hätte am liebsten laut gelacht. »Keine Sorge!«

»Rosa!«, hörte er ihre zittrige Stimme hinter sich rufen.

Dass seine Socken bewundert wurden, daran war er gewöhnt. Er stieß sich mit dem Fuß vom Bürgersteig ab.

»Warten Sie doch, junger Mann!«, rief sie aufgeregt. »Jetzt weiß ich es wieder. Da hinten in dem Haus hat die Berthilde gewohnt.«

Tony ging in die Eisen und sprang vom Sattel.

»Natürlich ist es jetzt nicht mehr rosa, junger Mann. Wer will schon in einem rosa Haus wohnen? Aber Sie können mir ruhig glauben, früher, da war es rosa und da hat auch die Berthilde gewohnt.«

»Wirklich?«

»Wenn ich es doch sage. Mit ihrer Tochter.«

Ein Abgrund tat sich auf. Tonys Atem stockte: »Mit wem?«

»Mit ihrer Tochter.«

»Sind Sie sicher, dass es ein Mädchen war?«

Die Frau spitzte ihren Mund und tat gekränkt. »Eine Tochter ist immer ein Mädchen. Wenn Sie mir nicht glauben, dann …«

»Natürlich glaube ich Ihnen«, besänftigte Tony sie. »Man hat mir aber gesagt, es wäre ein Junge. Vielleicht hat sie ja beides. Sohn und Tochter. Das soll es ja geben.« Wieso auch nicht? Das Mädchen könnte die Zweitgeborene sein, das Kind von einem Mann, der nach Daniel Weinberg in Berthildes Leben getreten war.

»Nein. Als sie dort drüben wohnte, hatte Berthilde nur das kleine Mädchen«, hörte er die alte Dame sagen.

In seiner Not philosophierte Tony weiter. Berthilde könnte den Sohn von Daniel Weinberg nach der Geburt weggegeben haben. Vielleicht war das der Wunsch ihres zweiten Mannes, vielleicht war es ihrer, weil der kleine Junge sie jeden Tag schmerzhaft erneut an Daniel erinnerte.

»Der Mann hat sie ja sitzen gelassen. War übrigens auch ein Amerikaner.« Sie betrachtete ihn abschätzig. »Dabei war die Kleine so ein süßes Ding«, hörte er die Frau plappern. »Alle auf der Straße mochten sie. Kommen Sie, ich zeige Ihnen das Haus!« Sie lief voraus, ihrem Rollator hinterher, drehte sich ab und zu um, um zu kontrollieren, ob der Amerikaner ihr auch folgen konnte. Vor einem Haus blieb sie stehen, richtete ihren Finger auf die Eingangstür. »Hier!«

Das Haus war grau, steingrau, staubgrau, mausgrau, wie auch immer man dieses Grau bezeichnen wollte, es war nicht rosa.

Tony stellte sein Rad am Gartenzaun ab. Noch bestand ein Rest Hoffnung, dass die Frau sich irrte. Er trat an die Hauswand und steckte seine Nasenspitze fast in den Rauputz hinein. Er roch nicht frisch gestrichen. Seine Finger befühlten die Fassade. Die Nägel versuchten ein wenig Farbe abzukratzen. Einige graue Krümel fielen in seine Hand. Es musste lange her sein, dass dieses Haus rosa war.

»Hier wohnen jetzt aber die Frau Pesch und ihr Mann. Frau Pesch hat mir auch gesagt, wohin Berthilde gezogen ist. Aber ich habe es wieder vergessen. Ist ja auch schon eine Weile her. Warten Sie, bestimmt zwanzig Jahre, mindestens, ach, nee, viel mehr, oder? Am besten fragen Sie sie selbst. Klingeln Sie ruhig.« Sie schnappte sich ihren Rollator, machte auf dem Absatz kehrt und rannte davon. Den ganzen Weg über schüttelte sie den Kopf.

Tony klingelte.

Herr Pesch war zu Hause. Ein mächtiger Mann. Kaum hatte Tony den Namen Berthilde Feldmann ausgesprochen, sagte er: »Schon wieder?«

Tony glaubte, er habe sich verhört. »Schon wieder?«

»Sie sind nicht der Erste, der nach ihr fragt.«

»Das ist ja interessant«, sagte Tony möglichst unaufgeregt. Das war nicht nur interessant, sondern eine Sensation. Er spürte, wie das Adrenalin in seinen Adern aufstieg und versuchte, sich nichts anmerken zu lassen.

»Allerdings. Neulich hat schon mal jemand meine Frau nach Berthilde Feldmann gefragt.«

Tony legte fragend den Kopf schief.

Pesch machte keine Anstalten ihm aus freien Stücken mitzuteilen, um wen es sich da gehandelt hatte, wollte aber auch nicht Tonys Ansinnen erforschen. Er hatte auch nicht vor, den Fremden mit dem amerikanischen Akzent hereinzulassen, berichtete aber unaufgefordert, dass er und seine Frau seit 1998 in diesem Haus wohnten. Es habe tatsächlich einen rosa Farbanstrich gehabt, als sie es gekauft hatten, und sich in einem denkbar schlechten Zustand befunden. Es habe einem Ehepaar namens Hornig gehört. Berthilde Feldmann habe damals mit ihrem Kind im ersten Stock zur Untermiete gewohnt.

Tony griff nach einem Strohhalm. »Ihrem kleinen Sohn, nehme ich an.«

Pesch schüttelte den Kopf. »Nein, das war ein Mädchen. Sie war niedlich, aber leider unehelich«, sagte er vorwurfsvoll.

»Wissen Sie noch, wie sie hieß?«

Pesch schüttelte den Kopf.

»War Frau Feldmann berufstätig?«, fragte Tony.

»Ja.« Soweit Pesch sich erinnern konnte, habe Berthilde Feldmann damals in einem Blumengeschäft gearbeitet, das inzwischen aber nicht mehr existiere. »Da ist jetzt ein Nagelstudio drin«, meinte er angewidert.

Kein gutes Zeichen, dachte Tony. Nagelstudio-Besitzer waren selten älter als 28 Jahre. »Können Sie mir sagen, wo ich es finden kann?«

»In der Fußgängerzone. Am Marktplatz. In einer dieser kleinen Straßen.«

»Danke, das werde ich wohl finden. Wissen Sie auch, wohin Frau Feldmann mit ihrer Tochter gezogen ist?«

Er schüttelte den Kopf und trat einen Schritt zurück in seine dunkle Diele. »So eng war der Kontakt nicht.« Er legte die Hand auf die Klinke, als hätte er es plötzlich eilig. »Ich nehme an, das war's?«

»Ja, Danke auch. Vielen Dank.«

Jetzt hatte Tony Harper, Detektiv aus Leidenschaft und Not, es plötzlich auch eilig. Sehr eilig. Er spürte ein Kribbeln am ganzen Körper. Es war ihm ganz und gar unmöglich, eine Pause zu machen, er musste weitermachen. Jetzt. Sofort.

Stadtplan und Citybike führten ihn mühelos zum Nagelstudio *Paradise*. Nachdenklich betrachtete Tony seine Fingernägel. Sie waren sauber, immerhin. Ein Feintuning konnte ihnen aber nicht schaden. Er linste durch das Schaufenster. Das Studio war ganz in Lila und Silber gehalten. Von den vier Behandlungstischen waren zwei besetzt. Während er mit einem mulmigen Gefühl das Studio betrat, fragte er sich, wie man Frauen nannte, die einem die Nägel machten. Maniküre?

»Ja, bitte?«, fragte eine der beiden Frauen und blickte kurz von dem Finger, den sie bearbeitete, hoch. Blond, schlank, lila-silbern gekleidet.

»Eh …«, stieß Tony hervor.

»Bitte nehmen Sie solange Platz«, war der gnädige Rat.

Er setzte sich im Wartebereich neben ein Mädchen, das in einer Zeitschrift blätterte. Sie war höchstens 16 Jahre alt, und ihre Fingernägel glitzerten wie grüne Muschelschalen. Wenn sein Deutsch besser gewesen wäre, hätte er ihr einen Vortrag über Zeit- und Geldverschwendung gehalten So aber warf er seine Haare zurück und begnügte sich mit einem väterlichen Lächeln. Es schien Stunden zu dauern, bis er endlich zu einem Behandlungstisch gebeten wurde. Auf der Brusttasche der lila Kittelschürze stand der Name *Monika*. Sie bemächtigte sich ohne Nachfrage seiner rechten Hand und betrachtete sie eingehend. Als sie ihm vorschlug, die Haare auf dem Handrücken mit Wachs zu entfernen, war er kurz davor aufzuspringen und davonzulaufen. Massage, Kürzen, Feilen, Polieren? Ja, damit konnte er gut leben.

Monika ging ihrer Arbeit mit Inbrunst und ganz versunken nach. Akribisch bearbeitete sie jeden Finger, als gälte es, Leben zu retten. Ihre eigenen Fingernägel sahen aus wie Waffen. Als Tony das Wort an sie richtete, erschrak sie und die Feile schnellte wie ein Speer in die Höhe, dabei wollte er doch nur wissen, ob es richtig war, dass hier in diesem Studio früher ein Blumengeschäft war.

»Jaaa«, antwortete sie gedehnt, zog ihre schwarz gefärbten Augenbrauen zusammen und fixierte ihn durch unendlich lange, schwarzen Wimpern.

Er legte die linke, freie Hand auf seine Brust und erklärte: »Ich bin Amerikaner.«

Das schien sie nicht zu beruhigen. Sie legte die Feile beiseite und ließ seine Hand los.

Er beugte sich vor, sprach leise, Vertrauen erweckend und mit unüberhörbarem Akzent: »Ich suche eine Berthilde Feldmann, sie hat bis 1998 hier gearbeitet, als hier noch das Blumengeschäft war.«

»Na und?«

»Ich habe gute Nachrichten für sie.«

»Aha.«

»Wissen Sie vielleicht, wo ich sie finden kann?«

»Mama!«, kreischte Monika plötzlich aus Leibeskräften.

Tony schreckte zurück. Den anderen Frauen erging es nicht besser. Eine zog sich dabei wohl eine Verletzung zu, sie schrie auf. Sie bedachten Tony mit finsteren Blicken, als der lila geblümte Vorhang, der den Zugang zu einem Hinterzimmer versperrte, aufgerissen wurde.

Im Türrahmen stand eine ältere Frau. Sie hielt eine Glasschüssel in beiden Händen, in der eine grüne Suppe hin und her schwappte.

»Mama, hier will schon wieder einer wissen, wo die Berthilde Feldmann jetzt wohnt!«, schrie Monika.

Schon wieder? Tonys Herz schlug schneller.

»Die wohnt immer noch in Euskirchen«, antwortete die Mutter und verschwand wieder hinter dem Vorhang.

»Sehen Sie«, sagte Monika stolz und wandte sich Tony zu.

»In Euskirchen?«, versicherte er sich.

»Sie haben es doch gehört.«

»Ist das weit von hier?«

Monika lächelte ihn mitleidig an und schüttelte langsam den Kopf.

»Und ihr Sohn?«, fragte Tony verzweifelt.

»Was für ein Sohn?«

»Sie hatte doch einen Sohn«, behauptete er.

»Wie kommen Sie denn darauf? Sie hatte nur die Sandra.«

Sandra, registrierte Tony, das Mädchen hat einen Namen. Das machte sie wirklicher. Ein Sohn würde nicht Sandra heißen. »Keinen Sohn?«, er konnte es nicht lassen.

»Das wäre mir aber neu.«

»Vielleicht weiß Ihre Mutter es?«

»Mama!«, schrie Monika.

Vorhang auf. Mutter mit Schüssel.

»Die Sandra hatte doch keinen Bruder, Mama, oder?«

Die Mutter hätte beinah die Schüssel fallen gelassen, so sehr begannen ihre Hände plötzlich zu zittern. Sie suchte nach Worten. Ihre Lippen bewegten sich. Ihre Augen huschten hin und her. »Die Suppe wird kalt«, stieß sie endlich mühsam hervor, trat einen Schritt zurück und der Vorhang fiel vor ihr Gesicht.

Diese Reaktion gab Anlass zur Hoffnung, freute sich Tony und wandte sich Monika zu. »Vielleicht weiß Ihre Mutter aber, wo die beiden Frauen jetzt in Euskirchen wohnen?«

»Das glaube ich nicht«, meinte sie.

»Könnten Sie sie bitte fragen?«

Ein ungnädiger Blick.

»Bitte.«

»Mama!«, schrie Monika.

Vorhang auf. Mutter ohne Schüssel.

»Weiß du, wo die Berthilde jetzt wohnt?«

»Nee, weiß ich nicht, hab ich doch letztens schon gesagt.«

»Sicher arbeitet sie jetzt nicht mehr«, rief Tony schnell, ehe der Vorhang wieder zufallen konnte. »Sie ist inzwischen ja schon 64 Jahre alt.«

»Das bin ich auch!«, erwiderte Monikas Mutter unwirsch. »Und ich arbeite immer noch.«

»Ehrlich? Das hätte ich nicht gedacht.«

Prompt ging ein Strahlen über ihr Gesicht. »Und ich bin noch fit wie ein Turnschuh.«

»Das sehe ich«, bewunderte Tony sie.

»Hab's nur manchmal im Rücken und in den Beinen. Aber da oben«, sie tippte sich gegen die Stirn, »da oben ist noch alles in Ordnung.«

»Gratuliere. Das ist die Hauptsache«, Tony war bereit, noch mehr Komplimente zu verteilen, wenn er damit ans Ziel käme.

»Aber die Berthilde, die ist wirklich arm dran«, sie schüttelte traurig ihren Kopf.

»Ist sie sehr krank?«

Sie nickte. »Wenn die ihre Tochter nicht hätte …«

»Und ihren Sohn«, ergänzte Tony.

Falscher Beitrag, denn die alte Dame drehte sich auf dem Absatz um und ließ den Vorhang hinter sich zufallen. Tony konnte den Blick nicht von den rosafarbenen Blüten wenden, vielleicht wurde der Vorhang noch einmal aufgezogen und er erhielt weitere Informationen.

»Soll ich jetzt Ihre Nägel weitermachen oder was?«, hörte er Monika fragen.

»Ach, ja.« Er stellte ihr wieder seine rechte Hand zur Verfügung. Als sie sie endlich entließ, betrachtete Tony jeden einzelnen Finger, als wollte er kontrollieren, ob noch alle fünf vorhanden waren, und sagte bewundernd: »Das haben Sie gut gemacht.«

Monika langte nach seiner Linken, lächelte gnädig und senkte ihren Kopf über ihre Arbeit. Er überließ sie ihr ungern. Er war Linkshänder. Dieser Hand durfte nichts geschehen.

»Wer hat sich denn eigentlich vor mir nach Berthilde Feldmann erkundigt?«, fragte Tony und blickte auf Monikas Scheitel und den dunklen Haaransatz.

Sie nuschelte eine Antwort.

»Sorry. Ich habe Sie nicht verstanden.«

»Weiß ich nicht.«

»Aber ...?«

»Der hat schließlich nicht mich, sondern die Nicole gefragt und die ist jetzt grad nicht da. Okay?«

»War es ein Mann?«

Sie seufzte dramatisch.

»Wann war er denn hier?«

Ein Stöhnen statt einer Antwort.

Aber Tony war hartnäckig. »Ihre Mutter weiß vielleicht Näheres.«

»Vergessen Sie es.«

»Darf ich noch einmal wiederkommen?«

Monika ließ seine linke Hand auf den Tisch fallen. »Besser nicht.«

Er startete einen letzten Versuch. »Wann könnte ich denn Nicole hier antreffen?«

Sie erhob sich mit einem Ruck und knipste die Tischlampe mit integrierter Lupe aus. »Macht 26,75.«

»Für *eine* Hand?«, fragte er ungläubig.

Sie nickte und behauptete: »Ein Sonderpreis.«

In Amerika wäre sie damit nicht durchgekommen. Aber Tony Harper fehlten die sprachlichen und juristischen Mittel, um es zu einem Nachspiel kommen zu lassen. Er zahlte und ging. Draußen holte er tief Luft und versuchte sich zu beruhigen. Der Besuch hatte sich trotzdem gelohnt:

Er hatte einen Konkurrenten! Das waren keine guten Nachrichten. Was tun? Er konnte das *Paradise* so lange belagern und einer gewissen Nicole auflauern, bis er sie persönlich antraf, sich von ihr seine rechte Hand manikürten lassen und sie dabei ausfragen. Andererseits war ihm der Gedanke zuwider, das *Paradise* noch einmal betreten zu müssen. Hinter der Schaufensterscheibe starrten ihn die Frauen an, als wäre er ein Selbstmordattentäter.

Aber er musste wissen, wer sein Konkurrent in Sachen Feldmann war. Verdammt! Gab es da etwa jemanden, der ihm seinen Auftrag abjagen wollte? Nun, derjenige würde sich wundern. Ewig wundern.

Sicher war dieser Mann bereits auf dem Weg nach Euskirchen. Also hieß es, keine Zeit in Wittlich zu vertrödeln, sondern sich gleich morgen mit fünf perfekt gestylten Fingernägeln ebenfalls auf den Weg dorthin zu machen.

7. Kapitel

Eine gute Woche war es her, dass Kommissarin Frieda Stein anlässlich der Abschiedsfeier, die zu Ehren und in Abwesenheit von Kriminalhauptkommissarin a. D. Sonja Senger stattfand, offiziell ihrem neuen Kollegenkreis vorgestellt worden war. Es war eine etwas befremdliche Veranstaltung gewesen, sodass Frieda erleichtert war, als sie endlich zu Ende ging. Die Reaktionen der Kollegen, vor allem der Kolleginnen, waren Frieda nicht entgangen. Aber sie war es gewöhnt, gegen Vorurteile anzukämpfen, eine gute Herkunft und gutes Aussehen waren nicht immer eine Hilfe. Die Herkunft war in Friedas Fall sogar eher eine Bürde. Und nicht nur das. Wie oft hatte sie sich gewünscht, einen Bruder zu haben.

Nach einem schnellen Einkauf im Penny Markt auf der Kessenicher Straße verbrachte sie den Rest des denkwürdigen Tages zu Hause ganz unspektakulär damit, Bücher in Regale zu stellen und sich dabei prägnante äußerliche Auffälligkeiten der neuen Kollegen in Erinnerung zu rufen und ihnen Namen und

Positionen zuzuordnen. Keine leichte Aufgabe, die sich auch mit einer Flasche Rotwein nicht besser bewältigen ließ.

Immer wieder musste sie auch an ihre Nachbarin denken, Sandra, die sie einen Tag zuvor nach Groß-Vernich gefahren hatte. Sie hatte beim Heimkommen kein Licht in ihrer Wohnung brennen sehen. Vielleicht war sie immer noch bei ihrer Freundin Nadine. Sandra hatte wirklich mitgenommen ausgesehen. Die nassen Haare und die nassen Flecken auf der Jeans. Irgendetwas stimmte da nicht.

Später taute Frieda sich in der Mikrowelle eine Paella auf, ein Fertiggericht, das garantiert frei war von Konservierungsstoffen, künstlichen Aromen, Farbstoffen, Lactose und Gluten sowie Geschmacksverstärkern. Es war nicht so, dass sie einen besonderen Wert auf gesunde Kost legte, vielmehr tat sie es aus Protest.

Auf einem der Umzugskartons hockend mit Blick auf die Reinaldstraße, vertilgte sie das exotische Gericht und stellte fest, dass es ihr schon schlechter gegangen war. Was immer sie ab sofort tun oder lassen würde, es geschah auf jeden Fall ohne die Kontrolle ihrer Eltern. Ein erhebendes, befreiendes Gefühl. Fast wie in Berlin. Als ihr Smartphone klingelte und sie die wohlbekannte Nummer auf dem Display sah – ihr Vater rief nie an, er ließ immer anrufen – nahm sie den Anruf nicht entgegen. Das besorgte Geplapper ihrer Mutter auf der Mailbox würgte sie mit einem Tastendruck ab.

Obwohl sie sich vorgenommen hatte, nie wieder zu tun, was sie ihr riet, ging sie früh zu Bett. Sie schlief unruhig, tausend fremde Gesichter erschienen ihr im Traum, glitten an ihr vorbei, ein Schattenspiel. Aber nur wenige schnitten eine Grimasse.

An ihrem ersten Arbeitstag war Frieda lange vor dem Klingeln des Weckers wach. Auf Zehenspitzen tippelte sie ins Wohnzimmer, öffnete die Balkontür und trat nur in Shorts und Schlafshirt hinaus. Kalte, feuchte Luft fiel auf ihre nackten Arme und Beine. Es dämmerte, die Sonne ging auf und tauchte die Felder in ein grau-blaues Licht. Nebel hing tief über den Ackerfurchen. Am Horizont war ein Reiter auf dem Feldweg unterwegs. Der Atem des Pferdes stieg dampfend auf. Keine Frage, der Herbst kam in der Eifel früher als in Köln.

Ein gleichmäßiges Rauschen lag unter der Idylle. Vom Küchenfenster aus hatte Frieda die Kessenicher Straße im Blick, wo der Berufsverkehr eingesetzt hatte. Die Scheinwerfer der Autos zeigten Richtung Köln. Frieda betrachtete den Stau mitleidig, ehe sie ihrer morgendlichen Körperertüchtigung nachging, die stets auch Harmonie in ihr Seelenleben brachte.

Zehn Liegestütze, zehn Sit-ups, zehn Kniebeugen.

Geduscht, unauffällig gekleidet, frisiert und geschminkt lief sie wenig später startklar für ihr neues Leben zwischen ihren Umzugskarton Slalom und machte sich schließlich viel zu früh auf den Weg zu ihrer Dienststelle. Von der Reinaldstraße auf die Kessenicher hinunter über den Jülicher Ring zur Kölner Straße, für einen Fußweg war es relativ weit, über zwei Kilometer, sicher gab es kürzere Schleichwege und schönere Strecken, wie etwa durch die Auen an der Erft entlang, aber die herauszufinden, lohnte sich nicht, denn für den Rückweg hatte Frieda vielleicht schon ihren Dienstwagen zur Verfügung. Sie war kein Autofan, aber dennoch gespannt, welches Modell man für sie vorgesehen hatte.

Unterwegs entdeckte sie alles für den täglichen Bedarf; Bäcker, Supermärkte, Restaurants und Kneipen und bewunderte auf der Kölner Straße die Kunst auf dem Mittelstreifen. Die Polizeibehörde lag etwas zurück hinter einem Parkplatz und neben dem Haus der Freien Christengemeinde.

Überpünktlich betrat sie das Gebäude und marschierte mit entschlossenem Schritt auf ihr neues Büro am Ende des Flures im ersten Stock zu und betrat es, ohne anzuklopfen.

»Einen wunderschönen guten Morgen!«

Ein wenig zu forsch, denn ihre beiden neuen Kollegen, die sich gegenübersaßen, schreckten auf, als hätte sie sie ertappt. Mit dem Anflug eines Lächelns erhoben sie sich umständlich. Das Büro war überheizt. Frieda brach nach dem schnellen Schritt der Schweiß aus.

»Ah! Frau Kommissarin Friederike Stein!«, brummte der vom linken Schreibtisch, mit Augenbrauen wie dicke, schwarze Balken, einer Stimme wie ein Bär, von stämmiger Statur, und streckte Frieda seine Hand entgegen.

Hinter ihrer Stirn zogen in Windeseile Nachnamen vorbei. Bei keinem sagte ihre Erinnerung Stopp. Von Vornamen ganz zu schweigen.

»Brummer«, half Brummer aus.

»Richtig«, rief Frieda erleichtert und schlug ein. »Hauptkommissar Brummer.« Darauf wäre sie unter normalen Bedingungen selbst gekommen, aber heute war kein Tag wie jeder andere. Sie wandte sich dem Kollegen vom rechten Schreibtisch zu und nahm dessen Hand entgegen. Sein leicht fliehendes Kinn und sein nervöses Blinzeln hatte sie sich gemerkt. Wenn es mit rechten Dingen zuging, musste dieser Mann Neugebauer heißen. »Und Sie sind … eh du musst … eh Hauptkommissar Neugebauer sein?«

»Richtig«, Neugebauer nickte stolz.

»Ihr könnt Frieda zu mir sagen«, sagte Frieda und hoffte, dass sie ihr nun ebenfalls ihre Vornamen bekannt gaben, was sie aber nicht taten.

Neugebauer wies auf einen leeren Schreibtisch, der mit Blick zum Fenster gegenüber von den beiden anderen Schreibtischen stand, sodass das ganze Ensemble ein perfekt geschlossenes U bildete.

Friederikes neuer Arbeitsplatz war ein unspektakuläres Modell: vier Chrombeine, vier Schubladen, eine grauweiße Platte, in die seltsam anmutende Kerben wie Runen geschlagen waren. Zahlen, Daten, Hieroglyphen. Den Drehstuhl musste Frieda absenken, damit sie sich nicht die Knie an der Platte stieß. Ihre Vorgängerin schien eine eher kleinere Person mit kurzen Armen gewesen zu sein, die alles nah um sich herum geschart hatte. Frieda schob den Bildschirm, das Telefon, die Schreibtischlampe, den Papierkorb in die passenden Entfernungen. Sie zog die Schubladen auf. Sie waren leer und sauber bis auf eine Zündholzschachtel, einen abgenutzten Radiergummi, drei verbogene Büroklammern und einen einsamen Kuli, den jemand in seiner Verzweiflung in seine Einzelteile zerlegt hatte. Ihre Vorgängerin?

Frieda hängte ihren grünen Parka über die Stuhllehne. Dem Lederrucksack entnahm sie das unvermeidliche Smartphone, Kalender, Stift sowie einen blütenweißen Kaffeebecher, ohne jeden Schriftzug oder Comic, platzierte alles vor sich hin, ehe sie den Rucksack zu ihren Füßen unterbrachte und die Ärmel ihres Shirts tatkräftig hochschob.

Abwartend betrachteten ihre Kollegen das Treiben.

Als Frieda es bemerkte, lächelte sie sie verlegen an. Links Brummer, rechts Neugebauer. Das konnte sie sich merken. Schweigen. Sie ließ ihre Blicke rastlos umherschweifen, aus dem Fenster hinaus in den Himmel, der heute seltsamerweise gar keine Farbe annehmen wollte, weder Grau noch Blau. Am Horizont waren einige Häuserdächer mit Satellitenschüsseln und Schornsteinen zu erkennen. Ein schwarzer Vogel jagte vorbei. Zurück im Büro geriet unter dem Fenster ein kleines Aktenregal in ihr Blickfeld, auf dem eine Grünpflanze rankte. Eine hartnäckige, anspruchslose Grünlilie. Die Aktenordner in den drei Reihen des Regals waren unordentlich sortiert, stellte Frieda fest, ein Umstand, der sie beruhigte. Sie hasste Perfektion.

Brummer schob ihr einen geheimnisvoll gefalteten Zettel zu und brummte: »Dein Passwort.« Danach lehnte er sich zurück. Neugebauer tat es ihm gleich. Es sah aus, als machten sie sich auf eine längere Wartezeit gefasst.

Frieda ließ den Rechner hochfahren, loggte sich mit wenigen Klicks in den Rechner der Polizeibehörde ein und fragte nach einer knappen Minute: »Und jetzt?«

Die Kollegen quittierten das mit einem anerkennenden Nicken. Und einer gewissen Verwunderung, denn Brummers linke Augenbraue wölbte sich Richtung Stirn, Neugebauers nervöses Blinzeln setzte eine Sekunde aus.

»Die Jugend von heute«, meinte er schließlich kopfschüttelnd.

»Und wie sieht es mit Kaffeekochen aus?«, fragte Brummer.

Frieda blickte sich um und entdeckte hinter der Eingangstür eine Teeküche mit einer Pad-Maschine. Zwei Kaffeebecher standen gespült und kopfüber auf der Spüle. Ein blauer und ein roter. Auf dem blauen stand Achim, auf dem roten Klaus. Sie fragte sich, wer von den beiden Kollegen wohl Achim heißen mochte. Von Klaus ganz zu schweigen. Sie würde es herausfinden, wenn sie ihnen einen Kaffee kochte.

»Das kann ich auch.«

»Wir auch«, meinte Brummer.

Im weiteren Verlaufe des Tages führten Brummer und Neugebauer sie in den Alltag in der Polizeibehörde Euskirchen ein. Sie zeigten ihr den Kopierer und die Poststelle, führten sie durch alle Abteilungen und erklärten ihr die Zusammenhänge. Darüber wurde es Mittag. Eine unbekannte Kollegin in Uniform brachte zwei Essenspakete, wünschte forsch einen guten Appetit und ließ die Tür hinter sich zufallen. Während sich ihre Schritte auf dem Flur entfernten, packten Neugebauer und Brummer aus. Zwei Schalen mit Spaghetti Bolognese, die sogar ein wenig zu dampfen schienen, und zwei Dosen Cola. Der süßsaure Duft der Tomaten erfüllte schnell das Büro.

Friedas Magen knurrte. Sie hatte nicht damit gerechnet, im Laufe des Tages Hunger zu haben. Sie nahm sich vor, am Abend ausgiebig italienisch essen zu gehen. Sie lenkte sich ab, rief das Computerprogramm auf, das sich in Ruhestellung begeben hatte, und begann sich durch das weitverzweigte Organigramm der Polizeibehörde durchzuarbeiten.

»Hier!«

Frieda erschrak, als Brummer einen Suppenteller mit einer Kinderportion Spaghetti vor sie hinstellte.

»Nicht alles auf einmal«, riet Neugebauer und schob sich eine Gabel, auf der sich die Spaghetti wie ein rotes Schlangennest türmten, in den Mund.

»Fangen wir an?«, fragte Frieda wenig später, als die Essensreste beseitigt waren und sie das Fenster öffnete, um den Tomatengeruch zu vertreiben.

»Womit?«, fragte Neugebauer entsetzt.

Sie rieb geschäftig die Handflächen gegeneinander. »Mit der Arbeit?«

»Arbeit?«, echoten Brummer und Neugebauer, als entstammte dieses Wort einer fremden Sprache.

Frieda brannte darauf, endlich etwas zu tun, etwas zu bewirken und zu bewegen. Jemanden retten oder befreien, jagen und stellen. War sie nicht darum hier? Auch wenn dies nicht der Job ihrer Träume war, sie wollte ihn dennoch mit allen Kräften und vollem Einsatz tun.

»Ooooch«, meinte Neugebauer gedehnt.

»Im Moment«, begann Brummer und streckte und reckte sich wohlig, »ist es schön ruhig hier.«

»Das bedeutet, es gibt nichts für mich zu tun?«

»Neeein«, meinte Neugebauer gedehnt. »So darfst du das nicht verstehen. Es gibt immer was zu tun. Wir könnten Akten sortieren, alte Fälle prüfen oder auch …«

»Genau«, sagte Brummer. »Das alles könnten wir tun.«

»Akten?« Frieda war enttäuscht. Sie wollte auf die Straße, sich ins Auge des Taifuns stürzen, notfalls handgreiflich werden. Die Polizeischule war hart gewesen. Sollte alles umsonst gewesen sein? Und wozu hatte man ihr einen Dienstwagen in Aussicht gestellt?

»Müssen wir aber nicht«, beruhigte Brummer beide. »Wir warten erst einmal ab, was der Tag so bringt. Abgesehen davon könnte jeden Moment das Telefon klingeln und hier ist die absolute Hölle los und wir wissen nicht, was wir zuerst machen sollen.«

»Jeden Moment«, bestätigte Neugebauer drohend. »Also genieß die Ruhe vor dem Sturm, Mädchen.«

Man verfiel in Schweigen und hypnotisierte das Telefon. Verdächtig still war es im Zimmer, auch vom Flur und von den benachbarten Büros drang kein Laut herein. Und das Telefon klingelte nicht. Überhaupt nicht.

»Meine Vorgängerin«, sagte Frieda nach einer Weile. Neugebauer blickte sie verwundert an. »Ob ich sie wohl kennenlernen werde?«

»Warum solltest du?«

Frieda hob die Schultern an und ließ sie wieder sinken. Sie wusste es selbst nicht, aber eine vage Neugier hatte sie seit der Begrüßungsfeier nicht mehr losgelassen. Sie fand es bewundernswert, dass sie ihrer eigenen Abschiedsfeier ferngeblieben war, das zeugte doch von Eigensinn und Selbstbewusstsein. Anekdoten über sie hatten die Runde gemacht. Das Bild, das sich in Friedas Kopf in der Zwischenzeit von ihr geformt hatte, war das einer kauzigen, älteren Dame, mit der nicht leicht Kirschen essen war. Einer Art Miss Marple der Eifel. Ihre ermittlerischen Fähigkeiten schienen brillant, ihre emotionale Intelligenz und soziale Kompetenz überragend, da gab es nichts zu beanstanden. Nein, man redete wirklich nur Gutes über sie, aber es war eine Spur zu …

»Wenn du darauf bestehst«, hörte sie Neugebauer sagen, »könnten wir sie einmal fragen und falls sie einverstanden ist …«

»… was ich bezweifle«, steuerte Brummer bei.

»… dann könnten wir sie ja einmal besuchen.« Neugebauer machte die Beine lang und kreuzte die Arme vor der Brust. Brummer tat es ihm gleich. Spiegelbildlich.

Einmal? Das hörte sich an wie im Märchen. »Wenn ihr mir sagt, wo ich sie finden kann, kann ich auch allein …«

»Auf keinen Fall!« Brummer richtete sich auf.

»Immer mit der Ruhe. Du wirst sie schon noch kennenlernen«, sagte Neugebauer.

»Früh genug«, sagte Brummer.

Die ersten Arbeitstage schlichen ereignislos dahin. Am Wochenende war der Trödelmarkt in den Erftauen fast schon ein Höhepunkt. Frieda deckte sich mit Küchenutensilien und Kleinwerkzeug und ein. Sie erstand eine Mütze, einen Schal und ein paar Handschuhe. Der nächste Winter kam bestimmt. Es hieß, sie seien in der Eifel rauer als in Köln.

Am Montag wurde eine Hündin auf der Straße angefahren und rannte danach verletzt davon. Frieda bot sich an, sie zu suchen. Aber sie hatte keinen Erfolg.

Jede Ablenkung tat gut und ließ sie vergessen, wie sterbenslangweilig ihr Job war.

Und dann kam der große Tag doch schneller als befürchtet. Schon am darauffolgenden Dienstag, dem 7. Oktober. Ein Sturmtief, Schauer und Gewitter waren angekündigt. Eine Unwetterwarnung ging übers Land. Aber noch schien die Sonne.

Frieda Stein saß hinten und versperrte Brummer, der den Dienstwagen lenkte, den Blick in den Rückspiegel. Neugebauer hockte neben ihm und stellte das Radio lauter. Die Reportage über die gestiegene Kriminalitätsrate in Rheinland-Pfalz erfüllte beide mit Schadenfreude.

Frieda konnte nicht genau verstehen, was vorne gesprochen wurde, das Motorengeräusch war zu laut und der teilweise Verlust ihres Gehörs machte ihr in Situationen wie diesen zu schaffen.

Sie sah aus dem Fenster. Ein sonniger, klarer Herbsttag breitete sich vor ihnen aus. In der Nacht hatte es wohl geregnet. Einige Abschnitte auf der Straße waren noch nass. Reifenspuren verliefen sich. Über die B 266 verließen sie Euskirchen in Richtung Südwesten, passierten Wisskirchen, Firmenich, Kommern, Roggendorf, Denrath, Scheven – ein Name nicht anders als der andere. Frieda fühlte sich an ihre Fahrt mit Sandra nach Groß-Vernich erinnert. Aber statt Feldern und Wiesen kam Wald auf sie zu und wurde mit jedem Kilometer dichter und dunkler. Es tropfte von den Zweigen und Ästen. Der Waldboden glänzte feucht im Sonnenlicht, das durch die Wipfel fiel und zwischen den Stämmen hindurchsickerte.

Kurz vor Gemünd wechselte Brummer auf die B 265 in Richtung Heimbach und Hergarten und folgte einer schnurgeraden Strecke. Im Straßengraben sirrten Insekten. Die nackten Fichtenstämme am Waldrand ähnelten Skeletten. In den Pfützen spiegelten sich die Wolken.

Und danach Wolfgarten.

Ein kleines Gasthaus, die *Kermeterschänke*, eine schmale Straße, der Ziegenbendgesweg, der durch die von gediegenen Einfamilienhäusern geprägte Siedlung führte, um sich am Ortsrand, nach einer kleinen Anhöhe, jäh und unerwartet in einen Feldweg zu verwandeln, genau dort stand ein Forsthaus, von hohen Fichten umgeben. Auf dem steilen Dachgiebel hockten schwarze Rabenvögel und unterhielten sich. Hinter dem Jägerzaun lag ein verwilderter Garten, in dem Gräser blühten. An den Fensterläden, vor Jahren grasgrün gestrichen, so wie die Fensterrahmen und die Haustür, blätterte die Farbe ab, war Opfer des immer rauen Eifelwindes geworden. Es fehlte nur weißer Rauch aus dem Kamin und das Hexenhäuschen wäre komplett gewesen. Und die Stromleitung, von der die Kollegen gesprochen hatten.

»Hier wohnt sie?«, fragte Frieda verwundert, und als sie keine Antwort bekam: »Und wo ist die Stromleitung?«

Brummer wies auf die Erde. »Unterirdisch.«

»Hypermodern«, kommentierte Neugebauer.

Hinter den drei kleinen Sprossenfenstern im Erdgeschoss war nicht viel zu erkennen. Es brannte kein Licht. Niemand lief auf und ab. Und dennoch hatte es geheißen, Sonja Senger erwarte sie. Sie blickte auf die Uhr. Es war 16 Uhr. Sie waren pünktlich.

Sie parkten vor dem Jägerzaun, stiegen aus, reckten und streckten sich nach der langen Fahrt, richteten ihre Kleidung, fuhren sich durch die Haare und bemühten sich, den Pfützen aus dem Weg zu gehen.

»Gehen wir«, befahl Brummer. Es klang ein wenig resigniert, so als gäbe es nun kein Zurück mehr. Im Gänsemarsch traten sie an, Brummer, Neugebauer und Stein, über die vier ausgetretenen Steinstufen bis zur Haustür.

»Moment!«, sagte Brummer und gebot den Kollegen mit Handzeichen Einhalt. Er atmete tief ein, blähte seinen Brustkorb, zog seine linke Schulter hoch und warf sich mit Entschlossenheit gegen die Haustür. Knirschen im Gebälk. Beim dritten Mal gab die Haustür nach und flog weit auf. Brummer rieb sich die Schulter.

»Obwohl sie jetzt wirklich Zeit genug hätte, das mal reparieren zu lassen«, brummte er.

Frieda ließ die Kollegen vorgehen, sah sie hinter den kleinen Windfang verschwinden und horchte auf die Stimmen im Haus. Die Begrüßung fiel nicht übermäßig freundlich aus.

»Du siehst fantastisch aus«, hörte sie Brummer rufen.

»Red keinen Blödsinn«, konterte eine weibliche Stimme. Sie klang tief und melodisch, aber auch unwirsch.

»Der Ruhestand scheint dir wirklich gutzutun«, schloss Neugebauer sich ein wenig unbeholfen an.

»Ach, hör auf! Was wollt ihr überhaupt hier?«

Stühlerücken, Schritte. Stimmen.

»Stein!«

Frieda hatte sich den Kopf am Türsturz schon gestoßen, bevor sie feststellen konnte, wie niedrig die Zimmerdecke im Forsthaus war. In gebückter Haltung durchquerte sie den Windfang bis sie im Türrahmen zu einer großen Wohnküche stand.

»Guten Tag«, sagte sie artig, hob kurz die Hand und versuchte die Szene mit einem Blick zu erfassen. Ein großer, ovaler Tisch, an dem sich Brummer und Neugebauer niedergelassen hatten, Büfett, Anrichte und Kommode, ein grüner Kachelofen mit rußigem Ofenrohr, eine Kochnische mit Spüle und Kochplatte. Eine Stiege führte hinter dem Ofen ins Obergeschoss, am Fenster stand ein Ohrensessel ... und darin saß sie: Hauptkommissarin a. D. Sonja Senger.

Beine hoch, Füße auf einem Hocker, Blick hinaus, obwohl es draußen nichts zu sehen gab, nichts außer einer Aussicht, die sie kennen musste. Vom grauen Wuschelkopf, einer Lesebrille auf der Nasenspitze, die das Profil unterbrach, über die karierte, viel zu weite Flanellbluse, die ausgebeulten Jeans, die bunten Wollsocken und die Filzpantoffel – Frieda hatte sie sich irgendwie anders vorgestellt. Sie schien doch eine gemütliche, alte Dame zu sein. In ihrem Schoß hatte sich eine dunkelgraue Katze zusammengerollt, die sie mit gelben Augen misstrauisch anblinzelte. Frieda wusste, wie man mit fremden Katzen umging, sie war mit ihnen groß geworden. Dem mächtigen Schädel nach war die Katze ein Kater. Frieda ignorierte ihn.

Ein Räuspern, das nicht aus dem Ohrensessel kam, riss Frieda aus ihren Gedanken.

»Das ist übrigens deine Nachfolgerin«, sagte Brummer und zwinkerte Frieda zu. »Friederike Stein.«

Aus dem Ohrensessel kam kein Lebenszeichen.

»Wir sollen sie Frieda nennen.«

Neugebauer schickte Frieda mit wilden Gesten Richtung Ohrensessel.

»Sie wollte dich unbedingt kennenlernen«, fuhr Brummer seelenruhig fort. »Keine Ahnung, warum.«

Der Kater gähnte laut.

»Wir haben ihr zwar gesagt, dass du deine wohlverdiente Ruhe haben willst, aber Frieda hat nicht locker gelassen.«

Neugebauer gluckste. Frieda fiel das Kinn herunter.

»Was sollten wir da machen?«

Der Kater sprang auf den Boden. Auf den alten Holzdielen waren seine Schritte lautlos. Er zwängte sich durch die Tür und beklagte sich draußen.

»Frieda ist an allem Schuld. Beschwer dich bei ihr.«

Sonja faltete ihre Hände im Schoß und drehte Däumchen. Links herum, rechts herum.

Frieda wurde langsam nervös. Sie trat einen Schritt näher und sagte: »Guten Tag, Frau Senger, freut mich wirklich, Sie kennenzulernen.«

Und Sonja Senger erwachte zum Leben, wandte sich ihr zu, nahm ihre Lesebrille ab, legte den Kopf schief, streckte ihr die Hand entgegen und sagte. »Ich mich auch. Herzlich willkommen.«

Erleichtert griff Frieda zu und bückte sich zu ihr hinab.

Sonja nutzte die Gelegenheit und zog sich an Friedas Hand hoch. Als sie vor ihr stand, reichte sie ihr knapp bis zur Schulter. Sie musste den Kopf in den Nacken legen, um sie anzuschauen. »Mögen Sie einen Kaffee?«

»Ja, gerne, auf jeden Fall.«

»Wir auch«, rief Brummer.

Sonja trat in die Kochnische und füllte den Wasserkessel. »Ich wusste nicht, dass Sie kommen würden, sonst hätte ich Kuchen gekauft«, sagte sie, ohne sich umzudrehen.

»Kein Problem.« Frieda blickte verwundert zu den Kollegen. »Kaffee reicht völlig.«

»Uns nicht«, rief Brummer. »Hast du nicht wenigstens ein paar Plätzchen?«

Sonja hantierte herum, als hätte sie nichts gehört.

»Schön wohnen Sie hier, wirklich, zu beneiden sind Sie«, sagte Frieda.

Sonja drehte sich herum und lächelte schon wieder, oder immer noch? »Das sage ich mir auch immer.«

»Kann ich Ihnen irgendwie helfen?«

Neugebauer und Brummer verdrehten die Augen.

»Ja. Kaffeebecher, Löffel und Zucker sind da drüben in der Anrichte. Milch ist im Kühlschrank.« Als der Wasserkessel pfiff, nahm Sonja ihn von der Kochplatte und goss das Wasser in den weißen Porzellanfilter. Kaffeeduft stieg auf.

Wenn Frieda die Kollegen nicht bedient hätte, wären sie wahrscheinlich leer ausgegangen, denn Sonja tat, als wäre sie mit ihr allein im Forsthaus. Mit diesem zufriedenen Dauer-Lächeln im Gesicht. Frieda zog einen Stuhl zum Ohrensessel.

»Sie kommen auch aus Köln, stimmt's?«, fragte Sonja.

»Hört man das?«, fragte Frieda zurück.

»Kaum. Wo wohnen Sie jetzt?«

»In Euskirchen, in der Reinaldstraße. Ist meine erste eigene Wohnung.«

»Da wohnen Sie?«, fragten Brummer und Neugebauer im Chor mit einer Mischung aus Verwunderung und Respekt.

»Die erste eigene Wohnung ist immer die beste«, sagte Sonja Senger. »Ich erinnere mich gut.«

»Muss 'ne Weile her sein«, steuerte Brummer bei.

Sonja ignorierte den Einwand und konzentrierte sich ganz auf Frieda. »Und wie gefällt Ihnen die Arbeit?«

»Na ja«, meinte sie verlegen. »Es ist nicht viel los zurzeit. Aber das hat auch sein Gutes. So kann ich mich in Ruhe einarbeiten. Ist ja auch mein erster Job.«

»Oh! Der erste Job ist nicht immer der beste. Ich erinnere mich gut.«

»Muss 'ne Weile her sein«, musste Brummer noch einmal von sich geben.

»Aber unter uns, eigentlich hoffe ich, es passiert bald was«, sagte Frieda und verbesserte sich sofort. »Also, nicht, dass Sie denken, dass ich jemandem was Böses wünsche, aber ich bin ja in der Mordkommission und da wäre es doch schön, wenn … ach,« sie winkte ab. »Ich rede mich wohl gerade um Kopf und Kragen.«

»Überhaupt nicht«, lächelte Sonja. »So ist es mir auch immer gegangen. Ich habe immer auf Leichen gewartet. Des einen Freud ist des anderen Leid. Haben Sie schon Ihren Dienstwagen?«

Frieda schüttelte den Kopf. »Ich warte noch drauf.«

»Sie könnten sich ein Auto kaufen und es als Dienstwagen deklarieren lassen«, riet Sonja. »Dann haben Sie wenigstens Einfluss auf die Marke.«

Frieda rieb Daumen und Zeigefinger aneinander und verzog das Gesicht. »Das könnte ich frühestens am nächsten Ersten.«

»Verstehe.«

»Wissen Sie«, Frieda beugte sich vor und sprach leise. »Ich will meine Eltern nie mehr anpumpen müssen. Ist mir egal, was ich bekomme. Hauptsache vier Räder und ein Motor.«

»Und ein Dach«, ergänzte Sonja. »Sie sind jetzt in der Eifel.«

»Klar, ein Dach wäre auch nicht schlecht.«

Räuspern hinter den beiden Frauen. Füßescharren. Die Herren machten sich bemerkbar. Sie schienen sich unbeachtet vorzukommen.

»Was gibt es denn Neues bei dir hier im Nationalpark?«, fragte Brummer.

»Waldsperrungen«, antwortete Sonja. »Man hat jetzt neue Verbotsschilder entwickelt. Aber die sind auch nicht abschreckender als die alten.«

»Lass mich raten: Pilze«, tippte er.

Sie nickte. »Immer mehr Waldgebiete werden jetzt von ihren Besitzern gesperrt. Das scheint die einzige Möglichkeit für sie zu sein, gegen die gewerblichen Pilzsammler vorzugehen, die hordenweise in die Wälder einfallen und alles pflücken, was ihnen in die Quere kommt. Steinpilze, Pfifferlinge, Maronen. Sie lassen nichts stehen.«

»Dass sich das lohnt«, wunderte sich Brummer. »Ist doch eine Heidenarbeit.«

»Doch. Doch. Ein Kilo Steinpilze bringt immerhin 60 Euro.«

»Echt?«

»Und was gibt es Neues in der großen, weiten Welt?«, fragte Sonja.

»Heute wurde der erste Fall von Ebola außerhalb Westafrikas bekannt.«

Sonja verzog das Gesicht. Das war eine andere Kategorie, keine Frage.

Neugebauer sprang plötzlich auf, als könnte er die Harmonie im Forsthaus nicht länger ertragen. »Also, ich hab Hunger.« Zwei Schritte und er langte nach einer der bunten Blechdosen aus einer nostalgischen Sammlung, die oben auf der Anrichte stand. Als er die vergoldete, alte Zwiebackdose der Firma Brandt schüttelte, hörte es sich vielversprechend an. Er öffnete sie mit Gewalt und blickte hinein.

»Knöpfe!«

Er stellte sie zurück und griff zur nächsten Dose. Sechs Augenpaare folgten ihm misstrauisch, nein, es waren acht, denn auch der graue Kater war zurückgekehrt, begann sich für die Suchaktion zu interessieren und fixierte eine grüne Dose mit der Aufschrift *Jacobs Kaffee*. Als sie an die Reihe kam, pfiff Neugebauer und rief: »West! Sieh mal, was ich hier habe!«

West hob ein Bein an, machte sich länger.

Neugebauer warf einige Leckerlis auf den Boden. Sie rollten in verschiedene Richtungen davon und West war beschäftigt.

In der letzten Dose, Neugebauers Zuversicht war längst verschwunden, rappelte es wieder verheißungsvoll, als er sie schüttelte, aber dieses Mal rappelte es irgendwie anders, konkreter.

»Kekse!«

8. Kapitel

Als Frieda sich Stufe für Stufe ihrer Wohnung entgegenquälte, war sie immer noch nicht wieder klar im Kopf. Sie musste sich am Geländer hochziehen und war froh, keinem Nachbarn zu begegnen. Das Licht im Treppenhaus ging ständig aus. Die Stufen schienen kein Ende nehmen zu wollen. Auf jedem Treppenabsatz sah sie fluchend nach, ob ihr Name auf einer der Klingeln stand. Welch ein Teufelszeug hatte Sonja Senger in die Kekse gepackt?! Kein Wunder, dass sie selbst davon nichts hatte essen wollen.

Frieda legte eine Pause ein, ließ sich atemlos auf eine Stufe fallen, kreuzte die Arme über den Knien und legte ihren Kopf darauf. Sie musste eingeschlafen sein, erschrak, als jemand an ihrem Arm zog.

»Hallo!«

Sie schüttelte die Hand ab.

»Hallo! Was machen Sie da?«

»Nichts«, knurrte sie.

»Sind Sie krank?« Eine weibliche Stimme.

»Lassen Sie mich in Ruhe.«

»Aber Sie können hier doch nicht die ganze Nacht sitzen bleiben.«

»Und ob ich das kann! Das hier ist meine erste eigene Wohnung, ich kann hier machen, was ich will.«

Das saß. Die Stimme verstummte. Erleichtert vergrub Frieda ihren Kopf in der Ellbogenbeuge. Sie kniff die Augen zusammen und lauschte auf Schritte, die sich entfernen würden. Vergeblich. Stattdessen spürte sie, wie sich jemand neben sie setzte und an sie lehnte. Verdammt!

»Sie haben doch gesagt, vielleicht sehen wir uns einmal wieder.«

»Hm.« Frieda konnte sich an nichts erinnern. Sie wusste nur, dass ihr Kopf um das Doppelte angeschwollen sein musste.

»Wir sind doch Nachbarn«, schluchzte ihre Nachbarin.

Das Allerletzte, was Frieda jetzt gebrauchen konnte, war ein Schwätzchen mit der Nachbarin. Aber sie wollte wenigstens ihren guten Willen zeigen. »Morgen vielleicht, ja?«

Der Körper neben ihr wurde von heftigem Schluchzen erschüttert. Sie seufzte, hob langsam ihren Kopf und zwang ihre Augenlider sich zu öffnen. Was sie im halbdunklen Treppenhaus sah, erschreckte sie und machte sie schlagartig wach. Neben ihr saß Sandra, die Nachbarin, die sie nach deren Sturz, bei dem sich unter anderem ihr Pullover automatisch auf links gedreht hatte, in ihren Umzugswagen getragen und zur ihrer Freundin nach Groß-Vernich gefahren hatte. Sandra, die Dankbare.

»Sind Sie wieder hingefallen?«, fragte Frieda.

Kopfschütteln.

»Soll ich Sie wieder zu Ihrer Freundin fahren? Wie hieß sie noch gleich?«

»Nadine.«

»Ja, genau, Nadine aus Klein-Vernich.«

»Groß-Vernich«, verbesserte Sandra sie.

»Geht trotzdem nicht, ich habe nämlich kein Auto. Noch nicht. Morgen vielleicht.« Sie seufzte. »Hören Sie, ich habe einen harten Tag hinter mir. Ich bin total kaputt. Wir können uns gern ein anderes Mal unterhalten. Aber heute, heute geht es wirklich nicht, verstehen Sie das?«

Schluchzen.

Dann eben nicht, dachte Frieda und rappelte sich auf, drehte sich um und blickte die Treppe empor. Sie war nur wenige Stufen von ihrer Wohnung entfernt. Und ihrem Bett.

»Er hat mir Blumen gebracht.«

Frieda hielt inne.

»Er war wieder in meiner Wohnung.«

Frieda dachte angestrengt nach. Wovon sprach Sandra?

»Und mein Medaillon hat er mitgenommen«, hörte sie Sandra flüstern.

Medaillon? Was war noch einmal ein Medaillon? Friedas Gehirnwindungen waren blockiert. Sie drehte sich zu Sandra um: »Was für ein Medaillon?«

Sandra seufzte, formte mit Daumen und Zeigefinger ein O und sagte: »Mit dem Foto meiner Eltern drin. Ich frage mich, was er damit anfangen will. Er weiß genau, wie sehr ich daran hänge, es ist mein Glücksbringer, das einzige Foto, das ich von meinem Vater habe, ohne das Medaillon bin ich nur ein halber Mensch und überhaupt nicht …«

»Von wem reden Sie eigentlich die ganze Zeit?«, unterbrach Frieda sie.

»Na, von *ihm* natürlich!«, stieß Sandra wütend hervor. »Wem denn sonst?«

Frieda hielt sich die Ohren zu. Sandras Sätze klangen wie Kanonenschläge. Als sie vor ihrer Wohnungstür stand, betätigte sie den Lichtschalter und fingerte aus ihrer Jeanstasche den Schlüssel. Sandra stand atemlos neben ihr.

»Mein Ex-Freund.«

»Natürlich«, nickte Frieda resigniert. »Warum bin ich nicht selbst darauf gekommen?«

Frieda schloss auf und betrat ihre Wohnung. Sandra folgte ihr ohne Aufforderung. Frieda ging in die Küche, machte Licht, nahm ein Wasserglas von der Spüle, ließ frisches Leitungswasser hineinlaufen und leerte es in einem Zug. Der Schlüssel schien ihr kein ausreichendes Argument zu sein. Schlüssel konnte man nachmachen, Türen konnte man ohne Schlüssel öffnen. Aber Blumen vom Ex? Das ging zu weit. Frieda betrachtete Sandra, die mit hängenden Schultern vor ihr stand. Sie trug ein überweites, grünes Shirt, Jeans und Sneakers. Ihre Haare hatte sie zu einem Pferdeschwanz zusammengebunden, der über ihre rechte Schulter hing. Was erwartete sie von ihr? Und umgekehrt: Was erwartete sie von Sandra? Vielleicht sollten sie es mit der Wahrheit probieren.

»Und wegen Ihrem Ex sind Sie auch letzte Woche hingefallen?«

Sandra versuchte zu grinsen und hob ein wenig einen Mundwinkel an. »Wenn Sie ein wenig Zeit hätten, dann würde ich Ihnen ja gern alles erklären, aber ...« Eine Melodie ertönte. Sie erschrak. Über Gebühr, wie Frieda fand. Sie schlug eine Hand vor den Mund und zog die Augenbrauen bis zum Haaransatz hoch. Mit der anderen Hand fischte sie ihr Smartphone mit spitzen Fingern aus der Hosentasche. Nach einem Blick auf das Display, drückte sie den Anruf weg und stöhnte resigniert auf: »Nein! Nicht schon wieder.«

»Was?«

»Er ruft immer mit unterdrückter Nummer an oder schickt mir SMS.«

»Ihr Ex?«, versicherte sich Frieda.

Sie nickte. »Wer sonst?«

»Und was sagt er?«

Sandra presste ihre Hände gegen ihre Schläfen. »Fuck off. Immer nur Fuck off. Fuck off. Fuck off. Ich werde noch wahnsinnig.«

»Hm.« Frieda fiel partout nicht ein, was sie jetzt noch denken oder sagen oder fragen könnte. Krampfhaft versuchte sie sich an den Tag zu erinnern, als sie Sandra in ihren Umzugswagen getragen hatte. Aber die Details hatten sich aufgelöst. »Ich weiß nicht, was ich für Sie tun könnte«, erklärte sie mühsam und merkte, dass ihre Zunge ihr nicht gehorchte. Sie lallte. Wie peinlich. Oberpeinlich. Eine schöne Kommissarin war sie, die teuflische Kekse konsumierte und deswegen nicht in der Lage war, einer Person in einer

Notsituation zu helfen. Gut, dass Sandra davon nichts ahnte.

Frieda entnahm den Lippenbewegungen, dass ihr Gegenüber sprach, aber sie konnte sie nicht verstehen. Vage nickte sie ihr zu. Sie wünschte, sie würde endlich gehen und sie in Ruhe lassen. Ihre Augenlider wurden schwerer mit jedem Moment. Sie spürte, dass sie wankte. Es fehlte nicht viel und sie würde Sandra in die Arme sinken. Sie konnte nicht mehr. Heute ging nichts mehr. Morgen, morgen, morgen war sie zu allem bereit. Da würde sie sich für die ganze Welt einsetzen und sie retten.

Sie ließ Sandra stehen, schlurfte an ihr vorbei Richtung Schlafzimmer und stieß die Tür mit den Knien auf. Sie machte kein Licht, zog ihre Bluse aus der Jeans und begann sie aufzuknöpfen, als sie Sandra fragen hörte:

»Sie sind doch bei der Polizei, oder?«

Frieda hielt inne. »Wie kommen Sie denn darauf?«

»Flurfunk.«

»Wie bitte?«

»Unser Vermieter erzählt das überall herum.«

Frieda seufzte. Sie hatte nicht geahnt, dass es nötig sein würde, den Vermieter daran zu erinnern, dass ihre persönlichen Daten, die aus dem Mietvertrag hervorgingen, unter den Datenschutz fielen. Nun wussten es alle. Egal. Sie zog ihre Bluse von den Schultern. »Ich wäre Ihnen dankbar, wenn Sie jetzt gehen würden. Ich bin wirklich sehr müde. Bitte kommen Sie morgen ins Kommissariat und wir werden uns um Sie kümmern.

»Kann ich hier schlafen?«, hörte sie eine ängstliche Stimme.

»Auf keinen Fall.« Sie stolperte in die Küche zurück. Sie war leer. Sandra hockte im Wohnzimmer auf dem kleinen, gelben Sofa, hatte die Beine hochgezogen und das Kinn auf die Knie gelegt. »Hören Sie, das geht wirklich nicht. Und ich sehe auch die Notwendigkeit nicht ein. Es gibt Telefone heutzutage. Ich gebe Ihnen meine Nummer und Sie können mich jederzeit anrufen und ich bin in einer halben Minute drüben bei Ihnen. Ich kann notfalls auch von meinem Balkon aus direkt auf Ihren klettern, also ich bitte Sie, es besteht überhaupt keine Veranlassung, sich hier bei mir einzuquartieren.« Sie ignorierte, dass Sandras Augen zugefallen waren. Sie stellte sich schlafend, das war schon klar. Aber das würde ihr nichts nützen. »Wissen Sie, die Stelle im Kriminalkommissariat Euskirchen, das ist eine wichtige Sache für mich. Ich möchte mir da nichts versauen. Ich könnte mir vorstellen, dass, wenn Sie morgen eine Anzeige gegen Unbekannt aufgeben und man sie fragt, wo Sie letzte Nacht verbracht haben und Sie antworten, bei Kommissarin Friederike Stein auf dem Sofa, dass wir Ärger bekommen, also vor allem ich. Hallo! Hören Sie mir überhaupt zu?«

»Hm«, sagte Sandra. »Ich habe alles gehört. Alles.«

»Dann stehen Sie jetzt endlich auf. Ich bringe Sie auch nach drüben, wenn Sie Angst haben, allein in die Wohnung zu gehen.«

»Danke, das ist wirklich sehr nett von Ihnen.«

Mit einer so kurzfristigen Lösung hatte Frieda schon nicht mehr gerechnet. Dankbar begleitete sie Sandra hinaus, das Treppenhaus hinunter und ein Haus weiter das Treppenhaus wieder hinauf. Sie wollte gehen, nachdem sie die Tür aufgeschlossen hatte, aber Sandra bat sie, zuerst die Wohnung zu inspizieren. Frieda registrierte den Blumenstrauß auf dem Küchentisch, der angeblich vom Ex dort hingestellt war, konnte aber ansonsten nichts Auffälliges bemerken.

»Es ist alles in Ordnung«, beruhigte sie Sandra, als sie zurück in den Flur kam.

Aber die schien ihre Worte nicht zu hören. Gebannt starrte sie auf die kleine, schwarze Schiefertafel an der Wand neben der Wohnungstür. Frieda trat neben sie.

Fuck off.

Ungelenke, krakelige Buchstaben, aber eine eindeutige Botschaft. Seine Botschaft.

Sandra zitterte am ganzen Körper. Sie schreckte zurück, als Frieda eine Hand auf ihren Arm legte, schüttelte sie ab und blitzte sie wütend an.

»Ganz ruhig.«

Sandra öffnete ihren Mund, aber kein Laut kam heraus.

»Pssst«, machte Frieda. »Ist schon gut. Ich kann hier bleiben, wenn Sie wollen.«

Sandra nickte stumm.

»Gut. Gehen Sie schlafen. Ich passe auf. Aber nur, wenn Sie morgen früh ins Kommissariat kommen.«

»Versprochen«, flüsterte Sandra.

Frieda versuchte sie aufzumuntern. »Schwören Sie es.«

»Ich schwöre.«

9. Kapitel

Stolz betrachtete Tony Harper seine rechte Hand und hielt sie ins matte Sonnenlicht, das durch das Fenster ins Zugabteil fiel. Rosa glänzten die fünf wohlgeformten Fingernägel, die Halbmonde prangten silbern, die Nagelhaut war praktisch unsichtbar. Er hatte nicht gewusst, wie gepflegt Fingernägel aussehen können, ehe Monika vom Nagelstudio *Paradise* in Wittlich sich am Vortag seiner Hand angenommen hatte. Der Rauswurf war schon fast wieder vergessen. Tony war schon viel zu oft irgendwo hinausgeworfen worden, um sich das zu Herzen zu nehmen. Liebevoll strich er über die dunklen Haare auf seinem Handrücken, die er vor Monika hatte retten können. Er hielt beide Hände nebeneinander. Die Fingernägel seiner linken Hand sahen bemitleidenswert stiefmütterlich aus. Irgendwie passend, denn die Linke war seine Arbeitshand.

Tony saß im Regionalexpress Richtung Euskirchen, eine Reise von insgesamt zwei Stunden und 23 Minuten, das Umsteigen in Trier-Ehrang hatte er schon hinter sich. Es war später Vormittag, und ein herbstlicher

Sturm hatte ihm das Leben auf dem Bahnsteig schwer gemacht, war ihm in die offene Cordjacke gefahren und hatte seine weiten Hosenbeine aufgebläht. Eine kühle, staubige Luft hatte in seinen Augen gebrannt und seine Frisur zerzaust. Er war viel zu dünn angezogen.

Und der Zug hatte obendrein Verspätung. Schon acht Minuten. Aber niemand schien sich darüber zu wundern. Die wenigen Passagiere harrten gelassen am Gleis und schienen Verspätungen gewohnt zu sein. Nur Tony lief nervös auf und ab, zog seinen Koffer hinter sich her und verglich die Uhrzeiten.

Als der Zug um 11.18 Uhr endlich einlief, drängelte Tony sich vor, stieg als Erster in den Wagen ein, der vor ihm hielt, und suchte sich einen Platz am Fenster in Fahrtrichtung. Seinen Koffer stellte er neben sich. Der Wagen blieb fast leer. Die wenigen Passagiere saßen einzeln und verstreut und beschäftigten sich mit ihren Smartphones oder blickten aus den Fenstern. Tony gegenüber nahm ein Mann Platz. Er entfaltete eine dünne Zeitung mit großer Schrift. Die Schlagzeile fiel Tony ins Auge: Der Übergriff einiger Wachleute auf Flüchtlinge in einer Notunterkunft schockierte ihn. Er wandte sich voller Grauen ab und lenkte seinen Blick in die dünn besiedelte Landschaft. Einzelne Regentropfen zerplatzten an den Fensterscheiben. Die hügeligen Waldabschnitte mit ihrem herbstlich gefärbten Laub wichen geraden Ackerflächen und Wiesen. Der Sturm jagte Wolkenfelder Richtung Süden, Vögel hoben und senkten sich. Die freien, graublauen Luftfelder wurden kleiner, eine geschlossene graue Schicht bahnte sich unweigerlich heran. Der Himmel verdunkelte sich.

Tony wandte den Blick ab, lehnte seinen Kopf an, schloss die Augen und fragte sein Inneres nach dem Stand der Dinge. Im Grunde konnte er zufrieden sein. Er wusste nun, dass Berthilde und Sandra Feldmann im Jahre 1998 von Wittlich nach Euskirchen gezogen waren. Er wusste nicht, wie groß die Stadt war, in die er fuhr, er hatte auch nicht den kleinsten Hinweis, wo er die beiden suchen sollte, aber er würde sie finden, daran hatte er keinen Zweifel. Er hatte bisher immer alle gefunden. Früher oder später.

Aber der Umstand, offensichtlich einen Konkurrenten zu haben, der versuchte, ihm den Job abzujagen, beunruhigte ihn mehr, als er anfangs vermutet hatte. Ja, die Vorstellung missfiel ihm. Das war ihm noch nie passiert. Er fühlte sich unter Druck.

Sein weitaus größtes Problem – von Zoe abgesehen – war aber, dass es immer unwahrscheinlicher wurde, dass er Dr. Daniel Weinberg den erhofften Sohn bringen konnte. Zu viele Zeugen hatten beteuert, dass Berthilde Feldmann ein Mädchen habe. Allein die erstaunlich heftige Reaktion von Monikas Mutter bot noch einen gewissen Spielraum an Interpretationsmöglichkeiten, war ihr doch bei der Frage nach einem Sohn fast die Schüssel aus der Hand gefallen. Sie hatte weder Ja noch Nein gesagt. Was konnte das bedeuten? Dass es außer der Tochter Sandra doch noch einen Sohn gab oder gegeben hatte? Der Junge konnte tot sein oder adoptiert und Gott weiß wo leben.

Der Zug verlangsamte seine Geschwindigkeit und hielt in Gerolstein. Pünktlich um 12.56 Uhr. Er musste die Verspätung unterwegs aufgeholt haben, obwohl er in jedem Nest gehalten hatte. Als Toni eine Gruppe junger Männer am Gleis herumlungern sah, spielte er eine Sekunde lang mit dem Gedanken, einen x-beliebigen, jungen, deutschen Mann im entsprechenden Alter, der sich in finanzieller Not befand und für Geld alles tat, von der Straße zu holen und Daniel Weinberg als Sohn zu präsentieren. Erst im letzten Jahr war so ein Fall in seiner Heimatstadt Albany durch die Presse gegangen. Er war nicht gut ausgegangen. Ein Vaterschaftstest hatte Klarheit gebracht, und der Betrüger wurde mit Schimpf und Schande davongejagt. Aber der Vater war – wie Daniel – in einem derart desolaten körperlichen Zustand gewesen, dass er den Ausgang des Vaterschaftstestes nicht mehr erlebt hatte und zumindest in dem friedlichen Bewusstsein eingeschlafen war, einen Sohn zu haben, der seinen Namen weitertragen würde. Erst seine Erben hatten das neue Familienmitglied zum Teufel gejagt.

Ein Blick auf die Uhr. Noch eine knappe Stunde bis Euskirchen. Dort brauchte er wieder dieselben Dinge wie in Wittlich: ein Hotel, ein Fahrrad, einen Stadtplan und einen Informanten. Er hatte überhaupt keinen einzigen Anhaltspunkt. Das Einwohnermeldeamt könnte eine Anlaufstelle sein. Das örtliche Telefonbuch musste nicht unbedingt etwas bringen, weil sich viele Bürger in Zeiten des mobilen Telefonierens und Datenschutzes – jedenfalls war das in Amerika der Fall – nicht mehr eintragen ließen. Eine kranke Berthilde ließ sich vielleicht über Ärzte oder Krankenhäuser ausfindig machen. Alten- und Pflegeheime schloss er aus, da sie eine Tochter hatte. Töchter neigten dazu, ihre Mütter zu pflegen. Ungeduldig blickte Tony aus dem Fenster. Eine ziemliche Kleinarbeit lag vor ihm.

Das *Parkhotel* lag gegenüber dem Bahnhof. Tony stolperte sozusagen darüber und beschloss, dort einzuchecken. Es vermietete selbst keine Fahrräder, konnte Tony Harper aber das gewünschte Fahrrad für den nächsten Tag beschaffen. Der Stadtplan gehörte zur noblen Zimmerausstattung. Einen Informanten zu finden, schien schon eher ein Problem zu werden. Das *Parkhotel* war kein Familienunternehmen so wie das Hotel *Well* in Wittlich. Das Personal war jung und flexibel, aber nicht einheimisch.

Tony marschierte auf sein Zimmer, stellte seinen Koffer ab, setzte sich auf das voluminöse Boxspring-Bett und befragte sein Smartphone. Das Telefonverzeichnis Euskirchen präsentierte sich selbstverständlich im Netz. Den Familiennamen Feldmann gab es aber sage und schreibe nur ein einziges Mal. Ohne Adressangabe, ohne Vornamen. Tony wählte die Festnetz-Nummer. Niemand hob ab. Ein Anrufbeantworter sprang an. Eine weibliche Stimme bat darum, dass man eine Nachricht hinterließ. Die Stimme schien einer jungen Frau zu gehören. Tony legte auf.

Das Einwohnermeldeamt – ebenfalls im Netz präsent – war Teil des Bürgeramtes und an diesem Tag, einem Mittwoch, von acht Uhr bis 14 Uhr geöffnet. Tony war zu spät. Für heute. Er versuchte sein Glück über die EMA, die elektronische Meldeauskunft. Aber ohne das exakte Geburtsdatum, den Namen der Straße und die Hausnummer, konnte er die Anfrage gar nicht erst absenden. Es blieb die Archivauskunft, die er am nächsten Tag persönlich in die Wege leiten konnte. Aber es war unwahrscheinlich, dass er die gewünschten Angaben von dort bekommen würde, denn Erfolg wurde nur in Aussicht gestellt, wenn die letzte bekannte Adresse nicht älter als fünf Jahre war. Er aber hatte gar keine Adresse. Es sah insgesamt schlecht für ihn aus.

Tony rief die Rezeption des Hotels an und fragte, ob man ihm eine Liste aller Ärzte und Krankenhäuser in Euskirchen überlassen könne. Lag es an seinem unzureichenden Deutsch, oder warum zögerte die weibliche Stimme am anderen Ende der Leitung?

»Geht es Ihnen nicht gut?«, fragte sie endlich.

»Doch, doch«, antwortete Tony. »Aber, ich suche eine alte Dame. Eine deutsche Freundin meiner Mutter. Sie weiß nicht, wo in Euskirchen sie wohnt. Ich weiß nicht, wie ich sie finden soll. Ich dachte mir, dass sie vielleicht ab und zu zu einem Arzt geht.«

»Verstehe. Wenn Sie mir den Namen der alten Damen sagen, könnten wir Ihnen vielleicht behilflich sein.«

»Wirklich?« Tony konnte es sich nicht vorstellen. »Das würden Sie tun?«

»Kein Problem. Wir haben da unsere Kontakte.«

»Berthilde Feldmann heißt sie.«

»Berthilde Feldmann«, wiederholte die Rezeptionistin.

Er hätte sich nicht gewundert, wenn sie als Nächstes gesagt hätte: *Schon wieder!* Aber sein Konkurrent war hier offensichtlich nicht abgestiegen, denn sie sagte: »Ein paar Minuten, bitte. Ich melde mich.«

Die Wartezeit überbrückte er mit Auspacken. Das Wörterbuch und den Prospekt vom WRC legte er auf

seinen Nachttisch. Er wusch mit Duschgel ein ver-
schwitztes Hemd im Waschbecken, hängte es auf einen
Bügel und diesen an die Dusche. Als er sich im Spiegel
betrachtete, blickte ihn ein grüblerischer Tony Harper
an. Dunkle Ringe hatten sich unter seinen Augen einge-
graben. Was machte er hier eigentlich? Hatte er kein
eigenes Leben, dass er sich Sorgen um das Fremder
machte? Er zeigte sich selbst einen Vogel und versuchte noch einmal, Zoe zu erreichen. Die Funkverbindung
kam auch zustande, aber sie nahm wieder nicht ab, die
Mailbox sprang an und er hörte ihre wohlbekannte
Stimme.

»Ich bin's schon wieder, Tony«, sagte er nach dem
Piepton. »Ruf mich doch mal an, ja? Es gibt viel zu
erzählen. Schade, dass du nicht hier bist. Eh … na ja, ich
hoffe, es geht dir gut … Ich versuche es später noch einmal … Ich denke an dich … Vergiss mich nicht … Ciao!«

Er hatte das merkwürdige Gefühl, die gleichen Worte
schon beim letzten Anruf in Wittlich gesagt zu haben.
Eine Reaktion darauf hatte er bisher nicht erhalten. Er
wollte sich nicht ausmalen, was das bedeuten konnte.
Er wollte nicht spekulieren, aber er tat es doch. Zoe war
eine ungewöhnliche Frau, die jederzeit ungewöhnliche
Dinge tun konnte.

Gegen Abend bummelte er in Richtung Fußgängerzone. Der Stadtplan steckte zusammengefaltet in seiner
Hosentasche. Auf der Bahnhofstraße hielt er vor den
Schaufenstern eines Cafés, das leider schon geschlossen
war, aber so viel nostalgischen Charme versprühte,
dass er sich fest vornahm, dort morgen zu frühstücken
oder zum Kaffee einzukehren, um die selbst gemachten

Pralinen und Kuchen zu testen, die in der gläsernen Theke lockten.

Er fühlte sich nun schon ein wenig sicherer auf deutschem Boden, sodass er in der Rezeption auch nicht nach einem Restaurant-Tipp gefragt hatte. Hier und da hingen in den Bäumen und an den Laternenpfosten Verbotsschilder.

Tauben füttern verboten.

Euskirchen hatte offensichtlich sein Taubenproblem gelöst, die grauen Schmarotzer hatten sich anderswo Futterquellen gesucht, denn Tony sah keine einzige Taube.

Die Neustraße endete auf einem Marktplatz, wo er sich unter einer Reihe Platanen und Sonnenschirme niederließ und im Café *Alter Markt* einen Kaffee bestellte.

Als der Kellner nebenan im Restaurant *Syrtaki* zwei Grillteller und Salat brachte, überfiel Tony Heißhunger, er zahlte, wechselte die Lokalität und bestellte das gleiche Gericht. Und dazu ein Bier. Mit dem köstlichen Duft in der Nase, schaute er sich wartend um und bemerkte, dass sein Blick sich entgegen seiner Gewohnheit auf ältere, grauhaarige Damen konzentrierte. Konnte nicht jede Berthilde Feldmann sein? Zum Beispiel die Dame, die sich gerade zwei Tische weiter niederließ. Oder die, die mit den zwei Einkaufstaschen gerade an ihm vorüberging. Oder die, die auf ihren Rollator gestützt mit einem Herrn plauderte? Der Marktplatz schien ihm plötzlich voller grauhaariger Damen zu sein, ehe ihm auffiel, dass auch die Damen mit blonden, roten, braunen Haaren sehr wohl aus den Fünfzigerjahren stammen konnten.

Tony seufzte erleichtert auf, als sein Essen kam und er sich von seiner Aufgabe ablenken konnte. Der Appetit war ihm noch nicht vergangen, keine Fritte, kein Cevapcici und kein Salatblatt war übrig, als er das Besteck beiseitelegte, einen letzten Schluck Bier nahm, sich zurücklehnte, tief durchatmete und die Hände über dem Bauch faltete.

Der Kellner räumte seinen Tisch ab. Tony zog seinen Stadtplan aus der Hosentasche, breitete ihn vor sich aus und beugte sich darüber. Er wusste nicht recht, wonach er suchte. Auf das Angebot der Hotelrezeption, Berthilde Feldmann zu suchen, gab er nicht viel. Da machte er sich keine großen Hoffnungen. Tonys manikürter rechter Zeigefinger fuhr über den Stadtplan. In nächster Nachbarschaft lagen kleinere Orte, eingebettet in eine Feld- und Wiesenlandschaft. Ein Straßenring kreiste die Innenstadt ein. Eine Landstraße, die B 51, streifte die Stadt Euskirchen an ihrem östlichen Rand und führte nach Köln. Im Westen führte die A 1, eine Autobahn, nach Köln. Die Eisenbahnlinie – ebenfalls nach Köln. Alle Wege führten nach Köln.

Jemand stieß unsanft gegen seinen Stuhl. Tony wandte sich um. Eine grauhaarige Frau stand hinter ihm. Mit Einkaufstaschen bepackt, ihre Handtasche hing über der Brust. Er sprang auf, schob seinen Stuhl unter den Tisch. »Entschuldigen Sie.« Sie streckte ihm ihre Taschen entgegen. Mit einem Handzeichen gab sie ihm zu verstehen, dass er sie auf einen Stuhl am Nachbartisch abstellen sollte. Sie quetschte sich an ihm vorbei, setzte sich zu ihren Taschen und bedankte sich. Tony beugte sich wieder über seinen Stadtplan. Die rot eingezeichneten Gebäude waren öffentlich: Schulen, Kindergärten, Verwaltungen, das Marienhospital ...

»Suchen Sie was?«, schnarrte die Frau, während sie in einer Tasche kramte und was sie fand, auf den Tisch legte.

Er nickte und hatte plötzlich das Gefühl, in einem Film mitzuspielen. Er war auf der Suche nach seiner eigenen verlorenen Liebe. »Oh ja«, antwortete er theatralisch und mit dem Mut der Verzweiflung fügte er hinzu: »Eine Frau.«

»Die finden Sie aber nicht aufm Stadtplan. Wie heißt die Dame denn?«

»Berthilde Feldmann.« Das Echo hing in der Luft, zog seine Runde, kehrte zurück. Hatte er wirklich so laut gesprochen? Die Frau am Nachbartisch schüttelte bedauernd den Kopf. Wenigstens hatte sich nicht *Schon wieder?* gefragt.

Zurück in seinem Hotelzimmer rief Tony die Nummer der Feldmanns an, die er im Telefonbuch gefunden hatte. Wieder nur der AB: Wütend warf er sein Smartphone in die Ecke. Nur um es gleich wieder zu holen, zu säubern und zu tätscheln und zu hoffen, dass es bald klingelte und auf dem Display Zoes lachendes Gesicht erschien.

»Ich glaube, wir haben die Dame gefunden«, rief die junge Frau von der Rezeption Tony zu, als er am nächsten Morgen zum Frühstück gehen wollte. Er machte auf dem Absatz kehrt, spürte, wie ein Zittern seinen Körper durchlief. Adrenalin pur. Seine Müdigkeit nach einer schlaflosen Nacht, in der weder das Wörterbuch noch der WRC-Prospekt ihn von seinen Sorgen um Zoe ablenken konnten, war verschwunden.

»Berthilde Feldmann?«, fragte er ungläubig.

Sie nickte. »Berthilde Feldmann. Sie lebt hier in Euskirchen in einem Pflegeheim. *Rosengarten* heißt es. Das ist ein privates Pflegeheim und genießt einen sehr guten Ruf. Ich habe Sie angekündigt und hoffe …«

»Was haben Sie?«, unterbrach er sie irritiert. Das hätte nicht passieren dürfen, eine alte Detektiv-Regel war, niemals die echten Namen preiszugeben. Er hatte vorgehabt, sich für seine Recherche einen typisch deutschen Namen zuzulegen, um allen Verdächtigungen Einhalt zu gebieten. Dazu war es nun zu spät. Er würde sich anderes einfallen lassen müssen.

»Ich hoffe, das war kein Fehler«, sagte die Rezeptionistin, von seiner Reaktion offenbar verunsichert. »Ich dachte mir, es macht einen besseren Eindruck, als wenn ein völlig Fremder um Einlass bittet.«

»Um was bittet?«, fragte Tony.

Sie errötete »Verzeihen Sie, dass ich …«

»Nein, nein, ist schon gut«, besänftigte er sie.

»Es ist gar nicht weit von hier«, erklärte sie, »am nördlichen Stadtrand kurz vor der Justizvollzugsanstalt. Mit dem Fahrrad ist es keine halbe Stunde von hier. Sie fahren am besten über die Kölner Straße. Sie wollten doch ein Fahrrad, nicht wahr? Oder soll ich ein Taxi für Sie rufen?«

Er beantwortete beide Fragen mit einem Nicken. Als er sie lächeln sah, schlug er sich gegen die Stirn. »Entschuldigung. Aber ich bin so froh, dass Sie die Dame so schnell gefunden haben. Da fehlen mir die Worte. Meine

Mutter wird außer sich sein vor Freude. Ich werde Sie gleich anrufen.«

»Gerne. Kein Problem. Dafür sind wir da!«

»Wo steht mein Fahrrad?«

»In der Tiefgarage, der Zugang liegt neben dem Aufzug. Es ist ein schwarzes Tourenrad mit 5 Gängen. Eine Gazelle.«

»Gazelle«, wiederholte Tony zufrieden. »Das klingt schnell.«

»Vergessen Sie nicht, es abzuschließen, wenn Sie es stehen lassen. Diese Räder sind sehr begehrt. Hoffentlich gefällt es Ihnen.« Sie reichte ihm einen kleinen Schlüssel. »Die Kosten setzen wir auf die Rechnung, ist das in Ordnung?«

»Das ist es«, sagte Tony erleichtert und steuerte den Aufzug an.

»Wollen Sie nicht erst frühstücken?«

Er schüttelte den Kopf.

»Möchten Sie vielleicht ein Lunchpaket?«

Er schüttelte den Kopf.

»Wie sieht es mit Blumen aus?«

Er schlug sich gegen die Stirn. »Gute Idee. Vielen Dank. Sie sind wunderbar!«

Er radelte am Café vorbei. Jetzt war es geöffnet, aber nun hatte Tony Harper keine Zeit. Auf dem Rückweg, tröstete er sich. Den Namen sprach er laut aus: *Café Kramer*. Nicht vergessen. Als Belohnung oder zum Trost. Je nachdem, wie die Begegnung ausfiel.

Tony Harper sprang von der Gazelle und betrachtete fasziniert das Anwesen, das etwas abseits der Kölner

Straße wie ein Weiler gegenüber der Justizvollzugsanstalt lag. Zwischen Trauerweiden und Birken schimmerte ein dunkelrotes Gebäude hervor. Sonnenlicht fiel durch die Wipfel und sickerte an den Stämmen entlang auf den feuchten Boden. Eher Burg oder Schloss als ein Haus, mit Türmchen und Erkern, steilen, dunkelgrauen Giebeln und hohen, weißen Fenstern, umgeben von einer Burgmauer, einem Wassergraben und einem Weiher, die beide von der Erft gespeist wurden. Enten und Wasserhühner zogen ihre Bahnen, Insekten tanzten im Wind, in dem sich die Wasseroberfläche kräuselte. Ab und zu zerplatzten kleine Luftblasen. Ein dumpfer Duft von Tang und Moos lag in der Luft.

Die einzigen Blumen, die Tony im Park ausmachen konnte, waren zart schimmernde, rosa Rosenbeete und Rabatte. Weiße Sitzgruppen mit Sonnenschirmen waren auf der weitläufigen Veranda angeordnet. Von dort führte eine geschwungene Auffahrt hinunter zu einem breiten Kiesweg, der an einem schmiedeeisernen, hohen, geschwungenen Tor endete. Eine kleine Anzahl weißer Bänke stand verstreut umher, unter einem Baum, an einem Rosenbeet, auf einem Hügel. Am Kiesweg standen sich zwei Bänke gegenüber, Patienten oder Besucher saßen darauf, unbeweglich, als wären sie Puppen. Attrappen.

Tony schob seine Gazelle bis zum Eingangstor und lehnte sie an das Zaungitter. An den gemauerten Säulenpfosten befand sich eine Klingelanlage mit Sprechfunk und Videofunktion. In verschnörkelten Buchstaben stand *Rosengarten* auf dem Messingschild. Sonst nichts.

Die Kamera schwenkte surrend herum und richtete sich auf seinen Kopf. Ein rotes, flackerndes Licht fixierte ihn. Tony richtete sich die Haare, die vom Fahrtwind zerzaust waren. Mit der Linken holte er den Blumenstrauß, den er unterwegs erstanden hatte, aus dem Fahrradkorb. Weiße Lilien, wie Weinberg sie damals bei Betty gekauft hatte, als sie sich kennen gelernt hatten, weiße Lilien, die sich gerade öffneten. Er hielt den in durchsichtiger Folie verpackten Strauß so, dass die Kamera ihn sehen konnte. Ein süßer Duft umwehte ihn, als er klingelte. Aus der Sprechanlage kam ein Rauschen und dann eine weibliche Stimme. »Sind Sie angemeldet?«

»Ja«, konnte Tony wahrheitsgemäß antworten, lächelte in die Kamera und dankte im Stillen der Rezeptionistin für ihre Weitsicht. Der Blumenstrauß machte ihn zu einem ganz normalen Besucher. Und für Berthilde hoffentlich zu mehr.

»Mein Name ist Tony Harper.«

»Sie möchten zu Berthilde Feldmann, richtig?«

»Richtig.«

»Einen Moment noch. Gehen Sie bitte durch bis zum Hauseingang. Dort werden Sie empfangen.«

»Vielen Dank.«

Auf das Rauschen in der Sprechanlage folgte ein Surren. Ein Flügel des Eisentores öffnete sich und Tony trat ein. Die zwei weißen Bänke am Kiesweg waren jetzt leer. Die Attrappen waren verschwunden. Er ging bedächtig und unaufgeregt, er wusste, er wurde beobachtet. Eine weitere Kamera erwartete ihn neben dem hohen, geschnitzten Eichentor und folgte seinen Schritten. Als er vor dem Tor Halt machte, wurde es wie von Geisterhand aufgezogen, begleitet von einem leichten Knarren.

Tony betrat eine kühle Halle, die modern eingerichtet war. Überrascht betrachtete er die schnörkellose Rezeption, die beiden kantigen, schwarzen Ledersofas, die den quadratischen Glastisch einrahmten und Hotelatmosphäre verströmten. Niemand wäre auf den Gedanken kommen, ein Pflegeheim zu betreten, in dem Kranke und Alte auf den Tod warteten. Ein frischer Sauberduft erfüllte den Raum, von dem rechts und links helle Flure abgingen und eine geschwungene Steintreppe in den offenen, ersten Stock führte. Wenigstens die Marmorstufen, das schmiedeeiserne Geländer mit den verschnörkelten Dekoren und dem hölzernen Handlauf stammten aus einer vergangenen Epoche.

Hinter der Empfangstheke stand ein junger Mann im schwarzen Anzug und begrüßte Tony, der langsam über den Parkettboden auf ihn zuging. »Willkommen Herr Harper! Wir freuen uns, Sie hier begrüßen zu dürfen, und hoffen, Sie hatten eine angenehme Anreise.«

Tony bedankte sich mit einem zögernden Nicken.

»Wir haben uns erlaubt, Frau Feldmann Ihren Besuch anzukündigen. Wir hoffen, dass Ihnen das recht war.«

»Das war es«, bestätigte Tony. »Ist es ihr denn auch recht?«

»Aber ja«, behauptete der Mann. »Sie freut sich. Wenn Sie einen Moment Platz nehmen würden, gleich kommt Schwester Mechthild und bringt Sie zu Frau Feldmann.«

Tony wandte sich der Sitzgruppe zu.

»Können wir Ihnen einen Kaffee anbieten?«

»Nein, danke«, sagte er ohne sich umzudrehen.

Kaum hatte er in der Sitzgruppe Platz genommen, den Blumenstrauß auf dem Glastisch abgelegt, seine Beine übereinandergeschlagen, sodass man seine Socken sehen konnte, die heute ein Ringelmuster in verschiedenen Blau- und Grüntönen aufwiesen, als eine schlanke Frau unbestimmten Alters in einem mintgrünen Kittelkleid die Treppe heruntergelaufen kam. Ihre Sandaletten klapperten auf dem Steinboden und ihre rechte Hand glitt über das Geländer. Ein wenig atemlos kam sie unten an.

Er erhob sich, als sie vor ihm stand.

Sie reichte ihm eine kleine, feste Hand. »Willkommen Herr Harper! Wir freuen uns, Sie hier begrüßen zu dürfen, und hoffen, Sie hatten eine angenehme Anreise.«

Trotz des Standardsatzes verspürte Tony eine seltsame Anziehungskraft. »Sie sind sehr freundlich.«

»Das ist unsere Philosophie«, antwortete die mintgrüne, attraktive, selbstbewusste Frau. Sie bändigte ihre dunklen, langen Locken mit einer großen Haarspange, aber einige Strähnen hatten sich befreit und kringelten sich über ihrer Schulter. Sie trug ein dunkles, fast quadratisches Brillengestell. Grünbraun waren die Augen dahinter. Ihr kleiner Mund war rosa geschminkt. Sie war etwa so groß wie Tony. »Mein Name ist Mechthild Pracht. Ich bin die persönliche Betreuerin von Frau Feldmann.«

Tony konnte den Blick nicht von ihren Lippen wenden. Schwester Mechthild lispelte ein wenig. Er fühlte sich an Zoe in Albany erinnert, nicht weil sie lispelte, auch Zoe war er im Zug einer Ermittlung begegnet. Sie war die Freundin eines Auftraggebers gewesen, eines Galeristen, der den Fall leider nicht überlebt hatte. Tony Harper hatte Zoe Shawn über den Tod des Geliebten hinweggeholfen. Der Einfachheit halber war sie nach der Trauerzeit bei ihm wohnen geblieben. Das war jetzt zwei Jahre her. Und Zoe suchte immer noch nach einem neuen Job in einer Galerie. In die alte Galerie konnte sie wegen der Erinnerungen nicht mehr gehen. Tony wollte nicht, dass sie arbeiten ging und womöglich jemand anderen kennenlernte. Er wollte, dass sie bei ihm war. Immer.

Schwester Mechthild nahm auf dem anderen Sofa Platz. »Darf ich Sie etwas fragen?«

Er nickte gespannt.

»Was wissen Sie über Frau Feldmann?«

»Eh«, begann Tony und nahm sich etwas Zeit, ehe er antwortete. »Im Grunde nicht viel. Wie gesagt, sie ist die Freundin meiner Mutter. Als meine Mutter erfuhr, dass ich hier in die Gegend komme, wollte sie unbedingt, dass ich sie besuche. Sie wusste nicht, dass sie in einem …«, er zögerte, »in einer Seniorenresidenz wohnt.«

Schwester Mechthild nickte. Ihr Gesicht war ernst geworden, als hätte sie lieber andere Antworten gehört. »Sie sind kein Deutscher, nicht wahr?«

»Doch. Entschuldigen Sie meinen Akzent, aber die Jahre sind nicht spurlos an mir vorübergegangen.« Neugierig sperrte sie die Augen auf. »Als ich zehn Jahre alt war, hat meine Mutter einen Amerikaner geheiratet. Er hat mich adoptiert. Seitdem leben wir in Amerika.«

»Wie heißt Ihre Mutter?«

»Christine«, sagte Tony schnell. Auf diese Frage war er nicht vorbereitet. *Sorry, mum.* »Christine Wagner, bevor sie meinen Vater heiratete.«

»Ich verstehe«, sagte Schwester Mechthild und lehnte sich zurück. Sie nahm ihm die Story ab. Die Knopfreihe ihres Kittels spannte sich. Über den Knien standen zwei Knöpfe offen. Tonys Blick streifte den Raum zwischen ihren schmalen Oberschenkeln. »Wir hoffen, ehrlich gesagt, schon die ganze Zeit, dass sich bald ein Verwandter meldet.«

Er legte die Hand auf seine Brust. »Ich bin kein Verwandter, leider, und meine Mutter ist eine alte Freundin von Berthilde Feldmann.«

Sie schüttelte bedauernd den Kopf. »Sie sagten es bereits.«

»Aber es gibt doch Verwandte. Berthilde Feldmann hat einen Sohn.«

Das Erstaunen konnte nicht größer sein. »Einen Sohn? Davon wissen wir leider nichts. Wir kennen nur ihre Tochter Sandra.«

»Sind Sie sicher?«

»Aber ja.«

»Dann muss ich das verwechselt haben«, gab Tony vor. »Oder meine Mutter hatte eine falsche Erinnerung.«

Sie nickte: »Mit Sicherheit, denn Frau Feldmann hat nur Sandra. Sonst niemanden. Die Gute, sie kommt fast jeden Tag. Vielmehr sie kam bis vor Kurzem fast jeden Tag. Sandra liebt ihre Mutter über alles. Sie ist Blumenverkäuferin, so wie ihre Mutter es gewesen war.«

»Wie schön«, sagte er und fragte sich, wie eine Blumenverkäuferin sich ein Heim wie dieses für ihre Mutter leisten konnte.

»Ich kann Sandra natürlich beim nächsten Mal fragen, ob sie einen Bruder hat«, hörte er Schwester Mechthild sagen.

»Das ist nicht nötig, vielen Dank, wir müssen etwas verwechselt haben«, sagte er und winkte ab, obwohl er nichts lieber wollte. Und der Trick funktionierte.

»Doch, doch, das werde ich machen«, beharrte sie und schüttelte bedauernd den Kopf und sagte: »Das wäre doch zu schön. Denn Frau Feldmann bekommt sonst gar keinen Besuch. Wie so viele nicht. Manche Patienten bilden sich Besuche aus lauter Einsamkeit schon ein.« Sie machte eine Pause und lächelte ein wenig. »Frau Feldmann auch. Vor zwei Tagen hat sie wirklich ein bisschen übertrieben. Sie hat felsenfest behauptet, ein gewisser Daniel sei mitten in der Nacht angeblich in ihrem Zimmer gewesen. Ich habe Sandra natürlich gefragt, wer dieser Daniel sein könnte. Sie sagt, dass dieser Daniel die erste große Liebe ihrer Mutter gewesen sei in den Siebzigern. Sie hat ihn seitdem nie wieder gesehen.«

Tony horchte auf, zog die Stirn zusammen, fuhr sich nervös durch die Haare und registrierte nur am Rande, dass Schwester Mechthilds Blicke der Bewegung seiner Hand gefolgt waren. Daniel? Okay, die alte Dame konnte ihre große Liebe nicht vergessen, das ergab einen Sinn, das war mehr als verständlich. Aber Daniel hier? Daniel Weinberg saß alt und krank in seinem Lehnstuhl in Springfield und durfte nicht fliegen. Das ergab überhaupt keinen Sinn.

»Ist dieser Daniel vielleicht der Vater von Sandra?«, fragte er und biss sich auf die Lippen.

»Vielleicht. Aber das ist für uns unerheblich, da Frau Feldmann nicht mit ihm und keinem anderen verheiratet ist, aber wenn es Sie interessiert, könnte man das sicher leicht anhand des Geburtsdatums herausfinden.«

»Ist nicht wichtig«, gab er vor.

»Es könnte sein, dass es in unseren Unterlagen steht. Man könnte auch Frau Feldmann fragen.«

»Ist nicht wichtig«, wiederholte er halbherzig.

»Wie Sie meinen. Aber es könnte sein, dass sie sich erinnert. Es ist nämlich symptomatisch für diese Erkrankung, die Patienten leben in der Vergangenheit. Dort finden sie sich meist noch zurecht. Wir gehen hier sehr intensiv darauf ein. Aber leider, leider, seit kurzem sieht es so aus, als ob Sandra sich den Aufenthalt ihrer Mutter hier bei uns nicht mehr leisten zu können scheint. Ihre Lebenssituation scheint sich völlig geändert zu haben. Sie überlegt wohl, ihre Mutter in ein anderes Heim zu verlegen, das weniger ... sagen wir ... kostenintensiv ist.«

Tony wurde hellhörig. »Wissen Sie, was passiert ist?«

Schwester Mechthild verneinte.

»Ihre Mutter kann nicht bei ihr selbst wohnen?«

»Das geht leider nicht mehr. Frau Feldmanns Krankheit erfordert eine Betreuung rund um die Uhr. Das kann niemand leisten.«

»Was hat sie denn?«, fragte Tony und stellte fest, dass er diese Frage bisher völlig übersehen hatte. Er war davon ausgegangen, dass sie *nur* alt und gebrechlich war.

»Ein Form von Demenz«, antwortete Schwester Mechthild und legte den Kopf voller Mitleid schief. »Sie befindet sich in einem Stadium der Krankheit, das sie fast hilflos macht.«

»Das tut mir leid«, sagte Tony und sein Mitgefühl galt nicht nur Berthilde Feldmann. Auch für seine Ermittlungen war die Demenz-Erkrankung eines Zeugen eine Sackgasse. *Dead End.*

Schwester Mechthild beugte sich vor. »Möchten Sie sie jetzt sehen?«

Berthilde Feldmann wohnte im ersten Stock in Zimmer 7, das zum Entenweiher zeigte. Vor den beiden hohen Sprossenfenstern wehte eine hauchdünne, weiße Gardine. Ein Fenster war gekippt. Ein weiches, helles Licht fiel in den Raum, der vielleicht vierzig Quadratmeter groß war. Eine durch einen Paravent abgetrennte Schlafnische, eine kleine Teeküche, ein geblümter Ohrensessel mit Blick zum Fenster. Kommode, Anrichte und ein Essplatz mit zwei Stühlen waren aus dem gleichen hellen Holz gefertigt und wirkten so harmonisch, als gehörten sie zur Grundausstattung.

Klein und zerbrechlich, farblos und regungslos lag Berthilde Feldmann unter einer hellen Wolldecke auf ihrem Bett. Ihre weißen Hände waren über der Decke gefaltet.

»Frau Feldmann! Sie haben Besuch!«, rief Schwester Mechthild, trat ans Bett und legte eine Hand auf den Arm der Patientin.

»Guten Tag«, sagte Tony ein wenig hilflos und wusste nicht, wohin mit seinem Blumenstrauß. Es wurde langsam Zeit, dass die Lilien ins Wasser kamen.

»Kommen Sie«, winkte Schwester Mechthild ihn flüsternd herbei. »Sie schläft. Legen Sie die Blumen auf ihre Decke. Wenn sie wach wird, wird sie sich freuen.«

Er wickelte die Lilien aus und legte sie so auf die Decke, dass die Stiele in Berthildes Händen lagen.

»Wir gehen besser«, riet Schwester Mechthild.

»Kann ich nicht eine Weile hier sitzen?«, fragte er.

Sie stimmte zu. »Wenn es Probleme gibt, wenn sie bei Ihrem Anblick erschrickt oder so, dann drücken Sie bitte auf den roten Knopf neben der Tür, ja? Ich bin sofort da.«

Er nickte und setzte sich auf den Stuhl am Esstisch.

Sie verließ das Zimmer auf leisen Sohlen. In der Tür drehte sie sich um und lächelte ihm verschwörerisch zu. Fast wäre ihm dieses Lächeln entgangen, weil er seine Blicke kaum von ihren Beinen nehmen konnte.

Berthilde Feldmann schlief völlig geräuschlos. Tony drehte sich unruhig auf seinem Stuhl hin und her, stand auf, trat ans Fenster, sah hinaus auf den Entenweiher, die Veranda, den Kiesweg und die leeren Gartenbänke. Ein idyllischer Platz, wenn nicht im Hintergrund auf der Kölner Straße die Autos dahinrauschten. Ein ständiges Hin und Her.

»Das sind …«, hörte er eine leise zerbrechliche Stimme hinter sich. »Das sind Lilien. Weiße Lilien.«

Er hielt den Atem an.

»Daniel?«

»Ja?«, flüsterte er.

»Bist du das wieder?«

Tony wandte ihr sein Gesicht zu. Sie hielt die Lilien in ihren Händen und schwenkte sie unbeholfen umher, sodass ihr betörend süßer Duft sich im ganzen Zimmer verströmte. Mit einen Schnauben sog sie ihren Duft ein. Einmal, zweimal, dreimal, sodass Tony schon fürchtete, sie würde hyperventilieren.

»Daniel«, flüsterte sie. »Du bist endlich gekommen.«

Er erlag der Versuchung, ihr nicht zu widersprechen, trat vom Fenster an ihr Bett und nahm ihre knochige Hand. »Oh, Betty, my darling«.

Sie riss die Augen auf, ein wächsernes Graublau sah durch ihn hindurch.

Er beugte sich zu ihr hinab und küsste ihre faltige, rechte Wange. Sie musste einmal ein recht gut aussehende Frau gewesen sein, aber die Lippen waren mit den Jahren der Enttäuschung schmal geworden, die Augen lagen tief in ihren Höhlen, die Brauen fast ganz aus ihrem Gesicht verschwunden. Das weiße Haar war immer dicht. Sie roch nach Seife.

»Oh, Daniel«, hauchte sie.

»Schön dich zu sehen.«

»Jaaaa.«

»Wo ist unser Kind, Betty?«

Sie fuhr hoch, hielt sich an ihm fest und sagte: »Unser Baby?!«

»Ja, unser Sohn, wie hast du ihn genannt, Betty?«

»Unser Baby«, lächelte sie vage.

»Wo ist er?«, flüsterte er eindringlich.

In diesem Moment öffnete sich die Tür und eine andere mintgrüne Schwester brachte das Mittagessen, das unter einer silbernen Haube serviert wurde. Tony richtete sich auf und rückte sein Hemd zurecht. Sie stellte das Tablett ab und nahm den Blumenstrauß an sich. Während sie mit liebevollen Worten Berthilde Feldmann davon zu überzeugen versuchte, dass sie etwas essen müsse, stahl Tony sich davon.

In der Empfangshalle begegnete er Schwester Mechthild, die neben dem Pförtner an einem Computer saß. Tony bat sie um die Anschrift und Telefonnummer von Berthildes Tochter Sandra.

Sie zögerte. »Ich weiß nicht, ob ich das darf, Sie sind kein Familienangehöriger. Diskretion hat bei uns einen hohen Stellenwert.«

»Das ist auch gut so«, lobte Tony sie. »Aber ich denke, meine Mutter möchte etwas für Berthilde tun. Wegen der guten alten Zeiten. Ich bin sogar ziemlich sicher, dass sie es tun wird, wenn ich ihr erzähle, wie gut sie es hier hat, aber leider umziehen muss. Sie möchten doch sicher auch, dass sie hierbleiben kann?«

Schwester Mechthild errötete. Der Pförtner saß unbeteiligt daneben und tat, als hätte er nichts gehört.

»Und das kann ich nur, wenn ich Kontakt mit ihrer Tochter aufnehmen kann«, fuhr Tony fort. »Sie ist die verantwortliche Person, nicht wahr?«

»Ja«, sagte Schwester Mechthild gedehnt. Nach einem Blick in die Datenbank des Computers sagte sie: »Sie wohnt in der Reinaldstraße 75.«

»Hier in Euskirchen?«, fragte Tony und notierte sich den Straßennamen.

»Ja.«

»Sie haben doch sicher auch eine Telefonnummer, die Sie mir geben können?«

»Ich habe eine Handynummer.«

Tony nickte ihr auffordernd zu.

Sie sah nervös zu dem jungen Mann an ihrer Seite, ehe sie auf den Monitor blickte und die Telefonnummer aufsagte. Tony hielt sie in seinem Notizblock fest und bedankte sich mit allem Charme, der ihm zur Verfügung stand. In Anwesenheit des jungen Pförtners zeigte sich Schwester Mechthild uneinnehmbar.

»Sandra war, wie gesagt, schon eine Weile nicht mehr hier«, sagte sie stattdessen bedauernd.

»Wann zuletzt?«

Sie sah wieder im Computer nach. »Am 29. September. Das sind jetzt fast zehn Tage, sonst kommt sie jeden zweiten Tag und sieht nach ihrer Mutter. Ob das etwas zu bedeuten hat?«

»Das glaube ich nicht«, beruhigte er sie.

»Wenn wir Ihnen anderweitig helfen können, dann …«

»Dann melde ich mich … bis hierhin herzlichen Dank.«

Er bedankte sich für alle Auskünfte und verabschiedete sich.

Kaum hatte er das Gebäude verlassen, noch auf dem Kiesweg hinaus ins wirkliche Leben, notierte er den 29. September und wählte Sandras Telefonnummer. Während er auf die Verbindung wartete, erreichte er die Überwachungskamera, den Bewegungsmelder und das eiserne Tor, das sich automatisch öffnete.

»Die Verbindung konnte nicht hergestellt werden«, informierte ihn eine blechern klingende Stimme. Er wählte erneut. Dieses Mal schwieg die Kunststimme beleidigt. Der Anruf ging ins Leere und seine Suche nach seinem Fahrrad auch. Der Platz am Zaungitter war leer. Suchend blickte er sich um.

»Vergessen Sie nicht, es abzuschließen«, hörte er die Stimme der Rezeptionistin vom *Parkhotel* sagen. Die Gazelle war davongesprungen.

10. Kapitel

Nachdem Kommissarin Frieda Stein eine schlaflose Nacht auf zwei aneinander gestellten, harten Küchenstühlen in Sandra Feldmanns Wohnung verbracht hatte, suchte sie im Morgengrauen das Weite. Obwohl Sandra geschworen hatte, heute in die Polizeibehörde auf der Kölner Straße zu kommen, hatte Frieda, im Angesicht der offenen Schlafzimmertür und dem unsichtbaren, regungslosen Körper unter der bunten Bettdecke, das Gefühl, dass es nicht dazu kommen würde. Eine Visitenkarte konnte sie nicht auf dem Küchentisch liegen lassen, die waren noch immer im Druck. Sie war auch für Stalking nicht zuständig, aber sie würde Sandra mit den richtigen Kollegen zusammenbringen können. Alle Knochen taten ihr weh, als sie die Treppe hinunterlief und über den Bürgersteig einen Eingang weiterging. Sie fröstelte. Die Sonne ging gerade erst auf. Eine feuchte Kälte lag über der Reinaldstraße. In der Eifel schien es tatsächlich immer ein paar Grad kälter zu sein als in Köln. Frieda war ohne Parka unterwegs, sie trug noch die Hemdbluse vom Tag zuvor.

Und schlagartig fiel ihr alles wieder ein. Der Besuch bei Sonja Senger und der Verzehr der Plätzchen, die nicht nur alt und vertrocknet waren, sondern von einer besonderen Zusammensetzung sein mussten, von der weder sie noch die Kollegen Brummer und Neugebauer etwas hatten ahnen können, die sie aber dazu gebracht hatte, Dinge zu tun, an die sie sich nicht erinnern konnte. Welchen Eindruck musste Frieda auf Sandra gemacht haben, als diese sie im Treppenhaus weckte. Stück für Stück erinnerte Frieda sich, dass sie Sandra zuerst mit zu sich nahm, nur um sie wenig später ein Haus weiter in deren Wohnung zu begleiten, wo sie dann die Nacht auf zwei Küchenstühlen verbringen musste, weil irgendein Idiot an eine Tafel *FUCK OFF* gekritzelt hatte. Nein, so hatte sie sich das Leben einer Kommissarin wirklich nicht vorgestellt.

Zehn Liegestütze, zehn Sit-ups und zehn Kniebeugen brachten Frieda wieder auf Vordermann. Und als sie gegen acht Uhr ihr Büro betrat, saß Sandra Feldmann schon dort, frisch und munter. Brummer und Neugebauer hatten ihr einen Kaffee serviert und waren in eine Unterhaltung über einen aktuellen Musiktitel vertieft.

»Ich kann mir aber den Namen des Sängers nicht merken«, sagte Brummer.

»Mark Forster«, erklärte Sandra.

»Foster?«

»Nein, Forster, mit einem R.«

»*Au revoir, au revoir*«, steuerte Frieda bei und schloss die Tür hinter sich.

Brummer und Neugebauer begrüßten sie mit Handzeichen und einem coolen »Hi!« Sie sahen kein bisschen verkatert aus, sondern ebenfalls frisch und munter, während Frieda mit leichten Kopfschmerzen haderte.

Sandra machte ihr Platz, nahm ihre Kaffeetasse und zog auf den Besucherstuhl um, der unter dem Fenster stand.

Frieda hängte ihren Parka über den Stuhl und schob ihren Rucksack unter den Schreibtisch. Vor ihr lagen Kfz-Papiere und Autoschlüssel. Sie musste nur den Empfang quittieren und war offiziell autorisiert, einen neun Jahre alten, grünen VW Golf Kombi zu fahren. Ihr Glückstag!

»Bin gleich zurück.« Sie sprang auf, wartete keinen Kommentar ab, lief hinaus bis auf den Parkplatz und suchte ihr Auto. Es stand in der dritten Reihe und war keine Schönheit mehr. Frieda lief um den Golf herum und konnte bis auf das Kennzeichen nichts Nachteiliges feststellen. Die Buchstaben EU waren gewöhnungsbedürftig. Sie schloss auf, ließ sich auf den Fahrersitz plumpsen und versuchte ihn so einzurichten, dass sie sich nicht den Kopf am Himmel stieß. Die Sitzpolster waren dunkelgrau kariert und ein wenig durchgesessen. Der Tacho zeigte über 150.000 Kilometer. Eine Freisprechanlage war vorbereitet. Frieda schaltete das Radio ein. SWR 3. Ein Gespräch zwischen einem Redakteur und einem Computerspezialisten. Frieda drehte am Senderknopf. Rauschen.

Stolz schlug sie auf das Lenkrad, drehte den Schlüssel herum und drückte die Pedale durch. Ein satter, kraftvoller Klang im Leerlauf. Sie war begeistert. Jedes Auto war besser als ein Taxi, der ÖPNV oder das geliehene, schnittige Peugeot Cabrio ihrer lamentierenden

Mutter. Ab sofort war sie frei, frei wie ein Vogel, sie konnte nach Dienstschluss in der Gegend herumfahren, am Wochenende richtig weite Touren machen, von der Eifel bis ans Meer, im Urlaub noch einmal nach Berlin, sie konnte sogar in ihrem Auto schlafen – wenn sie sich sehr klein machte. Ein ganz neues Leben begann. Ein Auto war wie eine Zweitwohnung. Eine mobile Zweitwohnung.

Als sie zurückkehrte, strahlte sie ihre Kollegen an, warf die Schlüssel mit Schwung auf den Schreibtisch und jubelte. »Es ist wirklich ein tolles Auto!«

»Ach ja?«, meinte Brummer und blickte an ihr vorbei zu Sandra, die mit ihrer Kaffeetasse auf dem Schoß noch immer auf dem Besucherstuhl saß.

Frieda hatte sie fast vergessen. »Wer ist denn hier bei uns eigentlich für Stalking zuständig?«

»Wir«, brummte Brummer.

»Wir vom KK 2«, erklärte Neugebauer. »Opferschutz. Zwei Zimmer weiter.«

»Aber«, meldete sich Sandra zu Wort und zeigte auf Frieda. »Ich rede nur mit ihr.«

Brummer und Neugebauer grinsten. Frieda breitete hilflos die Arme aus. Eigentlich hatte sie sich als ersten Fall etwas anderes gewünscht. Einen Mord natürlich. Aber Sandra, ihre Nachbarin, war ihr praktisch vor die Füße gefallen. Sie retten zu können, die Vorstellung gefiel ihr durchaus. »Von mir aus, aber wir drei arbeiten hier zusammen.«

Brummer und Neugebauer nickten zufrieden.

»Okay«, meinte Sandra, blickte in die Männerrunde und ergab sich.

»Dann legen Sie mal los«, kommandierte Brummer.

»Und vergessen Sie nichts«, ergänzte Neugebauer.

»Und nichts als die reine Wahrheit«, ermahnte Frieda sie.

Sandra drehte ihre leere Kaffeetasse in ihren Händen hin und her, während sie berichtete. Sie begann mit dem Tag, als sie Rechtsanwalt Christian Eckenhagen an ihrem Arbeitsplatz kennenlernte. Sie schilderte seine Großzügigkeit, die darin gipfelte, ihr ein Studium zu finanzieren und ihre kranke Mutter auf seine Kosten in einem noblen Pflegeheim unterzubringen und endete, als sie ihm ein Glas Rotwein über den Kopf schüttete, weil er sie betrog. Danach hatte sie nie wieder von ihm gehört.

»Wann war das?«, unterbrach Brummer sie.

»Am 14. September«, sagte Sandra ohne nachzudenken.

Drei Kommissare blickten sie fragend an.

»Zwei Wochen später, am 30. September, ist jemand in meine Wohnung eingedrungen, während ich in der Badewanne lag.«

»Oh!«, machte Brummer überrascht.

Sie schilderte die Badewannenszene in allen Einzelheiten bis hin zur Rettung durch ihre neue Nachbarin, Kriminalkommissarin Frieda Stein, und den Aufenthalt in Groß-Vernich bei ihrer Freundin Nadine.

Brummer und Neugebauer warfen Frieda bedeutsame Blicke zu. Die Verstrickung ihrer neuen Kollegin in den Fall schien ihnen zu missfallen. Aber das würden sie vermutlich klären, sobald sie mit ihr allein waren.

»Weiter«, drängte Brummer. »Wie ging es weiter?«

»Als ich vor einer Woche, am 2. Oktober, zusammen mit meiner Freundin in meine Wohnung zurückkehrte, stand dort in der Küche ein Blumenstrauß, und mein geliebtes Medaillon war weg. Am Tag drauf bekam ich den ersten anonymen Anruf auf mein Handy. Seitdem täglich. Auch SMS. Mindestens einmal am Tag.«

»Was sagt der Anrufer?«, fragte Brummer.

»Fuck off«, antwortete Sandra.

»Sonst nichts?«

»Sonst nichts. Aber er stöhnt und schnaubt und tobt herum. Inzwischen drücke ich die Anrufe einfach weg.«

»Ist das alles?«, fragte Brummer weiter.

»Ich bekomme auch Mails mit dem gleichen Text.«

»Fuck off?«

Sie nickte.

»Erfindungsreich.«

Sie kniff die Lippen zusammen.

»Absender unbekannt, nehme ich mal an?«

Sie nickte.

»Ist das alles?«, fragte Brummer weiter.

Sandra blickte zu Frieda. »Gestern muss der Unbekannte wieder in meiner Wohnung gewesen sein. Ich habe eine kleine Tafel im Flur hängen. Da hat er was drauf geschrieben.«

»Was denn?«, fragte Brummer.

»Fuck off«, antwortete Frieda resigniert.

Er blickte sie verwundert an. »Waren Sie dabei?«

»Was denn sonst?«, antwortete Frieda schnell.

Brummer zog die Stirn kraus. »Ist das alles?«

Sandra lachte kurz auf. »Ist das alles? Also, mir reicht es. Wissen Sie, ich weiß nicht mehr, was ich zuerst machen soll. Christian bezahlt natürlich das Heim jetzt nicht mehr, ich habe meine Abendschule an den Nagel gehängt und arbeite jetzt wieder Vollzeit. Aber es reicht hinten und vorne nicht, wenn man Blumenverkäuferin ist. Ich bin schon auf der Suche nach einem neuen Pflegeplatz für meine Mutter. Aber das geht alles nicht so schnell.«

»Und Ihr Vater?«, fragte Frieda. »Kann der Ihnen nicht helfen?«

»Ich habe keinen Vater«, sagte Sandra.

»Jedes Kind hat einen Vater«, murmelte Brummer.

»Aber es gibt ein Foto von Ihrem Vater«, erinnerte Frieda sie.

Sandra nickte. »Ja, im Medaillon. Er hat sich aus dem Staub gemacht, als meine Mutter schwanger war. Ich habe ihn nie gesehen. Und will ihn auch nie sehen.«

Frieda räusperte sich. »Haben Sie Feinde?«

Sandra richtete den Finger auf sich. »Ich? Ich habe noch nie in meinem Leben irgendjemandem irgendetwas getan. Nein, ich habe keine Feinde. Welch eine absurde Idee.«

»Wir müssen das fragen«, erklärte Brummer und sprang Frieda zur Seite. »Sie erstatten also Anzeige gegen Herrn Christian Eckenhagen?«

»Gegen Christian? Nein, auf keinen Fall. Warum sollte ich? Er war es nicht, da bin ich ganz sicher.«

Neugebauer warf seinen Stift auf den Schreibtisch. »Und was soll dann das Ganze hier? Warum erzählen Sie uns Ihr halbes Leben, wenn Sie keine Anzeige erstatten wollen? Wollen Sie warten, bis er sie umbringt?«

»Umbringt?«, fragte Sandra entsetzt.

Frieda versuchte sie zu beruhigen. »Immer langsam. Aber Sie sollten wirklich Anzeige erstatten, damit wir der Sache überhaupt nachgehen können. Anzeige gegen Unbekannt.«

»Was würden Sie denn tun?«, wollte Sandra wissen.

»Wir würden Ihr Handy untersuchen und den Anrufer nachverfolgen. Wir befragen Eckenhagen. Wir werden dafür sorgen, dass Sie ein neues Türschloss bekommen. Wir können die Reinaldstraße im Auge behalten. Wir können Ihnen sogar dabei helfen, einen neuen Heimplatz für Ihre Mutter zu finden.« Das alles versprach Kommissarin Frieda Stein mit treuherzigem Blick.

»Und wir kochen Ihnen auch was Leckeres am Abend und waschen Ihre Wäsche«, spottete Neugebauer.

»Die Heilige Frieda von Euskirchen«, sagte Brummer und schüttelte den Kopf.

»Pah!«, stieß Frieda giftig hervor.

»Wenn das so ist«, sagte Sandra, kramte ihr Smartphone aus ihrer Handtasche, stand auf und legte es auf Friedas Schreibtisch, »erstatte ich Anzeige gegen Unbekannt.«

»Na, geht doch!« Neugebauer reckte sich, langte nach dem Smartphone und steckte es in einen der Plastikbeutel für Beweismittel, die er in einer Schublade hortete. Er verfasste eine Quittung, die Sandra unterschrieb. »Jetzt haben Sie wenigstens Ruhe vor den anonymen Anrufen. Wir können Ihnen für die Zeit, die die KTU braucht, ein anderes Handy zur Verfügung stellen.«

»Nicht nötig«, meinte sie, ich habe noch ein altes mit einer Prepaid-Karte.«

»Und Eckenhagen kennt diese Telefonnummer nicht?«, fragte Frieda.

Sandra schüttelte den Kopf.

»Wir setzen später die Anzeige gegen Unbekannt auf«, erklärte Neugebauer. »Sie können morgen wieder hereinkommen und Sie unterschreiben, dann leiten wir sie an den zuständigen Staatsanwalt weiter. In Ordnung?«

Sandra nickte und erhob sich.

»Sie lassen Ihr Türschloss austauschen, ist das klar?«, verlangte er.

Sie nickte resigniert.

»Heute noch!«

»Okay.«

»Und Sie melden sich, wenn etwas nicht stimmt oder Ihnen komisch vorkommt«, riet Frieda ihr, als sie sie zur Tür begleitete.

Sandra schwieg, nickte ihr aber zu.

»Sie wissen, wo ich wohne«, fügte Frieda leise hinzu.

»So!«, sagte Brummer, als die Kommissare wieder unter sich waren, verschränkte die Arme über der Brust und legte die Füße auf seinen Schreibtisch.

»Kennst du sie schon länger?«, fragte Neugebauer.

»Nein!«, fuhr Frieda ihn an. »Wie kommst du denn darauf? Wir sind Nachbarinnen, das ist alles.«

»Und was ist mit dem Treppenhausgespräch?«

»Woher …?«

»Hat sie uns erzählt, als sie hier auftauchte«, antwortete Neugebauer.

»Oh Mann!«, schnaubte Frieda, »als wir aus Wolfgarten zurückkamen und völlig zugedröhnt waren, da hat sie auf meiner Treppe gesessen und geheult. Was sollte ich denn machen?«

Neugebauer kicherte. »Was glaubst du, was in den Keksen war?«

»Hasch«, sagte Brummer ohne zu zögern.

»Das habe ich auch schon gedacht«, erklärte Frieda. »Hat Sonja die etwa selbst gebacken?«

Brummer schüttelte den Kopf. »Nein. Die sind garantiert noch von Harry Konelly.«

»Aber das ist doch Jahre her«, erinnerte Neugebauer ihn.

»Das Zeug wird doch nicht schlecht.«

»Wer ist denn Harry Konelly?«, fragte Frieda dazwischen.

»Ein Spieler, dem nichts und niemand heilig war«, erklärte Brummer. »Er hat sich als Spezialist für Windräder ausgegeben und die kleinen Leute über den Tisch gezogen, indem er ihnen kleine, private Windräder verkauft hat, die sie unabhängig von den großen Stromanbietern machen sollten. Aber Sie wissen ja, wer Wind sät …«

»… wird Sturm ernten«, fuhr Frieda fort. »Aber was hat er mit Sonja zu tun?«

»Sie hat ihn sich geschnappt.«

Frieda ließ nicht locker. »Und wie kommen seine Kekse in ihre Blechdose?«

Die Kollegen winkten ab.

»Wir tratschen nicht.«

Neugebauer klopfte auf Sandras Smartphone und sagte: »Ich schicke das in die KTU, und dann werde ich mir den Eckenhagen mal ansehen.« Er suchte im Rechner nach dessen Website. »Kanzleien in Euskirchen und

Bonn«, murmelte er und wählte eine Telefonnummer. Er sprach wohl mit einer Sekretärin. Offensichtlich hatte Eckenhagen viel zu tun, denn sie weigerte sich, Neugebauer durchzustellen. Er musste erst mit der Polizei drohen, eher er wieder auflegen konnte. »Auf geht's.«

»Ich komme mit.« Brummer erhob sich.

»Und was mach ich so lange?«, fragte Frieda.

»Du kannst dich um Sandra kümmern, Nachforschungen in ihrem Umfeld anstellen, Arbeitgeber, Pflegeheim, Vermieter und so weiter und so fort«, riet Neugebauer ihr. »Das kennst du ja.«

»Nein«, erinnerte Frieda ihn. »Kenn ich nicht.«

Neugebauer tätschelte ihre Schulter. »Stimmt. Ist ja dein erster Fall. Bist ja nur eine kleine Kommissarin.«

»Sehr witzig.«

»Dann komm mit uns.« Neugebauer winkte ihr, ihnen zu folgen.

»Aber wir fahren nicht mit ihrem Auto«, protestierte Brummer.

»Dafür brauchen wir kein Auto«, beruhigte Neugebauer ihn. »Die Kanzlei ist nur ein paar Schritte von hier entfernt.«

Eckenhagen betrieb seine Kanzlei gegenüber der *Posthalterei*, einer Gaststätte in einem gelben Giebelhaus, an der Kreuzung, an der die Wilhelmstraße in die Kölner Straße überging. Die drei Kommissare erreichten ihr Ziel nach fünfzehn Schweige-Minuten forschen Schrittes.

Ein Mann von etwa 50 Jahren mit Hochglanz-Glatze öffnete ihnen die Tür und stellte sich als Christian

Eckenhagen vor. Er hieß sie willkommen und entschuldigte sich wortreich für seine Sekretärin, sie arbeite noch nicht lange für ihn. Er führte den Besuch in sein repräsentatives Büro, ein saalartiges Zimmer mit schweren Teppichen und großen Gemälden, für dessen Kargheit er sich ebenfalls entschuldigte.

»Ich bin nur selten hier. Sie haben Glück, dass Sie mich heute hier erreichen. Die meiste Zeit über arbeite ich in einer Sozietät in Bonn. Bitte nehmen Sie doch Platz.« Mit weit ausholender Geste wies er auf die Sitzgruppe aus Leder und Chrom.

Eine Frau kam lautlos aus dem Off, brachte Kaffee in weißen Tassen und verschwand genauso lautlos.

Eckenhagen lehnte sich zurück und breitete die Beine zu einem V aus. »Was kann ich für Sie tun?«

Nach einem kurzen Blickwechsel mit Neugebauer waren sie sich einig geworden, dass Brummer die Fragen stellen würde. Friedas Anwesenheit wurde glatt ignoriert. »Wir haben ein paar Fragen an Sie im Zusammenhang mit einer Ermittlung aufgrund einer Anzeige gegen Unbekannt«, begann Brummer umständlich.

Eckenhagen zog die Augenbrauen bis zu den ehemaligen Haarwurzeln hoch.

»Sandra Feldmann.«

Über sein Gesicht huschte ein Schreck. Abwartend kaute er auf seiner Unterlippe.

»Sie kennen sie?«

Sein abfälliges Lächeln erreichte nicht seine Augen. »Sagen wir so, ich habe sie gekannt. Aber wir haben uns getrennt.«

»Wann haben Sie sie zuletzt gesehen?«

Eckenhagen blickte zur Zimmerdecke. »Warten Sie, ich glaube vor drei Wochen, wenn ich nicht irre, war das der 14 September, ja, genau, hier in Euskirchen auf dem Marktplatz. Sie hat mir eine Szene gemacht, weil ich mit einer Mandantin essen gegangen bin.« Er schlug die Beine übereinander. »Wissen Sie, da wurde mir klar, dass wir nicht zueinander passen.«

»Und danach?«

»Danach habe ich mich natürlich zurückgezogen. Das ist ja wohl normal.«

»Haben Sie sie noch einmal angerufen?«

»Nein, warum sollte ich? Vorbei ist vorbei.«

»Haben Sie noch den Schlüssel zu ihrer Wohnung?«

»Ja«, antwortete er ärgerlich. »Aber nicht hier, sondern bei mir zu Hause. Ich habe vergessen, ihn ihr zurückzugeben. Aber das kann ich sofort nachholen.«

»Waren Sie in Ihrer Wohnung, als sie *nicht* dort war?«

»Nein!«, rief er ungeduldig.

»Haben Sie ihr Blumen geschickt?«

»Ich bitte Sie!« Er strich sich liebevoll über seinen haarlosen Kopf. »Ich habe wirklich Besseres zu tun.«

»Haben Sie ihr Medaillon an sich genommen?«

»Ihr Medaillon? Dieses kitschige Medaillon? Nein! Um Gottes willen! Nein! Warum sollte ich? Was hat Sandra denn eigentlich für ein Problem? Warum eine Anzeige? Um was geht es denn da?«

»Stalking«, sagte Brummer vorwurfsvoll.

»Stalking?« Eckenhagen lachte erleichtert auf und stellte seine Füße wieder auf den Boden. »Wie kommt sie denn bloß auf Stalking?«

»Sie sind Anwalt. Wie würden Sie es nennen?«, fragte Brummer und schilderte ihm Sandras Vorwürfe.

Eckenhagen holte tief Luft und sagte. »Ich verstehe. Aber unter uns ... Sandra ist ... wie soll ich sagen ... sie neigt zu Übertreibungen. Sie hat eine blühende Fantasie. Sie sieht Zusammenhänge, die es nicht gibt ... sie ist misstrauisch und eifersüchtig.« Er blickte von einem Kommissar zum anderen. »Kurz gesagt, sie ist hysterisch. Ich würde an Ihrer Stelle ihre Äußerungen mit Vorsicht genießen, glauben Sie mir, ich kenne sie.«

Brummer war für solche Beschwörungen unempfänglich und fragte: »Wo waren Sie am 30. September zwischen 14 und 15 Uhr?«

»Ich brauche ein Alibi?«, fragte Eckenhagen entsetzt.

»Ja«, antwortete Brummer und seine Kollegen nickten einvernehmlich. »Wir müssen Ihnen als Anwalt wohl nicht erklären, dass das die übliche Vorgehensweise ist.«

»Dann wollen Sie sicher auch meine Fingerabdrücke?«

Brummer winkte ab. »Danke nein. Vorerst nicht.«

Frieda sah gespannt von einem zum anderen. Sie konnte Brummers Entscheidung nachvollziehen. Eckenhagens Fingerabdrücke mussten sich in Sandras Wohnung tummeln.

Eckenhagen sprang auf. »Sie sind auf dem falschen Dampfer, meine Herren! Ich bin der Gute! Ich habe Sandra die Abendschule finanziert, ihre Miete bezahlt und ihre Mutter in einem vernünftigen Heim untergebracht.« Er klopfte sich auf die Brust. »Ich bin der Gute!« Er zückte sein Smartphone und wischte so lange mit Daumen und Zeigefinger auf dem Display herum, bis er sagte. »Hier. 30.9. 14 bis 16 Uhr. Da war ich in meiner Kanzlei in Bonn. Meine Kollegen können das bezeugen. Wir hatten eine Besprechung.«

»Wir werden das überprüfen.« Brummer streckte die Hand nach dem Smartphone aus. »Können wir Ihre Anrufe sehen?«

Eckenhagen lachte ihn aus. »Dann müssten sie alle meine Telefone kontrollieren.«

»Kein Problem für uns.«

»Das kann nicht Ihr Ernst sein.«

»Doch ist es. Wir sind bekannt dafür.«

»Das darf nicht wahr sein!«

»Geben Sie uns Ihre Telefonnummern, wir setzen uns mit Ihrem Provider in Verbindung.«

»Das darf nicht wahr sein«, wiederholte Eckenhagen.

»Das gilt im Übrigen auch für Ihre Mails.«

»Meine Mails? Behauptet sie etwa auch, Mails von mir zu bekommen? Sie kann doch überhaupt nicht mit einem Computer umgehen! Wenn ich ihr damals keinen geschenkt hätte, ach, die hat sie doch nicht alle«, er schlug sich gegen die Stirn.

»Der Absender der Mails ist unbekannt, aber der Text ist eindeutig.«

»Was steht denn drin?«

»Sagen *Sie* es uns!«

»Sie muss wahnsinnig geworden sein!«

Als die drei Kriminalkommissare die Kanzlei verließen waren sie sich einig, dass Christian Eckenhagen ein unangenehmer Zeitgenosse war, dem sie allzu gern ein Hindernis zwischen die Beine werfen würden. Ehe sie ins Kommissariat zurückkehrten, gönnten sie sich gegenüber, in der *Posthalterei*, einen Latte macchiato.

Hinter einem Windschutz konnten sie draußen sitzen und ein wenig die Sonne genießen und nebenbei die Kanzlei beobachten.

Frieda wärmte ihre Hände am hohen, heißen Glas und pustete in den Milchschaum. Am Straßenrand lagen die ersten braunen Blätter, die der Wind zusammengefegt hatte. Die Passanten gingen schneller und trugen schon Mäntel und Schals oder hatten die Kragen hochgestellt. Keine Frage, der Sommer war vorüber. Höchste Zeit, sich einen neuen Winterpullover zu kaufen, dachte Frieda.

Ein Wanderer mit schwerem Gepäck und schmutzigen Stiefeln orientierte sich kurz am Laternenpfahl, an dem das Symbol für den Jakobsweg klebte, und überquerte die Straße, als es nebenan in der Herz-Jesu-Kirche zu läuten begann.

11. Kapitel

Liebling«, begrüßte Berthilde Feldmann ihre Tochter. Es schien ihr nicht aufgefallen zu sein, dass Sandra lange nicht gekommen war. Aber ansonsten war sie ganz klar und präsent. Ihre wasserblauen Augen blitzten, ihre Wangen waren leicht gerötet. Sie lag nicht im Bett, sondern kam Sandra aufgeregt entgegen, als diese ihr Zimmer im *Rosengarten* betrat, wie gewöhnlich mit einem kleinen Blumenstrauß.

»Sieh mal!«, rief Berthilde und zeigte auf die hohe Vase, die auf der Fensterbank stand. »Weiße Lilien!«

»Wie schön.« Sandra gab ihrer Mutter einen Kuss auf die Wange. Sie schien ein wenig fiebrig zu sein. Vielleicht lag es auch an der Temperatur im Zimmer. Die Heizung war viel zu hoch eingestellt. »Wer hat sie dir gebracht?«

»Daniel«, hauchte Berthilde und spitzte ihren Mund.

»Aber, Mama«, ermahnte Sandra sie.

»Daniel war hier. Hier am Fenster hat er gestanden. Ich habe ihn genau gesehen.«

»Aber, Mama!«

Berthilde legte eine Hand auf ihre rechte Wange. »Er hat mich geküsst.«

»Ach, Mama. Du weißt doch, dass das gar nicht sein kann. Daniel ist weit weg.«

Berthilde verzog kurz das Gesicht, aber dann hellte es sich wieder auf. Mit kurzen, schnellen Schritten trat sie an die Vase heran und steckte ihre Nase in die Blüten. »Hm. Weiße Lilien, genauso wie damals. Hm. Komm her. Riech mal …«

Sandra seufzte. Es hatte wenig Zweck, ihre Mutter zu bekehren, außerdem schien sie so glücklich in der Gewissheit, dass Daniel sie besuchte. Warum sollte sie ihr die Vorstellung nehmen? Hatte sie das Recht dazu? Daniel Weinberg war die erste und einzige Liebe ihrer Mutter und der Vater ihrer Tochter. Sandras Vater.

Schon in der Vorwoche hatte Berthilde behauptet, dass Daniel sie besucht habe, allerdings hatte er ihr damals keinen Blumenstrauß mitgebracht. Aber jetzt gab es Lilien als Beweis für seine Existenz. Ausgerechnet weiße Lilien. Sandra kannte die Lilien-Geschichte in- und auswendig. Sie konnte sie nicht mehr hören.

Sie nahm sich vor, später Schwester Mechthild zu fragen, wer ihrer Mutter die Lilien gebracht hatte. Sie war sicher, dass es einen ganz einfachen Grund dafür gab. Vielleicht war es … Sie drehte sich zu ihrer Mutter um und verbot sich den Gedanken, aber er hatte sich schon in ihrem Bewusstsein breitgemacht. Christian. Er hatte sich immer sehr gut mit ihrer Mutter verstanden. Auch er kannte die Liliengeschichte. Und ihre Mutter hatte ihn manchmal mit Daniel verwechselt. So wie sie Gesichter, Namen, Dinge, Zeiten, Orte, alles Mögliche verwechselte oder vergaß, seitdem diese Krankheit ihr Leben beherrschte.

»Sollen wir ein wenig in den Park gehen?«

Ihre Mutter schüttelte den Kopf und setzte sich auf die Kante ihres Bettes.

»Warum nicht? Die Sonne scheint, es ist warm draußen.«

Berthilde schüttelte immer noch den Kopf. Aber es hatte nichts zu bedeuten, es war ihre Art, sich zu beruhigen. Sandra wusste, dass ihre Mutter sich manchmal sträubte und dann doch froh war, sobald sie an der frischen Luft war. Sie bückte sich und holte die Straßenschuhe unter dem Bett hervor.

»Ich helfe dir, Mama.«

»Ich muss hierbleiben.«

Sandra blickte hoch zu ihr. »Wir kommen ganz schnell zurück. Früh genug fürs Abendessen. Ich passe auf. Nun, komm schon. Es wird dir gut tun.«

»Ich muss hierbleiben«, wiederholte Berthilde entschlossen und blickte über Sandra hinweg zum leeren Sessel.

»Warum?«

»Wenn Daniel wiederkommt …«

Sandra gab auf, ließ den Schuh fallen, erhob sich und setzte sich in den geblümten Ohrensessel. Sie schwiegen noch eine Weile gemeinsam, ehe Sandra sich verabschiedete. Berthilde bemerkte es kaum. Sie hatte einen Schritt zurück gemacht und war in eine andere Welt versunken.

Von Schwester Mechthild, die Sandra aufgeregt im Foyer abfing, erfuhr sie, ehe sie selbst fragen konnte, dass ein gewisser Tony Harper ihre Mutter am Dienstag letzter Woche besucht habe. »Ein reizender Mann.«

Sandra betrachtete sie abwartend. Der Name klang nicht besonders deutsch.

»Er war es auch, der ihr die weißen Lilien gebracht hat.«

»Ein Amerikaner?«, fragte Sandra misstrauisch.

»Eigentlich ein Deutscher«, beruhigte Schwester Mechthild sie. »Er ist der Sohn einer alten Freundin Ihrer Mutter. Christine Wagner hieß sie, bevor sie einen Amerikaner geheiratet hat«, sagte Schwester Mechthild. »Sagt Ihnen der Name etwas?«

Sandra überlegte kurz und schüttelte dann den Kopf.

»Das ist aber noch nicht alles, Frau Feldmann. Stellen Sie sich vor, dieser Tony Harper behauptet, Sie hätten einen Bruder.«

»Ich?«, fragte Sandra entsetzt und zeigte mit dem Finger auf sich.

Schwester Mechthild nickte.

»Wie kommt er denn auf die Idee?« Sandra schüttelte entsetzt den Kopf. »Der spinnt wohl. Einen Bruder? Das wüsste ich aber!«

»Das habe ich ihm auch gesagt.«

»Haben Sie meiner Mutter das gesagt?«

Schwester Mechthild schüttelte den Kopf. »Natürlich nicht. Ich wollte sie nicht aufregen. Wir wissen doch beide, dass es nicht sein kann, nicht wahr?«

»Stimmt«, bestätigte Sandra zögernd und ihr wurde mulmig zumute. »Wie sieht dieser Tony Harper denn aus?«

»Ganz reizend«, schwärmte Schwester Mechthild. »Ein stattlicher Mann mit langen, grauen, aber sehr gepflegten Haaren. Schwarze Cordjacke, grauer Schal, weißes Hemd. Nur seine Socken«, sie kicherte hinter vorgehaltener Hand. »die waren ein bisschen grell, finde ich.«

»War Herr Eckenhagen in der Zwischenzeit noch einmal hier?«, fragte Sandra.

Schwester Mechthild schüttelte bedauernd den Kopf.

»Sie vergessen nicht, dass er meine Mutter nicht besuchen darf?«

»Aber nein. Ich würde ihn auf keinen Fall zu ihr lassen. Es tut mit wirklich leid, Frau Feldmann, aber ich muss Sie in diesem Zusammenhang noch einmal an die Abrechnung für den Monat Oktober erinnern. Das Geld ist – wie Sie wissen – zurückgerufen worden, aber wir müssen …«

»Ich weiß«, unterbrach Sandra sie. »Ich habe morgen einen Termin bei meiner Bank. Ich bin sicher, dass ich Ihnen bald, ganz schnell, das Geld überweisen kann. Bitte geben Sie mir noch ein paar Tage.«

Schwester Mechthild hob die Hände. »Auf jeden Fall. Ich bin da auch ganz zuversichtlich. Besonders seitdem dieser Tony Harper hier war. Er wird sicher bald Kontakt mit Ihnen aufnehmen.«

»Haben Sie ihm etwa meine Telefonnummer gegeben?«, fragte Sandra.

Schwester Mechthild nickte leicht. »Ja.«

»Wie konnten Sie nur?!«

»Aber seine Mutter möchte unbedingt etwas für ihre alte Freundin tun, verstehen Sie?« Sie lächelte verschwörerisch.

»Nein, ganz und gar nicht.«

»Es hörte sich an, als ob Christine Wagner sehr wohlhabend sei.« Schwester Mechthild steckte die Hände in die Taschen ihres mintgrünen Kittels. »Plötzlich scheint so vieles möglich. Vielleicht wird doch noch alles gut, und Ihre Mutter kann hierbleiben.«

»Haben Sie ihm auch meine Adresse genannt?«

Nicken.

»Wie konnten Sie nur?«

Hilfloses Schulterzucken.

»Alles nur, damit Sie weiter auf Ihre Kosten kommen?«, rief Sandra aus.

Schwester Mechthild blickte sich erschrocken um. »Psssst. Das muss niemand hören. Natürlich geht es uns in erster Linie um das Wohl Ihrer Mutter. Nirgendwo ist sie besser aufgehoben als hier.«

Sandra winkte ab, ließ sie stehen, stapfte hinaus und hörte, wie die schwere Eingangstür hinter ihr mit einem Schnaufen ins Schloss fiel. Sie war leider nicht in der Position, einen Skandal zu machen, weil man im *Rosengarten* den Datenschutz missachtete, sie war darauf angewiesen, dass man ihre Mutter so lange duldete, bis ein neuer Heimplatz für sie gefunden war. Sie stand in der Schuld der Heimleitung und mit dem Rücken zur Wand.

Ein Glück, dass sie gestern das Schloss zu ihrer Wohnungstür hatte austauschen lassen und vorgestern ihr Handy den Kriminalkommissaren überlassen hatte. So konnte dieser unbekannte Tony Harper höchstens vor ihrer Haustüre stehen und warten oder singen.

Aber niemand stand unter ihrem Fenster, als sie nach Hause kam. Es wartete auch niemand in einem Auto auf sie am Straßenrand. Das neue Schloss oben an ihrer Wohnungstür war noch ein wenig schwergängig. Aber es hatte seinen Dienst getan. Sandra entdeckte keine Spuren eines Eindringlings, kein Wort an der kleinen Tafel, keine Blumen in der Küche. Das Gefühl der Sicherheit kehrte langsam zurück, war ein zartes Pflänzchen, fühlte sich aber schon ein wenig besser an. Jedenfalls hatte Sandra keine Angst mehr, allein in ihrer Wohnung zu sein, und horchte nicht wie eine Besessene auf jedes noch so leise Geräusch.

Seitdem der große Unbekannte in ihre Wohnung eingedrungen war, während sie in der Wanne gelegen hatte, hatte sie sich das stundenlange, genüssliche Baden versagt und sich nur mit einer hastigen Dusche begnügt. Aber heute konnte sie sich ruhigen Gewissens diese heiß geliebte Prozedur endlich wieder gönnen. Sie hatte den ganzen Tag mit Pflanzen und Erde und Zweigen zu tun gehabt und fühlte sich schmutzig. Auch wenn sie dankbar war, dass ihre Chefin ihr eine Ganztagsstelle angeboten hatte, damit sie finanziell über die Runden kam, bedauerte Sandra unendlich, dass sie die Abendschule so kurz vor dem Abitur hatte abbrechen müssen. Ihr fehlte nur noch ein halbes Jahr.

Sie schloss wie üblich die Badezimmertüre ab, zog sich aus, während sie das Wasser einlaufen ließ, stopfte die abgelegte Kleidung in einen Wäschekorb und ließ ein Badegel, das nach Orange und Ingwer duftete, in den Wasserstrahl laufen. Sie stellte den CD Player auf den Wannenrand, schaltete das Deckenlicht aus, nur die Lampe über dem Spiegel brannte noch. Vorsichtig stieg sie ins Wasser, stellte den Hahn ab, gab der CD das Startzeichen und ließ sich hinabgleiten, bis nur noch ihr schmales Gesicht aus dem Schaum hervorsah. Der Song *Auf anderen Wegen* von Bourani nahm seinen Lauf. Sie tauchte ab, und tauchte auf, als der Refrain einsetzte:

Mein Herz schlägt schneller als deins,
sie schlagen nicht mehr wie eins,
wir leuchten heller allein,
vielleicht muss es so sein …

Ein Bruder, dachte sie. Der hatte ihr gerade noch gefehlt. Noch einer, der sie ein Leben lang allein gelassen hatte! Vielen Dank. Darauf konnte sie genauso gut verzichten wie auf einen Vater, der sich nicht für sie interessierte. Für diesen Familienscheiß war es wirklich zu spät. Sie war 36 Jahre lang nur mit ihrer Mutter zurechtgekommen. Mehr schlecht als recht. Sie hatte genug damit zu tun, für ihre Mutter zu sorgen.

Rrrriiing!

Sie schreckte zusammen, fuhr hoch, Wasser schlug über den Rand der Wanne und klatschte auf den Fliesenboden. Sie rieb sich das Wasser aus dem Gesicht, stellte die Musik ab und lauschte. Angst kroch in ihre Adern.

Rrrriiing!

Im Zeitlupentempo stieg sie aus der Wanne, wurde sich der Geräusche bewusst, die sie selber machte. Das leisen Gurgeln und Plätschern des Wassers, ihre nassen Füße auf den Kacheln, die Tropfen, die von ihrem Kör-

per auf den Boden fielen. Sie langte nach dem Hand-
tuch, wickelte sich ein und horchte.

»Frau Feldmann, sind Sie da?«

Sie konnte die Stimme nicht erkennen. Aber sie war
weiblich, und ein Teil ihrer Angst fiel von ihr ab. Sie
streifte ihre Unterwäsche über und kletterte in Jeans
und Pullover. Wie viele Male sie sich in letzter Zeit an
den Hals gefasst hatte und feststellen musste, dass das
Medaillon fort war, konnte sie nicht mehr zählen. Der
Spiegel war beschlagen. Sie sah sich schemenhaft
darin.

Rrrriiing!

Sie drehte den Schlüssel in der Badezimmertür
herum und zog die Tür leise auf. Auf Zehenspitzen lief
sie durch den kleinen Flur und näherte sich dem Spion
in der Haustür. Sie presste ihre Nase ans Türblatt,
spähte hindurch und riss die Tür auf. »Sie sind das!
Puh! Mir fällt ein Stein vom Herzen.«

»*Nomen est omen*«, lächelte Kommissarin Frieda Stein.
»Sie sehen aus, als hätten Sie wieder gebadet.«

Sandra hielt sich an der Tür fest.

Frieda zeigte auf das Türschloss. »Gratuliere.«

»Hat mich 200 Euro gekostet, die ich eigentlich nicht
habe.«

»Was will man machen?«

»Genau. Nichts.«

Gleich würde die eine sich zum Wetter und die allgemeine Lage der Nation äußern. Und die andere
würde ihr recht geben. Sandra schob die Tür ein
wenig mehr zu. Es zog ein kühler Wind das Treppenhaus hinauf.

»Sonst alles okay?«, fragte Frieda und hatte schon einen Fuß auf der Treppenstufe, um zu gehen.

»Wie man es nimmt«, sagte Sandra. »Ich habe neuerdings einen Bruder und Schwester Mechthild aus dem Heim gibt Hinz und Kunz meine Adresse und meine Telefonnummer bekannt.«

»Wer ist Hinz und Kunz?«, fragte Frieda.

»Ein gewisser Tony Harper, zum Beispiel. Er ist angeblich der Sohn einer alten Freundin meiner Mutter«, erklärte Sandra. »Einer gewisse Christine Wagner. Den Namen habe ich aber noch nie gehört.«

»Seltsam. Wissen Sie, wo wir diesen Tony Harper finden können?«

»Nein. Ich habe nicht daran gedacht, Schwester Mechthild zu fragen.«

Frieda rümpfte die Nase. »Ich werde mich darum kümmern. Haben Sie eigentlich heute schon etwas gegessen?«

»Können Sie etwa auch kochen?«, fragte Sandra erstaunt.

»Klar.«

»Aber dürfen Sie das denn, ich bin schließlich Ihr Fall, oder?«

»Muss ja keiner erfahren«, meinte Frieda und trat eine Stufe tiefer. Sie waren jetzt fast auf Augenhöhe.

»Stimmt. Muss ja keiner erfahren.«

»In einer halben Stunde?«

»Gerne«, sagte Sandra. »Was gibt es denn?«

»Sie mögen doch Nudeln?«, fragte Frieda vom nächsten Treppenabsatz aus.

»Wer mag …«

Ein Schuss zerteilte ihre Worte. Eine Explosion, Scheppern, Klirren, Splittern, ein Echo von allem, das aus der Wohnung kam.

Mit einem Satz war Frieda wieder oben, zerrte Sandra aus ihrer Wohnung in den Flur, zwang sie zu Boden, duckte sich neben sie und legte einen Arm schützend um ihren Rücken. Sie zog ihre Pistole, entsicherte sie und legte sie an ihre Wange. Das Metall kam ihr kälter vor als sonst. Ihr Finger lag am Abzug.

Als auf die Geräuschkaskade, die in ihren Ohren noch nachklang, nur weitere Stille folgte, stemmte Frieda sich langsam hoch. »Sie bleiben hier«, flüsterte sie Sandra zu. Sie drückte die Wohnungstür einen Spaltbreit auf, schlich in die Diele. Sauber. Küche sauber. Schlafzimmer sauber. Die Badezimmertür konnte sie nicht aufstoßen, sie blieb hängen. Splitter knirschten auf dem Fliesenboden. Frieda zwängte sich durch den Spalt und sah die Bescherung. Ein dunkelroter Backstein lag umgeben von einer Spur der Verwüstung, wie ein Stern mit einem Schweif, neben der Badewanne. Das Emaille am Wannenrand war abgesplittert, Fliesen waren zerbrochen. Das Fenster aus geriffeltem Glas war fast mittig durch ein ausgefranstes Loch, das wie ein dunkler Stern leuchtete, durchbrochen. Dahinter war ein Stück blaugrauer Himmel zu sehen und in der Ferne vage die Räder eines stillstehenden Windrades. Frieda balancierte über die Splitter und linste vorsichtig durch das Loch. Das Fenster zeigte zum Feld, dorthin, wo man dem Gras beim Wachsen zusehen konnte. Ein menschliches Wesen war weit und breit nicht auszumachen. Es war zu spät hinauszulaufen, um nachzusehen, ob jemand hinter der Hausecke das Weite suchte. Gesucht hatte. Viel zu spät. Frieda steckte ihre Pistole ein.

Nicht zu spät, um nach der Wohnungsinhaberin zu sehen.

»Frau Feldmann?«, rief sie leise ins Treppenhaus.

Keine Antwort.

Sandra hockte dort noch immer, zusammengekauert mit den Armen über dem Kopf.

»Sie können aufstehen.«

Keine Antwort.

Frieda trat zu ihr und entwirrte ihre Arme. »Sie können aufstehen, es ist vorbei.« Sie zog Sandra sanft aber bestimmt in den Stand. »Es ist vorbei.«

Sandra sah aus, als wäre alles Leben aus ihr gewichen. Frieda führte sie an der Hand – wie eine Blinde – in ihre Wohnung und schloss die Tür. In der Küche drückte sie sie auf einen Stuhl und reichte ihr ein Glas Leitungswasser. Sie tippte die Telefonnummer ihrer Dienststelle ins Handy und forderte die KTU an und einen der beiden Kollegen aus der Mordkommission.

»Das war er wieder«, schluchzte Sandra, ehe sie das Glas Wasser an die trockenen Lippen setzte.

»Wer denn?«, fragte Frieda.

»Was glauben Sie denn?«

Frieda hob ratlos die Schultern. Was sie glaubte, darum ging es nicht. Fakt war, dass das Türschloss ausgetauscht war, der Übeltäter die Wohnung nicht mehr betreten konnte und deswegen sein Opfer nun von außerhalb attackierte und ihm von langer Hand das Gruseln beibrachte. »Ich glaube nichts. Aber solange wir nicht wissen, wer dahintersteckt, würde ich Sie am liebsten wieder nach Groß-Vernich bringen«, schlug sie vor. »Was halten Sie davon?«

Sandra nickte und flüsterte: »Ich verstehe.«

»Und zwar jetzt sofort. Haben Sie ein Stück Pappe für das Fenster?«

»Hm.«

»Tut mir leid, aber das Nudelessen muss leider ausfallen.«

12. Kapitel

Am Montagmorgen war es Hauptkommissarin a. D. Sonja Senger endgültig leid. Nach Sonnenaufgang und noch im bodenlangen, rot-blau karierten Morgenmantel kletterte sie auf die wacklige Stufenleiter und versuchte mithilfe eines Akku-Schraubers einen Fensterladen zu reparieren. Ihre Finger waren klamm, der Fensterladen feucht und der Akku war schwach auf der Brust, sie hatte ihn lange nicht mehr geladen. Beide Angeln hatten sich an den Zargen ein wenig gelöst. Der kleinste Windstoß setzte den Fensterladen in Bewegung. Begleitet von jammervollem Quietschen schlug er hin und her, als nähme er Anlauf, ehe er mit Schwung gegen den Rahmen knallte, federte, und neuen Anlauf nahm. Tagsüber störten Sonja die Geräusche nicht, da fielen sie ihr nur auf, wenn West die Ohren spitzte und das Fenster hypnotisierte. Aber in der Nacht, da drangen sie bis hinauf ins Obergeschoss, wo Sonja vergeblich versuchte, Schlaf zu finden. Sie schreckte auf und horchte in die Nacht hinein. Nach einer Weile pflegte sie aufzustehen und nachzusehen.

Aber weder im Forsthaus noch um das Forsthaus herum gab es Menschen in Not. Außer ihr selbst.

Seitdem sie nicht mehr jeden Morgen zum Dienst fahren musste, war ihr Leben aus dem Takt geraten. Bis gestern hatte sie morgens lange ausgeschlafen, war erst am späten Vormittag aufgestanden, hatte sich obendrein einen Mittagsschlaf gegönnt, dann feststellen müssen, dass sie am Abend alles andere als müde und die halbe Nacht umhergegeistert war, sehr zu Wests Freude, der endlich eine nächtliche Unterhaltung gefunden hatte.

Aber heute sollte ein neues Experiment beginnen: Sonja wollte ihrem Tag Struktur verleihen. Aufstehen um 6 Uhr, wie früher, als sie noch im Dienst war, der Mittagsschlaf wurde ersatzlos gestrichen. Wie damals, als sie noch total erschöpft heimkehrte, würde sich dann hoffentlich auch das frühe Schlafengehen wie von selbst ergeben.

Mit einem Tuckern hauchte der Akku-Schrauber sein Leben aus, ehe auch nur die obere Angel wieder fest angeschraubt war. Dafür drang ein anderes Motorgeräusch an Sonjas Ohr. Verwundert drehte sie sich um, hielt sich am Fensterladen fest, um nicht von der Leiter zu fallen. Besuch, so früh am Morgen? Noch dazu unbekannter Besuch? Der grüne Golf, der vor dem Jägerzaun parkte, kam ihr in keiner Weise bekannt vor. Eine Windbö fuhr in ihren langen Morgenmantel und wehte die Rockschöße auf, sodass eine flatternde, geblümte Schlafanzughose und ausgetretene Filzpantoffeln zu sehen waren. Ehe dieser Umstand Sonja peinlich werden konnte, sah sie, wer aus dem Auto stieg.

»Gut, dass Sie kommen!«, rief sie erleichtert aus. Die jungen Kommissarin Friederike Stein sah aus, als könnte sie Fensterläden ohne Leiter und ohne Akku-Schrauber reparieren. Und vieles mehr. Außerdem war sie Sonja etwas schuldig. Ihr Einstand vor einer knappen Woche, als sie sich zusammen mit Brummer und Neugebauer über Harry Konellys Kekse hergemacht hatte, war nicht gerade eine Glanzleistung gewesen.

»Guten Morgen, Frau Senger!«, grüßte Frieda und schob die Gartentür auf. »Ich hoffe, ich störe nicht.«

»Wie kommen Sie denn darauf?«, fragte Sonja zurück und kletterte die drei Sprossen herunter. »Sie kommen genau richtig. Sehen Sie sich das an!« Sonja führte ihr das Treiben des Fensterladens vor und wedelte mit dem Akku-Schrauber herum. »Das Ding macht mich wahnsinnig.«

»Das kann ich mir gut vorstellen«, sagte Frieda und begriff, dass keine Zeit für eine ordentliche Begrüßung und eine Erklärung für den Anlass des Besuches war. Letzteres enthob sie einer fadenscheinigen Ausrede. Es hatte sie vor Dienstantritt nach Wolfgarten getrieben, weil sie sich von Brummer und Neugebauer missverstanden fühlte und weil sie von der Hauptkommissarin wissen wollte, wie die Kollegen tickten. Sie wollte wissen, warum sie nicht zu ihrer eigenen Abschiedsfeier gekommen war. Sie wollte wissen, ach, sie wollte alles Mögliche wissen. Vielleicht wollte sie auch nur reden.

Frieda trat ans Fenster und stellte die Leiter beiseite. Sie inspizierte die Angeln. »Haben Sie keinen Schraubendreher?«

»Doch, natürlich. Ich muss ihn nur suchen«, antwortete Sonja.

»Und Maschinenöl brauche ich!«

»Habe ich bestimmt auch.«

»Zum Beispiel WD 40.«

»WD 40?«

»Graphitspray geht auch.«

»Graphitspray?«, fragte Sonja beunruhigt.

Frieda drehte zu sich Sonja um. Sie stand da im Morgenmantel, die Haare auf Sturm, die Hände in die Hüften gestemmt. »Hören Sie, Frau Stein, ich …«

»Nennen Sie mich Frieda, ja?«

»Also, Frieda, ich sollte wohl einen Fachmann rufen.«

»Auf keinen Fall. Es sind nur ein paar Handgriffe. Haben Sie einen Werkzeugkasten?«

Sonja war schon auf dem Weg ins Haus. Ohne sich umzudrehen, winkte sie Frieda, ihr zu folgen. Die Haustür stand offen. Unter der offenen Holzstiege ins Obergeschoss ging es in einen Abstellraum, in dem sich alles befand, was sich nicht woanders befinden sollte oder konnte. Aber sicher auch das, von dem man nicht dachte, dass es noch existierte. Und Wichtiges.

Zum Beispiel Anzündholz für den Kachelofen. Der Reisigstapel, der sich im Laufe des Sommers angehäuft hatte, war unkontrolliert in die Höhe und in die Breite gewachsen, sodass Sonja die Metalltür des Abstellraumes immer abschließen musste, damit er sie nicht aufschieben konnte. Sonja war im Besitz eines Holzlesescheines, um für den Winter Holzreste sammeln zu können. Es war also alles legal.

Sonja drehte den Schlüssel herum, stieß die Tür auf, blieb im Türrahmen stehen und sagte mit ausladender Geste: »Bitte bedienen Sie sich.«

Der Raum war ohne Fenster und das Deckenlicht seit Langem defekt. Die Rückwand bestand aus einer morschen Holzverschalung, durch die das erste Tageslicht blinzelte.

Mit den Worten: »Ich werde mich in der Zwischenzeit mal anziehen«, kletterte Sonja ins Obergeschoss.

Frieda sah ihr nach und bedauerte es. Es gefiel ihr, dass Sonja im Morgenmantel durch die Gegend lief. Offensichtlich war sie mit einer Idee wach geworden und hatte sie sofort in die Tat umgesetzt. Das wäre ihrer Mutter nie passiert. Sie tat nichts ohne sorgfältige Planung.

Frieda betrat den Abstellraum und fand nach und nach in diesem geordneten Durcheinander, was sie benötigte. Solange Sonja nicht wieder herunterkam, richtete, schraubte, sprühte und polierte Frieda zwölf Fensterangeln von sechs Fensterläden an drei Sprossenfenstern. Dann blickte sie nach oben. Für das Obergeschoss reichte die Stufenleiter nicht. Im Abstellraum hatte sie zwar eine alte Holzleiter gesehen, aber die wollte sie nicht anlegen, solange Sonja oben war.

Sie räumte das Werkzeug weg, trat wieder hinaus und entdeckte eine Regentonne an der hinteren Hausecke, in der sie ihre Hände im eiskalten Wasser waschen konnte. Sie trocknete sie an ihren Jeans ab, setzte sich draußen auf die Holzbank, die noch feucht vom Morgentau war, und studierte die Lage.

Linker Hand, über den verwilderten Vorgarten, den krummen Jägerzaun und ihren Dienstwagen hinweg, lagen die Dächer von Wolfgarten am Horizont. Der Feldweg, den sie gekommen war, schlängelte sich über die Anhöhe. Ein Feuerwachturm überragte die Ansiedlung. Östlich grenzte das Forsthaus unmittelbar an einen Wald, der sich über ein ausgedehntes Gebiet erstreckte, und dessen Grenzen außerhalb des Blickfeldes lagen. Hohe, kahle Fichtenstämme standen wie Gerippe in der ersten Reihe, auf sie folgten viele Hundert Reihen Laubhölzer, deren Blätter sich herbstlich färbten. Der Rest der Aussicht war hügeligem, offenem Ackerland gewidmet, über dem gerade jetzt ein Greifvogel kreiste und nach Mäusen Ausschau hielt. Damit war er nicht allein. Frieda erspähte den grauen Kater in Aktion, wie er mit langen Beinen durch das gemähte Feld stakste, damit die Halme ihn nicht am Bauch pieksen konnten. Hieß er nicht West?

Ihr Smartphone klingelte. Brummer. Frieda drückte das Gespräch weg, weil sie Schritte hörte. Sonja kam um die Hausecke, ein Tablett – mit Kaffeebechern, Löffeln, Zucker und frischer Milch und einem Teller mit einem Camembert- und einem Salamibrot – in einer Hand balancierend, in der anderen eine Wolldecke, die bereits begann sich aufzufalten. Frieda nahm ihr die Wolldecke ab und breitete sie auf der Holzbank aus. Das Tablett fand zwischen den beiden Frauen seinen Platz.

»Hat es geklappt?«, fragte Sonja, als sie Frieda eine Tasse entgegenschob.

»Ja, hat es«, antwortete Frieda. »Die Läden oben könnten es sicher auch vertragen.«

Sonja seufzte. »Ja. Hier geht langsam alles den Bach runter.«

Frieda mischte Zucker und frische Milch in ihren Kaffee. »Wohnen Sie schon lange hier?«

Sonja biss in ein halbes Käsebrot, zog die Stirn kraus, kaute, dachte nach, rechnete und sagte dann: »Seit der Leiche auf dem Feuerwachturm da drüben.« Sie zeigte auf den dunklen Turm, von dem über die Baumspitzen hinweg die letzten Stufen und das spitze Dach zu erkennen waren. »Also hause ich jetzt schon zehn Jahre hier.«

Frieda nippte am Kaffee und war neidisch. »Das war wohl 'ne Sensation damals!«

»Geht so. Den Lieblingsfalken des Emirs von Abu Dhabi hier in meinem Wald zu finden, das fand ich persönlich viel aufregender.«

»Was?« Frieda blieb die Salami im Hals stecken.

»Oder wenn ich an letztes Jahr denke, als in Weyer eine ganze Reihe junge Leute umgebracht wurden, die nichts anderes taten, als ihr Leben in vollen Zügen zu genießen.«

»Was?« Frieda kam aus dem Staunen nicht heraus und hatte keine Zeit, nach den Hintergründen zu fragen, denn Sonja schien in Fahrt gekommen zu sein.

»Und als der Banker eine ganze Familie zerstört hat, raten Sie mal, wo der Showdown stattgefunden hat?«

Frieda blickte sie ratlos an.

»In einem Zug! Im Eifelexpress! Mitten im Kaller Tunnel.«

»Echt? Mit dem bin ich erst neulich gefahren«, sagte Frieda, »als ich mich in der Polizeibehörde vorstellen musste.« Es war eine friedliche Fahrt gewesen. Die Durchfahrt durch den Kaller Tunnel hatte einige dunkle Sekunden gedauert, in denen nichts geschehen war. Schon wieder packte sie der Neid.

»Es ist noch nicht lange her«, fuhr Sonja fort zu schwärmen, »da sind zwei Männer den Eifelsteig um die Wette gelaufen und dabei über Leichen und unheilvolle Zeichen gestolpert, bis …«

»Welch ein aufregendes Leben Sie führen!«, begeisterte sich Frieda.

»So aufregend ist es nun auch wieder nicht. Das sind gerade mal vier Fälle in zehn Jahren, die wir aufgeklärt haben. Die Unaufgeklärten sind weniger lustig und verfolgen einen manchmal jahrelang. Auch im Schlaf. Und dann kommen die unsäglichen Büroarbeiten dazu und …«

»Und was war Harry Konelly für ein Fall?«, unterbrach Frieda sie.

Sonja überhörte die Frage. »2009 hat man mir, ohne mich zu fragen, die Stromleitung unter die Erde gelegt. Das war mein Wahrzeichen.«

Frieda erinnerte sich, dass Brummer bei ihrem ersten Besuch davon gesprochen hatte. »Ich glaube, ich muss mich bei Ihnen entschuldigen. Die Kekse hatten es wirklich in sich. Ich möchte gar nicht wissen, wie ich mich aufgeführt habe.«

Sonja winkte ab. »Machen Sie sich keine Sorgen. Brummer und Neugebauer sind an allem schuld. Sie hätten es besser wissen müssen.«

»Ich hätte nicht mitmachen brauchen.«

»Ach«, meinte Sonja. »Sie saßen zwischen den Stühlen.«

Frieda kicherte in ihren Kaffee. »Im wahrsten Sinne des Wortes.«

Sonja stieß ihr mit dem Ellbogen in die Seite. »Nix gewöhnt, was? Das spricht für Sie.« Friedas Kaffee schwappte fast über. »Haben Sie gehört? Am Donnerstag stand es in der Zeitung. Der größte Heroinfund seit Jahrzehnten! In Essen! 330 Kilo!«

»Das ist 'ne Menge Zeugs«, sagte Frieda voller Respekt.

»In unseren Keksen war dagegen nur eine Spur!«

»Aber sie sind mir trotzdem nicht bekommen.«

»Dito«, sagte Sonja. »Ich habe auch immer die Finger davon gelassen, jedenfalls bis … .«

»Bis Harry Konelly kam«, ergänzte Frieda. »Was hat er verbrochen?«

»Er hat mich um den Finger gewickelt, ist hier eingezogen und hat mein ganzes Leben auf den Kopf gestellt.«

»Wie konnte das passieren?«

»Keine Ahnung. Aber das Schlimmste war, dass er meinen Hund …«, Sonja versagte die Stimme.

Frieda presste die Lippen aufeinander. Als Sonja nicht weitersprach, fragte sie: »Und in den Keksen war wirklich … ?«

Sonja lachte auf. »Ach, die Kekse! Die waren harmlos verglichen mit all den anderen Sachen, die er sich geleistet hat.«

»Was denn?«

Sonja winkte ab. »Sie haben doch geschmeckt, oder?«

»Ich kann mich nicht erinnern, aber wir leben alle noch.«

»Im Gegensatz zu Harry Konelly«, sagte Sonja und stand auf, nahm das Tablett an sich und ging ins Haus.

Damit schien das Thema beendet. Frieda folgte ihr, sie war nicht wegen Harry Konelly hier. »Haben Sie noch einen Moment?«, rief sie ihr nach.

»Kommt drauf an, wofür.«

»Ich würde Ihnen gern etwas von unserem Fall erzählen.«

Sonja blieb stehen und drehte sich um, riss die Augen auf. »Ihr habt einen neuen Fall?«

Frieda nickte.

»Warum haben Sie das nicht gleich gesagt? Moment, Moment. Ich bringe schnell das Tablett ins Haus und räume alles weg, wegen der Fliegen und West. Ich bin gleich wieder da. Sollen wir einen Spaziergang machen? Dabei können wir in Ruhe reden.« Sonja wartete keine Antwort ab, sondern verschwand in den Windfang.

Frieda steckte die Hände in die Hosentaschen und blickte sich unschlüssig um. Sonja tat so, als wäre in ihrem Forsthaus keine Ruhe zu erwarten, dabei war es von nichts anderem erfüllt. Ihr Telefon hatte kein einziges Mal geläutet, niemand war über den Feldweg dahergekommen, weder mit dem Auto noch zu Fuß. Ruhiger ging es ja wohl nicht. Sonja Sengers spontane Begeisterung für den Fall kam Frieda vor wie eine ausgehungerte Neugier auf das wirkliche Leben, wie nach einer Nachrichtensperre oder einem langen Urlaub.

Als Sonja wieder auftauchte, hatte sie die Filzpantoffeln gegen Sportschuhe getauscht. »Gehen wir?« Sie zog die Haustüre zu und ging an Frieda vorbei zur Gartentür, schob sie auf und wandte ihre Schritte entschlossen Richtung Wald.

»Wollen Sie nicht abschließen?«, rief Frieda.

Keine Antwort. Frieda blieb nichts anderes übrig, als ihr zu folgen. Auch West begleitete sie eine Zeit lang, aber dann wurde ihm das Gehen zu langweilig, und er kehrte um.

Der Morgenhimmel wollte nicht blau werden. Die Wolkendecke verschwand nicht, sondern zog sich immer weiter zu und wechselte von Blau ins gelblich Graue. Es würde bald zu regnen anfangen. Vielleicht sogar ein Gewitter, denn die ersten Windböen kamen auf.

Unbeeindruckt davon gingen die beiden Frauen schweigend nebeneinander her und fanden bald den gleichen Rhythmus. Frieda wusste nicht, wo sie beginnen sollte, und warf von Zeit zu Zeit einen Seitenblick zu Sonja. Die schien abwarten zu wollen, dass Frieda den Mund zuerst aufmachte.

Als der Feldweg in einen Waldweg mündete, blieb Sonja stehen. »Sie machen es aber spannend.«

Frieda lächelte.

»Ist Ihr erster Fall wenigstens ein Mord?«

Sie seufzte. »Nein, es geht um Stalking.«

»Das ist übel, aber dafür sind wir ... ich meine ... dafür seid ihr nicht zuständig.«

»Aber das Opfer will nur mit mir reden«, erklärte Frieda. »Ich bin ihre Nachbarin.«

»Das ist mir nie passiert«, sagte Sonja und breitete die Arme aus. »Wie auch? Ich habe keine Nachbarn.«

»Sie fiel mir praktisch vor die Füße, als ich einzog«, begann Frieda und berichtete von ihrer ersten Begegnung mit Sandra Feldmann, der Fahrt mit ihr nach Groß-Vernich, dem nächtlichen Treppenhausgespräch und ihrer Anzeige gegen Unbekannt. Danach zählte Frieda die geheimnisvollen Zeichen des Stalkers auf:

den Blumenstrauß, die anonymen Anrufe und SMS, die Botschaft an der Tafel, den Diebstahl des Medaillons, zuletzt den Stein, der durch Badezimmerfenster geflogen kam und Anlass für eine Evakuierung war. »Das habe ich ohne Absprache gemacht.«

»Ein Alleingang?«, fragte Sonja nach und ihre Augen lachten.

Frieda nickte.

»Was sagen denn Brummer und Neugebauer dazu?«

»Begeistert waren sie nicht.«

Sonja winkte ab. »Das waren sie bei mir auch nie.«

Frieda blickte sie fragend an.

»Es war trotzdem richtig.«

»Ja, die lieben Kollegen«, seufzte Frieda.

»Die sind eigentlich in Ordnung«, sagte Sonja und nickte Frieda aufmunternd zu. »Sie sind ein bisschen komisch. Alte Männer eben. Sie möchten ernst genommen und gefragt werden. Sie möchten glänzen. Geben Sie Ihnen das Gefühl, die Größten zu sein und ohne sie für immer verloren zu sein, dann können Sie tun und lassen, was Sie wollen. Das ist die ganze Kunst. Das haben Sie im Nu raus. Also, wenn Alleingänge, dann so, dass es keiner merkt. Das gilt übrigens auch für Ihren Chef. Für den ganz besonders.«

Frieda blickte sie skeptisch an. So einfach sollte es sein? Sie hatte sich auf eine tiefenpsychologische Untersuchung eingestellt.

»Im Gegensatz zu Roggenmeier sind Brummer und Neugebauer wirklich in Ordnung«, wiederholte Sonja. »Sie können sich auf sie verlassen, immer und jederzeit.«

»Was will man mehr?«, fragte Frieda eher rhetorisch. »Geht es auch etwas genauer? Ich wüsste gern, wie ich sie einschätzen soll.«

»Das müssen Sie schon selbst herausfinden.« Nach ein paar Schritten fragte Sonja: »Ist das alles, was Sie bisher in diesem Fall haben?«

»Nein«, antwortete Frieda und besann sich wieder auf Sandra. »Da gibt es noch einen Mann namens Harper.«

»Harper? Ich kenne nur Lew Harper, den Detektiv aus dem amerikanischen Thriller *Ein Fall für Harper*, ich glaube, das war Mitte der Neunziger.«

»Nein, unser Harper heißt Tony. Amerikaner ist er zwar auch, aber kein Detektiv, soweit ich weiß. Seine Mutter ist eine alte Freundin von Sandras Mutter. Er hat sie besucht und sie nach ihrem Sohn – also Sandras Bruder – gefragt. Aber Sandra hat keinen Bruder.«

»Ist Harper der Stalker?«, fragte Sonja.

Erwischt, dachte Frieda und hielt den Atem an. Sie hatte Sandra versprochen, sich um Tony Harper zu kümmern, hatte es aber noch nicht getan. Stattdessen war sie hier.

»Nun?«, hakte Sonja ungeduldig nach.

»Möglich ist alles,« redete Frieda sich heraus. »Wir haben ihn noch nicht sprechen können.«

»Dann könnte er es also immer noch sein«, spekulierte Sonja.

Frieda hob ratlos eine Schulter. »Als Stalker haben wir eigentlich Sandras Ex in Verdacht. Vor allem deswegen, weil wir keinen anderen Tatverdächtigen haben. Nur Sandra selbst will und kann sich das nicht vorstellen. Wahrscheinlich liebt sie ihn noch.«

Mit wachsamem Nicken hörte Sonja sich die gescheiterte Liebesgeschichte des ungleichen Paares an und die beiden Versionen der Enttäuschten. Vom Kennenlernen, über die Rotweintaufe bis zur Befragung Eckenhagens in seiner Kanzlei.

»Liebe, Enttäuschung, Eifersucht und Rache sind natürlich die größten und stärksten Triebkräfte, die man sich überhaupt denken kann«, sagte sie, als Frieda geendet hatte. »Geradezu archaische Gefühle.«

Frieda musterte sie von der Seite. Ihr entschiedene Stimme, das gereckte Kinn, die stolze Haltung, es hörte sich an, als spräche Sonja aus Erfahrung. Da hatte sie ihr eine Menge voraus, dachte Frieda, ein halbes Leben, sie würde sie nie einholen können.

»Lassen Sie mich nachdenken«, sagte Sonja.

Der Weg wurde jetzt so schmal, dass sie hintereinander hergehen mussten und ein Gespräch nicht mehr möglich war. Frieda senkte den Blick und folgte Sonjas Fußstapfen. Sie hatten das gleiche Tempo, und sie hätte stundenlang so weitergehen können. Fast eine Meditation. Friedas Gedanken gingen auf Reisen, weit weg von Wolfgarten, Euskirchen, Köln, Berlin und allem, was sie bisher kannte … da klingelte ihr Smartphone. Brummer. Schon wieder. Sie drückte das Gespräch eilig weg und wäre beinah auf Sonja gefallen, als diese abrupt stehen blieb und sich zu ihr umdrehte. »Warum sind Sie eigentlich Polizistin geworden?«

»Weil mein Vater es so wollte«, platzte es aus Frieda heraus. Das hatte sie noch nie zugegeben. Es war zu peinlich und nichts, worauf sie stolz sein konnte.

»Oh«, machte Sonja.

»Ja, genau! Oh!«, wiederholte Frieda und ehe Sonja nach Einzelheiten fragen konnte, fragte sie zurück. »Und Sie?«

»Ich? Ich bin eine Gerechtigkeitsfanatikerin mit missionarischem Eifer.«

Frieda gluckste. »Den Spruch werde ich mir merken.«

»Das ist kein Spruch«, widersprach Sonja und wandte sich wieder ab. Sie marschierten weiter im Gänsemarsch, bis sie das Feld erreichten und wieder nebeneinander gehen konnten. Ein leichter Regen hatte eingesetzt. Windböen trieben die Tropfen vor sich her. Es waren nur noch wenige Schritte bis zum Forsthaus, und Frieda fragte sich, ob Sonja nun genug nachgedacht hatte und vor allem, zu welchem Schluss sie wohl gekommen war.

»Wie halten Sie sich so fit?«, fragte Frieda, um das Gespräch wieder in Gang zu bringen.

»Ich setze mich in meinen Ohrensessel, lege die Beine hoch und denke nach.«

Frieda musste lächeln.

»Und Sie?«

»Zehn Liegestütze, zehn Sit-ups, zehn Kniebeugen.«

»Verstehe.«

Als sie vor ihrem Auto standen, blinzelte Frieda gegen den Regen an und sagte: »Ich muss wieder los. Vielen Dank für das Frühstück und das Gespräch. Es hat mich weitergebracht und mir gut getan und es wäre schön, wenn wir das wiederholen könnten …«

Sonja starrte auf den grünen Golf und brachte Frieda mit ungeduldigem Armwedeln zum Schweigen. »Ist das etwa Ihr Dienstwagen?«

Frieda nickte stolz und tätschelte das verregnete Autodach.

»Typisch«, sagte Sonja. »Uns Frauen geben sie immer die alten Kisten.«

»Das ist nicht mein Problem.« Frieda machte sich klein und zwängte sich ins Innere und zog den Kopf ein. »Mehr Kopffreiheit wäre gut gewesen. Rufen Sie mich an?« Sie schloss die Autotür und ließ das Fenster an der Fahrerseite herunter.

Sonja beugte sich hinab. »Ich telefoniere nicht gern. Mir wäre es lieber, Sie kommen irgendwann vorbei.«

»Kann ich machen.«

»Was haben Sie jetzt vor?«, fragte Sonja.

»Ich knöpfe mir diesen Tony Harper vor.«

»Gut, gut«, lobte Sonja sie. »Es war nicht dieser Eckenhagen, Frieda, glauben Sie mir.«

»Woher …?«

»Ich bin Polizistin. Ich weiß alles«, sagte Sonja. Noch ein guter Spruch. »Denken Sie in ein andere Richtung. Lösen Sie sich von dem Gedanken. Gehen Sie zurück in die Vergangenheit! Gehen Sie diesem Harper ruhig mal auf den Wecker. Da stimmt was nicht. Einen Bruder suchen, den es nicht gibt. So ein Unsinn. Natürlich gibt es diesen Bruder.«

Frieda nickte irritiert. »Aber …?«

Sonja klopfte aufs Autodach. »Auf die Idee sind Sie ja offensichtlich schon selbst gekommen. Nun fahren Sie schon. Und lassen Sie sich nicht beirren.«

»Ja«, sagte Frieda halbherzig, ließ den Motor an, winkte noch einmal kurz und wendete. Sie stellte die Scheibenwischer an und fuhr den Feldweg zur Anhöhe hinauf. Sonja Senger hatte dem Gedanken, der bereits in ihr schlummerte, einen kräftigen Schubs gegeben.

13. Kapitel

Wir wissen nichts über Tony Harper«, behauptete Schwester Mechthild, nachdem Kommissarin Friederike Stein sich mithilfe ihres Dienstausweises Zutritt und Gehör verschafft und gefragt hatte, ob sie eine Adresse oder eine Telefonnummer von ihm habe. Schwester Mechthild war sichtlich nervös, Polizei in ihrem vornehmen Pflegeheim zu haben. »Überhaupt nichts.«

Sie beschrieb das Gespräch am 8. Oktober mit ihm als angenehm und bezeichnete ihn als reizenden Mann, der sich sehr um Berthilde Feldmann sorge, obwohl sie doch nur eine alte Freundin seiner Mutter sei. Schwester Mechthild beschrieb Tony Harper als stattlichen Mann mit langen, grauen Haaren, dem Akzent eines Amerikaners und besten Manieren, er habe sogar an einen Blumenstrauß für die alte Dame gedacht.

»Fanden Sie es nicht seltsam«, fragte Frieda, »dass er behauptet hat, Berthilde Feldmann habe einen Sohn.«

Schwester Mechthild wand sich. »Woher …?«

»Ich bin Polizistin. Ich weiß alles.«

Schwester Mechthild war beeindruckt. »Nun ja, seltsam schon, aber möglich wäre es doch auch, nicht wahr? Einen Sohn, der vor Sandra auf die Welt gekommen ist und den Sandra nie kennengelernt hat, weil Berthilde ihn vielleicht nach der Geburt weggeben hat? Zur Adoption freigegeben hat? Oder der gestorben ist? Heutzutage gibt es doch so vieles.«

Ach nee, dachte Frieda. Schwester Mechthild las zu viele Frauenzeitschriften und guckte zu viele Nachmittagssendungen im Fernsehen. »Aber warum interessiert sich Tony Harper für ihn?«

»Das hat er nicht getan«, räumte Schwester Mechthild ein. »Nicht wirklich. Das war nur kurz ein Thema. Interessiert war er daran, im Namen seiner Mutter den Aufenthalt von Berthilde Feldmann bei uns sicherzustellen.«

»Seine Mutter will Berthilde das Heim finanzieren?«, fragte Frieda ungläubig.

Schwester Mechthild strahlte sie an.

»Aus lauter Nächstenliebe?«

»Es gibt doch noch gute Menschen. Das sehen Sie ja. Man wünschte sich nur, es gäbe viel mehr davon.«

»In der Tat.« Frieda wandte sich zum Gehen. »Wenn Tony Harper noch einmal hier auftaucht, bitte rufen Sie mich an ... ich meine, die Polizei hier in Euskirchen. Wir müssen dringend mit ihm sprechen. Und fragen Sie ihn, wo er wohnt und nach seiner Telefonnummer.«

»Das werde ich tun«, versprach Schwester Mechthild.

»Das will ich hoffen«, sagte Frieda forsch, wandte ihr den Rücken zu und marschierte davon, ärgerlich darüber, dass sie immer noch keine Visitenkarte hatte, die sie Schwester Mechthild hätte in die Hand drücken können.

Die Kollegen Brummer und Neugebauer waren sauer, dass Frieda erst gegen Mittag in der Polizeibehörde eintraf, und wollten wissen, wo sie sich in der Zwischenzeit herumgetrieben habe. Sie hatten versucht, sie über ihr Handy zu erreichen, aber das sei ihnen nicht gelungen. Sie hätten sich schon Sorgen um sie gemacht.

»Ich war nur kurz in Wolfgarten«, erklärte Frieda. »Vermutlich habe ich mich da mitten in einem Funkloch befunden.

»Sie fangen genau so an wie Sonja«, mäkelte Brummer. »Für sie bestand die ganze Eifel auch immer aus Funklöchern, wenn sie keine Lust hatte, mit uns zu telefonieren. Was wollten Sie denn bei ihr? War das dienstlich oder privat?«

»Privates hätten Sie nämlich am Wochenende erledigen können«, meinte Neugebauer und blinzelte nervös.

»Das war rein dienstlich.«

»Dann hätten Sie uns vorher informieren müssen«, verlangte Brummer.

»Nächstes Mal.« Frieda fühlte sich seltsam selbstsicher seit ihrem Besuch bei Sonja Senger.

»Auf jeden Fall war es ein *Alleingang*«, stellte Brummer fest. Und so wie er das Wort aussprach, war es ein Schwerverbrechen. Sonja hatte Frieda gewarnt. »Das ist hier nicht üblich.«

»Mach ich nie wieder«, versprach Frieda und dachte: Und wenn doch, dann so, dass sie es nicht merken würden.

»Und wo waren Sie danach?«, bohrte Neugebauer weiter.

Frieda zog verwundert die Stirn kraus. »Ist das ein Verhör?«

»Natürlich nicht. Aber Sie müssen verstehen, dass wir so eine Art Fürsorge für Sie haben.«

»Das ist rührend, aber nicht nötig. Danach bin ich in das Heim gefahren, in dem Sandras Mutter untergebracht ist.«

Die Herren beugten sich interessiert vor, während Frieda sie auf den neuesten Stand der Dinge brachte. Als sie versuchte, sie davon zu überzeugen, sich auf Tony Harper zu konzentrieren, schüttelten sie skeptisch die Köpfe.

»Ein Amerikaner!«, rief Neugebauer aus. »Welchen Grund sollte er haben, Sandra zu verfolgen?«

»Keine Ahnung«, gab Frieda zu.

»Feldmanns gibt es viele in Deutschland. Sicher auch welche mit Söhnen«, gab Brummer von sich. »Der Mann hat sich schlicht und einfach vertan.«

»Das glaube ich nicht«, sagte Frieda.

»Hat Ihnen etwa Sonja diesen Floh ins Ohr gesetzt?«, fragte Neugebauer.

»Im Übrigen«, hob Brummer an und lehnte sich zurück, »haben wir in der Zwischenzeit Eckenhagens Alibis überprüft.«

»Und?«, fragte Frieda.

Er schüttelte den Kopf. »Niemand konnte sie bestätigen.«

»Was heißt das?«

»Er war nicht in einem Meeting, als Sandra in ihrer Badewanne lag.«

»Sondern?«

»Er kann sich nicht erinnern, wo er gewesen ist.«

»Also hat er kein Alibi«, fluchte sie. »Aber deswegen muss er es trotzdem nicht unbedingt gewesen sein.«

»Richtig.«

»Mein Bauchgefühl sagt mir nämlich ...«

Brummer warf ein Blick auf Friedas Taille. »Du hast doch keinen Bauch.«

14. Kapitel

Acht Uhr. Seit einer Stunde observierte Tony Harper am Montag, dem 13. Oktober, die Hausnummer 75 auf der Reinaldstraße. Da sich die Gazelle auf und davon gemacht hatte, war er zu Fuß unterwegs.

Das *Café Kramer* war noch geschlossen, als er daran vorübergegangen war. Aus einem gemütlichen Frühstück »in der guten alten Zeit« wurde wieder nichts. Das lag auch an Tonys Mission: Sandra Feldmann. Er musste sie heute endlich erwischen.

Es war ein ungewöhnlich warmer, sonniger Tag. Der Nordostwind, der über die Felder und um die Häuser wehte, war sehr zurückhaltend. Tony trug seine Cordjacke offen, während er auf der Reinaldstraße auf und ab ging und an seinem kalt gewordenen Coffee-to-go nippte. Die Haustür immer im Blick. Ein Problem war, dass er nicht wusste, wie Sandra Feldmann aussah. Er hätte Schwester Mechthild fragen müssen, aber als er im *Rosengarten* war, da war er noch davon ausgegangen, dass er eine korrekte Telefonnummer bekommen würde und sich mit Sandra verabreden konnte.

Trotzdem war er sicher, durch die Haustür der Nummer 75 war bisher keine Frau gegangen, die in Sandras Alter sein konnte. Ihr Name an der Klingel ließ darauf schließen, dass sie im zweiten Stock links wohnte. Tony steckte kurz eine Hand in den Briefkastenschlitz, bekam aber nichts zu fassen. Er klingelte zum x-ten Mal ohne Resonanz.

Die Fenster im zweiten Stock links, die zur Straßenseite zeigten, waren dunkel. Entweder schlief sie noch oder hatte um sieben Uhr das Haus verlassen, was er sich nicht vorstellen konnte, da die Geschäfte normalerweise erst um neun Uhr öffneten.

Auf der Rückseite des Hauses waren die Fenster, die zu den Gärten und Feldern zeigten, durch die Bäume nicht so gut einzusehen. Das Wohnzimmer hinter der Loggia schien dunkel zu sein. Auf der Giebelseite sah das halbhohe Badezimmerfenster aus, als wäre mitten in dem geriffelten Glas ein zugeklebtes Loch. Der Kellerausgang in den Garten lag verlassen da.

Tony schlenderte zur Reinaldstraße zurück, stand herum und machte ein paar Schritte, als wartete er, abgeholt zu werden, bediente sein Telefon, legte es ans Ohr und sprach hinein. Er achtete selbstverständlich immer darauf, dass niemand ihn beobachtete. Er war schließlich kein Anfänger.

Bisher hatte niemand Notiz von ihm genommen. Frauen und Männer waren gekommen und gegangen. Das traf auch für das Nachbarhaus zu. Einer war mit einer Bäckertüte zurückgekommen. Ein Hundebesitzer marschierte Richtung Feld. Eine junge Mutter trug ihr Baby in einer Trage zu ihrem Auto. Eine alte Frau steuerte mit einer Einkaufstasche die nächste Bushaltestelle an. Ein Junge schnallte sich seinen Rucksack um, sprang auf sein Rad und fuhr Richtung Kessenicher Straße. Dort herrschte Berufsverkehr. Tony war noch nicht so verzweifelt, jemanden nach Sandra Feldmann zu fragen. Das würde er tun, wenn er mürbe war. Und das war er erfahrungsgemäß erst nach ein paar Tagen der Erfolglosigkeit. So weit war er noch lange nicht.

Hunger trieb ihn gegen Mittag zur Dr.-Schweigel-Straße, wo er in einem Backshop ein Sandwich erstand und sich beeilte zurückzukehren, um seine Überwachung der Haustür Nummer 75 fortzusetzen.

Zwei Autos standen hintereinander am Straßenrand. Eines war hellgrau, das andere blau. Im hellgrauen Wagen saß jemand hinter dem Steuer. Der Kopf des Fahrers ragte nicht über die Kopfstütze hinaus und wurde von einer hellgrauen Kapuze bedeckt. Das Kfz-Kennzeichen trug nicht das EU der Region, sondern ein DN.

Für eine Sekunde begegneten sich ihre Blicke im Seitenfenster. Und für eine Sekunde hatte Tony das Gefühl, das Gesicht des Mannes schon einmal gesehen zu haben. Aber es war viel zu kurz um herauszufinden, wo und wann. Und ob überhaupt. Gewohnheitsmäßig speicherte er – während er in sein Sandwich biss – das Kennzeichen und die Automarke in seinen Gehirnwindungen ab, wo sie bis zur Verschriftlichung bestens aufgehoben waren.

Als das Sandwich verspeist war, wischte sich Tony mit der Serviette den Mund ab, trat zur Haustür Nr. 75 und klingelte erneut bei Sandra Feldmann. Er spürte die Blicke des Mannes in seinem Rücken. Im nächsten

Moment wurde die Haustür von einem Mädchen aufgerissen.

»Wo wollen Sie denn hin?«, krähte sie. Ihre langen, selbst gefärbten, schwarzen Haare wurden von einem dunkelroten Reif gehalten. Ein sattes Rot, das mit ihrem Lippenstift, ihrem Nagellack und ihrem T-Shirt und ihren Jeans korrespondierte. Sie war bemerkenswert hübsch, stellte Tony erstaunt fest und brauchte ein wenig, eher er antworten konnte.

»Sandra? Die ist jetzt bestimmt auf der Arbeit.«

»Und wo ist das?«

Sie zeigte auf das blaue Auto am Straßenrand. Prompt riss der Fahrer des hellgrauen PKW die Kapuze bis über die Stirn und warf den Motor an. »Ich nehme Sie mit und zeig's Ihnen. Ich muss in die gleiche Richtung.«

Das hellgraue Auto war schon um die Ecke Richtung Kessenicher Straße gebogen, als Tony neben dem hübschen Mädchen eingestiegen war.

Ihr verwundertes Lächeln beim Anblick seiner Socken war unübersehbar. Er trug heute die dezenten, lavendelfarbenen mit den weißen Pünktchen, die er besonders gern mochte. Sie fuhr in die Hochstraße und stellte ihr Auto auf einem Parkplatz ab, von dem aus es nur ein paar Schritte über die Vuvenstraße waren, die bereits zur Fußgängerzone gehörte, bis zum Alten Markt, wo das Mädchen endlich stehen blieb und mit dem Finger quer über den Platz zeigte. »Da hinten. Sehen Sie den Blumenladen? Da arbeitet Sandra.«

»Schön. Und vielen Dank auch. Das war sehr nett von Ihnen.«

»Was wollen Sie denn von ihr?«, fragte sie.

Auf diese Frage hatte er die ganze Zeit gewartet. »Ich habe gute Nachrichten für sie.«

»Echt jetzt?«, fragte sie und runzelte die Stirn.

Er bedankte sich bei ihr und sah ihr so lange nach, bis sie sich herumdrehte und ihm zuwinkte.

Es war nicht das Blumengeschäft, in dem er die weißen Lilien für Berthilde Feldmann gekauft hatte, aber er hatte es schon einmal gesehen, als er nebenan im Restaurant *Syrtaki* seinen ersten Abend in Euskirchen verbracht hatte. Kein Firmenschild hing über den Schaufenstern. Er betrachtete die Auslagen und versuchte, etwas im Inneren dahinter zu erkennen. Ein stilles Blumenmeer. Weder vor noch hinter der kurzen, weißen Theke stand jemand, kein Kunde, keine Verkäuferin. Der richtige Moment. Tony betrachtete sein Spiegelbild im Glas, fuhr sich durch die Haare und klappte den Kragen seiner Cordjacke herunter, richtete beide Revers, sammelte sich und betrat den Laden. Er blieb vor den Blumenvasen stehen, die auf dem Boden standen, steckte die Hände in die Hosentaschen und spielte den ratlosen Käufer. Sein Blick blieb an weißen Lilien hängen.

Als er Schritte hinter sich hörte, wandte er sich um und wusste im gleichen Augenblick, dass Sandra Feldmann den Raum betreten hatte, die Tochter von Daniel Weinberg und Berthilde Feldmann. Auch wenn sie weder dem einen noch der anderen glich, er wusste es einfach und vergaß für einen Moment, dass er eigentlich auf der Suche nach einem Mann war, einem Sohn für Daniel Weinberg.

Sie trug eine dunkelgrüne Schürze mit Latz und eine hellgrüne Bluse darunter. An den Füßen schmutzige

Clogs, in der rechten Hand eine Gartenschere, in der linken einige Zweige. Tony hatte sich nicht überlegt, was er sagen würde, wenn er endlich vor ihr stand. Er war überrumpelt.

»Sandra Feldmann?«, fragte er und merkte, dass seine Stimme heiser war.

»Ja?«

»Ich habe Sie überall gesucht. Mein Name ist Tony Harper, ich …«

Sie machte einen Schritt rückwärts, hob die Gartenschere hoch wie eine Waffe. »Verschwinden Sie!«

Er hob die Hände. »Moment, Moment. Immer langsam. Ich tue Ihnen nichts. Im Gegenteil. Ich …«

»Hilfe!«, schrie Sandra lauthals. »Hilfe!«

Der Vorhang wurde beiseite gerissen und eine Frau erschien. Sie hatte sich mit einem Messer bewaffnet, dessen Spitze sich bebend auf ihn richtete. »Was wollen Sie von Sandra?«

Jetzt war es an ihm, den Rückwärtsgang einzulegen.

»Verschwinden Sie, sonst rufe ich die Polizei!«

Sandra hatte schon ihr Handy am Ohr.

Die Kollegin riss die Ladentür auf und stieß Tony hinaus. »Hauen Sie bloß ab!«

Er fiel fast aus dem Laden und blieb kopfschüttelnd eine Sekunde davor stehen. Er war nicht dazu gekommen, sein Anliegen vorzutragen. Die beiden Frauen standen mit den Handys am Ohr hinter der Schaufensterscheibe. Riefen sie nach der Polizei?

Zeit zu gehen, sagte sich Tony. Nicht weit. Er mischte sich unter die Gäste des Cafés *Alter Markt*. Und wieder einmal hieß es warten. Warten war das Brot der Detektive. Ohne Warten war es nicht das Leben eines Detektivs. Und Tony wartete und wartete. Zum Glück war es warm. Tony zog den Schal von den Schultern und legte ihn auf den Tisch. Er trank abwechselnd Bier und Kaffee und beobachtete das Treiben.

Gegen 17 Uhr, es begann schon zu dämmern, verließ Sandra endlich das Geschäft. Er duckte sich, legte das Geld für seinen Milchkaffee auf den runden Tisch, erhob sich langsam und folgte ihr in einem sicheren Abstand. Fieberhaft überlegte er, wie er es anpacken konnte, ihr die frohe Botschaft vom reichen Vater in Amerika zu überbringen, ohne dass sie ihn wieder in die Flucht schlug. Mit baumelnden Armen lief sie vor ihm her. Sie schlingerte ein wenig, als wäre sie aus dem Gleichgewicht, als sie links in die Mittelstraße abbog. Nach wenigen Schritten endete die Fußgängerzone. An einem kleinen Parkplatz ging Sandra vorbei und wechselte zielstrebig die Straßenseite.

Es war in diesem Moment, dass Tony einen Motor aufheulen und Reifen quietschen hörte. Er fuhr herum und sah aus dem Augenwinkel, wie ein Auto auf Sandra zuschoss. In der Dämmerung und ohne Scheinwerfer sah es unwirklich aus. Ein rasender Schatten.

»Achtung!«, schrie Tony.

Sie drehte sich um, starrte auf das Auto, warf sich geistesgegenwärtig mit einem Hechtsprung gegen eine halbhohe Mauer, stolperte Stufen hoch, duckte sich und warf die Arme um ihren Kopf. Das Auto schlingerte auf den Bürgersteig, knapp an ihren Füßen vorbei, und zurück auf die Straße und stob davon.

Tony stand da wie gelähmt. Es war ein heller Wagen gewesen. Vom Kennzeichen hatte er nur die ersten beiden Buchstaben erkannt. DN.

Er stürzte zu Sandra und ging neben ihr in die Knie. Sie schien nicht schwer verletzt, Ihre Augen kniff sie fest zusammen, sie öffnete die Lippen, aber es kam kein Laut heraus.

Ein paar Passanten, die aufmerksam geworden waren, schickte Tony weg. Sandra drückte seine Hand, ihre Augäpfel verdrehten sich, sie sackte weg. Ganz automatisch wählte er die 911 – die Notrufnummer in Amerika – keine Verbindung.

»1 … 1 … 2«, flüsterte sie, als sie wieder zu sich kam und Tony sie nach der Notrufnummer in Deutschland fragte.

Ehe der Notarzt eintreffen konnte, griff Tony in Sandras Handtasche. Lange betrachtete er ihren Personalausweis. Er hatte sie tatsächlich gefunden. Sandra Feldmann, geboren am 14. November 1978. Daniel Weinberg hatte sich im Geburtszeitraum nicht verrechnet. Jetzt konnte der heiß ersehnte Sohn nur noch Sandras Zwillingsbruder sein. Aber eine zweieiige Zwillingsgeburt war äußerst selten.

Eine dünne Stimme unterbrach seine Gedanken. »Bitte rufen Sie Frau Stein! Sie ist Polizistin, sie soll kommen. Bitte. Schnell.«

Polizei? Tony erschrak.

»Sie müssen bei der Polizei in Euskirchen anrufen.«

»Okay«, sagte Tony und dachte, ohne mich. Er war ein Ex-Bulle. Mit der Polizei wollte er nie wieder etwas zu tun haben.

Passanten, die neugierig stehen geblieben waren, bat er weiterzugehen, und durchforstete widerwillig sein Smartphone. Er fand die Telefonnummer der Polizei Euskirchen.

Es kostete ihn Überwindung, die Wähltaste zu drücken. Aber er wollte sich nicht schuldig machen. Als die Verbindung zustande kam, bat er darum, Frau Stein sprechen zu dürfen. Sie sei nicht im Hause, teilte man ihm mit. Tony gab die Information an Sandra weiter. Er solle nach Frau Steins Kollegen fragen, verlangte sie. Aber auch die Kollegen waren nicht im Hause. In Deutschland war es also nicht besser als in den Staaten, dachte Tony. Endlich fügte sich Sandra und Tony konnte den Unfallort durchgeben. Die Streife wurde auf den Weg geschickt.

Als das Martinshorn sich heulend näherte und sein blaues Licht umhertanzte, verschwand Tony in eine der dunklen Gassen.

15. Kapitel

Kommissarin Frieda Stein und die Hauptkommissare Brummer und Neugebauer hatten sich nach Feierabend zu einem »After Work Drink« auf dem Alten Markt in Euskirchen verabredet. Frieda hatte die Kollegen eingeladen, zum Einstand und als Wiedergutmachung für ihren Alleingang am Morgen.

Sie hörten in der Ferne das Martinshorn, kümmerten sich aber genauso wenig darum wie andere Passanten.

»So nennt man das jetzt in der großen Stadt, wenn man nach der Arbeit gemeinsam ein Bier trinken geht. After Work Drink.«

Woraufhin Neugebauer wieder seinen Lieblingsspruch loswurde: »Die Jugend von heute.«

Sie hatten sich für das griechische Restaurant *Syrtaki* entschieden. Die Zeit, um draußen zu sitzen, war eigentlich vorbei. Aber Frieda überredete die Herren, den vielleicht letzten unerwartet warmen Abend zu nutzen. In Wolfgarten hatte es am Morgen noch geregnet und nach Gewitter ausgesehen. Sie bestellten

Kölsch, der Kellner lieferte und eröffnete mit drei Strichen einen gemeinsamen Deckel. Sie prosteten sich zu und Frieda begann, Brummer und Neugebauer auszufragen, vor allem über andere Kollegen, die sie bisher nur kurz oder gar nicht zu Gesicht bekommen hatte. Auch über ihren Chef, Hauptkommissar Roggenmeier, wollte sie gern mehr wissen. Und was Oberstaatsanwalt Wesseling wohl für einer war. Dabei ging es ihr eindeutig nicht um berufliche Karrieren, sondern um das Privatleben.

»Das wollte Sonja auch immer alles wissen«, erinnerte Neugebauer sich gelangweilt.

»Solche Fragen können auch nur Frauen stellen«, seufzte Brummer.

Die Auskünfte waren entsprechend spärlich, und Frieda musste sie ihnen aus der Nase ziehen. Von Hauptkommissar Hans Roggenmeier wussten sie nicht einmal, ob er Kinder hatte. Oberstaatsanwalt Bernd Wesseling habe sich vermutlich von seiner Frau getrennt. Er wohne seit einiger Zeit in Bonn und sie immer noch in Aachen. Er habe aber definitiv keine Kinder.

»Und Sonja Senger? Hat sie immer allein gelebt?«

»Nichts Genaues weiß man nicht«, grummelte Brummer.

»Das müssen Sie sie selber fragen«, riet Neugebauer, »aber nicht wieder während der Dienstzeit, wenn ich bitten darf.« Er wischte sich den Schaum von der Oberlippe und griff nach der Speisekarte. »Was soll ich bloß essen?«

Frieda machte mit ihrem Smartphone Erinnerungsfotos, vom gelben Rathausturm der zwischen den

Giebeldächern hervorlugte, von der roten Telefonzelle, die zum Bücherregal umfunktioniert worden war, vom Bronzebrunnen, Strandkörben, Platanen und Holzbänken. Ein blauer Himmel zog über den Marktplatz hinweg und war durchsetzt von weißen, plüschigen Wolken. Altweibersommer, dachte Frieda, trat zwischen die Kollegen und machte ein *Selfie* von der Mordkommission Euskirchen, setzte sich wieder, blickte umher, auf der Suche nach neuen Objekten.

Sie hörte Neugebauer und Brummer darüber fachsimpeln, dass jemand in der vergangenen Nacht fein säuberlich Frontschürze, Scheinwerfer und Lenkrad von einem Auto abgeschraubt habe. Sie fragten sich, in welches Land und zu welchem Preis die Einzelteile jetzt wohl unterwegs waren.

Plötzlich erstarrte sie, traute ihren Augen nicht, als sie gegenüber, schräg neben dem Brunnen vor dem *Maat Stüffje*, Christian Eckenhagen mit einer aufgetakelten Tussi sitzen sah. Sie erkannte ihn sofort, trotz seiner blitzenden Sonnenbrille. Ein Hut hätte seine Hochglanz-Glatze verdeckt, aber den trug er nicht. Sein linker Arm lag auf ihrer Schulter, seine Finger spielten mit dem Ausschnitt ihrer Bluse.

Frieda wünschte, Sandra Feldmann könnte dieses romantische Tête-à-tête sehen. Christian Eckenhagen hatte offenbar wirklich Besseres zu tun, als Sandra zu stalken. Sonja Senger hatte verflixt recht gehabt. Alibi hin, Alibi her. Diese Tussi in ihrem wolkigen Chiffon-Fummel und der roten Löwenmähne passte tausendmal besser zu ihm als die eher bodenständige und schüchterne Sandra. Frieda hielt die Szene mit ihrem Smartphone fest und freute sich schon auf Sandras verdutztes Gesicht, wenn sie ihr das Foto zeigte. Ob das wohl die Frau war, mit der Sandra ihn damals gesehen hatte, als sie ihm den Rotwein über die Glatze goss?

»Was treibst du denn da?«, wollte Neugebauer wissen, als er von der Speisekarte hochblickte.

»Ach, ich habe ein Foto von dem schönen grünen Giebelhaus da drüben gemacht«, antwortete Frieda harmlos.

Aber Brummer hatte längst das Objekt ihres Interesses ausgemacht und krallte seine Hand in Neugebauers Arm, so heftig, dass dessen Bierglas ins Wanken geriet. »Wen haben wir denn da?«

Neugebauer folgte dessen Blick und vergaß sofort seinen Schmerz. »Ach, nee?«

»Trinken wir ein Bier mit ihm?«, schlug Frieda vor.

»Nee«, sagte Brummer. »Wir haben doch Feierabend.«

»Genau«, bestätigte Neugebauer.

Aber Frieda erhob sich und schritt über den Marktplatz, kerzengerade und mit hochgerecktem Kinn. Sie wusste, dass die Kollegen ihr nachsahen, und entdeckte, dass Christian Eckenhagen sie auf sich zukommen sah, denn seine Gesichtszüge erstarrten. Es konnte nicht schaden, auf alle drei den Eindruck einer selbstbewussten Frau zu machen, die wusste, was sie wollte. Obwohl das gerade im Moment nicht der Fall war. Sie hatte darauf spekuliert, dass die Kollegen sie begleiteten. Aber umzukehren war nicht ihr Ding. Sie hielt ihr Smartphone noch in der Hand und das Mikro war eingeschaltet. Frieda fragte sich, wie die Polizei früher gearbeitet haben mochte, als es diese Dinger noch nicht gab.

Christian Eckenhagen zog die Sonnenbrille ab. Seine Tussi langte nach ihrer Handtasche, die nur aus Ketten und Lederfransen zu bestehen schien, und versenkte ihren Arm bis zum Ellbogen darin.

»Guten Tag, Herr Eckenhagen«, sagte Frieda, als sie vor seinem Tisch angekommen war und, ohne eine Miene zu verziehen, auf seine Glatze sah und sich dabei vorstellte, wie der Rotwein sich über sie ergossen hatte. Frieda schaffte es nicht, ihn anzulächeln. Auch wenn er für Sandra viel Gutes getan haben mochte und vermutlich nicht der Stalker war, so war er und blieb er für Frieda ein schrecklicher Untyp. Einer, mit dem sie nichts zu tun haben wollte. Am liebsten nicht einmal beruflich.

»Guten Tag«, antwortete er betont fröhlich und zeigte dabei ein perfekt gestyltes Gebiss.

Seine Tussi durchsuchte weiterhin den Inhalt ihrer Handtasche und plapperte Unverständliches hinein.

»Ist das die bewusste Mandantin?«, fragte Frieda und wies mit dem Kinn zu ihr. »Wegen der Sandra Ihnen den Rotwein über den Kopf geschüttet hat?«

Er kaute auf dem Bügel der Sonnenbrille herum.

»Dann würde ich ihr nämlich gern einige Fragen stellen.«

Mit verschwörerischem Augenrollen versuchte er ihr klarzumachen, dass sie irrte.

»Ach«, sagte Frieda laut und deutlich. »Sie haben schon wieder eine Neue?«

Die Tussi hielt plötzlich inne, blickte auf, von Eckenhagen zu Frieda und wieder zu Eckenhagen zurück. »Wer ist das denn?«

Er antwortete der Einfachheit halber nicht. Für einen Anwalt war er unverhältnismäßig einfallslos, fand Frieda. So einfallslos wie der Stalker, der Sandra bedrängte und dem nichts anderes einfiel, als immer nur *Fuck Off* zu schreiben? Ihr fiel es selbst schwer, ihre Verdächtigungen in eine andere Richtung zu lenken.

»Ich bin Kriminalkommissarin Stein«, beantwortete sie die Frage an seiner statt. »Und Sie?«

»Ich?«, fragte die Tussi entsetzt zurück und öffnete ihren Lippenstift. »Ich, wieso ich? Christian, was ist denn hier los?«

»Nichts«, besänftigte er sie.

Sie zog ihre Lippen nach und rieb sie aneinander. Zumindest das konnte sie ohne Spiegel einwandfrei, stellte Frieda fest.

»Sind Sie ein Paar?«, fragte Frieda und erfasste beide mit einem Blick.

Sie nickte heftig, er zurückhaltend.

»Wie schön«, sagte Frieda. »Das freut mich für Sie. Seit wann denn?«

»Seit dem 2. September«, stieß die Tussi stolz hervor und lehnte sich an seine Schulter. »Nicht wahr, mein Süßer?«

Er ließ es geschehen.

»Schon so lange!«, rief Frieda aus. Der 2. September war definitiv *vor* dem 14. September, dem Tag, an dem Sandra den Rotwein über Eckenhagens Glatze gekippt hatte.

Eine Hand wurde ihr plötzlich entgegengestreckt. Am Ringfinger klemmte ein Riesenklunker. »Noch bin ich Claudia Wegger. Aber nicht mehr lange.«

Frieda war nicht in der Lage, die Hand zu ergreifen, sie fürchtete sich vor den langen, spitzen, silbern glänzenden Nägeln.

»Sie ist mein Alibi, Frau Kommissarin«, meldete sich Eckenhagen zu Wort und grinste dämlich.

»Inwiefern?«, fragte Frieda, um Zeit zu gewinnen. Schon klar, dass er sich jetzt auf der sicheren Seite fühlte. Mit einer Geliebten an der Hand konnte selbst die Polizei davon ausgehen, dass er das Kapitel Sandra abgeschlossen hatte.

»Alibi?«, krähte Claudia. »Wofür brauchst du denn ein Alibi, Süßer?«

Er legte kurz den Finger auf den Mund. »Die Sandra bildet sich ein, dass ich ihr nachlaufe und sie bedrohe«, erklärte er Claudia.

»Wie kommt sie denn darauf?«, stieß Claudia empört hervor. »Die blickt ja wohl nicht durch. Du warst es doch, der sie sitzen gelassen hat, oder?«

»Eben«, nickte Eckenhagen und sah zu Frieda auf. »Warum sollte ich das also tun?«

»Och … wenn wir genügend Beweise haben, brauchen wir eigentlich gar kein Motiv«, behauptete Frieda und war froh, dass ihre Kollegen sie nicht hören konnten. »Ich wünsche Ihnen beiden auf jeden Fall alles Glück der Welt.«

»Das werden wir mit Sicherheit haben«, rief Claudia Wegger aus.

Frieda wandte sich um, schritt wieder über den Marktplatz, wieder kerzengerade und mit gerecktem

Kinn, weil sie wusste, dass Eckenhagen ihr nachsah. Aber so sehr sie auch Ausschau nach Brummer und Neugebauer hielt, sie waren verschwunden. Auch der gemeinsame runde Deckel auf ihrem Tisch.

Waren sie noch einmal ins Büro gefahren? Waren sie etwa gerufen worden? Und sie nicht? Ein Kontrollanruf ergab eine unerwartete Neuigkeit: Sandra Feldmann hatte einen Autounfall und befand sich noch in der Ambulanz im Marien-Hospital. Mit einem Taxi ließ Frieda sich zur Gottfried-Disse-Straße fahren. Ihr Dienstausweis öffnete ihr die Türen.

Schließlich stand sie vor Sandra, die auf einer Liege vor dem Röntgenraum lag und die Augen aufschlug, als Frieda ihre Hand auf ihren Arm legte.

»Wie ist das passiert, Sandra?«

Sandra fielen die Augenlider wieder zu.

Eine Schwester erklärte Frieda, dass Sandra Glück gehabt habe. Über dem weißen Laken zeigte sie auf Sandras rechte Seite. »Bein, Hüfte und Arm. Kein Bruch. Nur Stauchungen und Prellungen. Sie darf nach Hause. Sie können sie mitnehmen.«

»Wo waren Sie denn die ganze Zeit?«, stieß Sandra hervor.

Frieda beugte sich hinunter zu ihr. »Ich hatte Feierabend, Sandra. Ich konnte doch nicht wissen, dass ...«

Sandra wandte den Kopf ab.

»Wie ist es denn überhaupt passiert?«

»Ich hatte einen Autounfall«, erklärte Sandra und starrte Frieda wütend an. »Genauer gesagt: Jemand hat versucht, mich mit seinem Auto über den Haufen zu fahren. Mit voller Absicht. Das war ein Anschlag!«

Frieda stockte kurz, dann fragte sie: »Wo war das?

»Auf der Mittelstraße.«

»Wann?«

»Um fünf Uhr oder so.«

»Genauer«, drängelte Frieda.

Sandra zog die Stirn kraus und dachte nach. »Puh! Was weiß ich. Viertel nach fünf oder halb sechs.«

»Sicher?«

»Ja«, sagte Sandra genervt. »Warum ist das denn so wichtig?«

»Deswegen.« Frieda rief in ihrem Smartphone das Foto auf, das sie von Eckenhagen und Claudia auf dem Marktplatz gemacht hatte, vergrößerte die Uhrzeitangabe darunter und streckte das Foto Sandra entgegen.

Sandra blickte auf das Display, aber reagierte nicht.

»Das ist Christian Eckenhagen mit seiner Neuen, einer Claudia Wegger, um 17.35 Uhr auf dem Marktplatz«, erklärte Frieda.

»Das sehe ich auch«, knurrte Sandra. »Ich bin ja nicht blind.«

»Haben Sie die schon mal gesehen, vielleicht damals, als …«

»Nein.«

»Egal. Jedenfalls kann er nicht gleichzeitig auf der Mittelstraße gewesen sein und Sie angefahren haben!«, triumphierte Frieda.

»Na und? Ich habe doch immer gesagt, dass er es nicht ist, der mich verfolgt. Vielleicht der Mann, der mich aufgesammelt hat.«

»Was für ein Mann?«

»Tony Harper. Der Mann, der in meinem Blumenladen war und gesagt hat, dass er mich seit ewigen Zeiten sucht.«

»Wie bitte?«

»Der Mann, der bei meiner Mutter im Pflegeheim war und behauptet hat, ich hätte einen Bruder.«

»Tony Harper?« Frieda ließ sich auf einen Stuhl fallen. Sandra nickte.

»Ich verstehe überhaupt nichts mehr.«

»Ich auch nicht«, sagte Sandra, richtete sich vorsichtig auf und legte ihren bandagierten Arm auf ihre Beine.

»Wie wäre es, wenn Sie mir alles der Reihe nach erzählen?«

Sandra verzog ihr Gesicht. »Meine Chefin hat ihn aus dem Laden geworfen. Aber als ich beinah überfahren wurde, da war er plötzlich wieder da. Er hat mich gewissermaßen … gerettet. Weil er schrie, als das Auto auf mich zuraste. Nur so konnte ich im letzten Moment zur Seite springen …«

»Haben Sie kein Foto von ihm gemacht?«, fragte Frieda.

»Sorry, daran habe ich nicht gedacht, als ich angefahren wurde«, erwiderte Sandra schnippisch.

»Vorher, meine ich. Als er bei Ihnen im Blumenladen war, meine ich.«

»Nein, da auch nicht.« Sandra schüttelte den Kopf. »Ich … ich … ich kann nicht mehr.«

»Soll ich Sie zu Nadine fahren?«, fragte Frieda.

Sandra nickte. »Ja, bitte«, flehte sie leise.

16. Kapitel

Er war wieder da.

Berthilde Feldmann war selig. Ihre trockenen Lippen versuchten, seinen Namen zu murmeln. Daliel. Nein. Ihre Zunge klebte am Gaumen. Dilal. Nein, nein, sie wurde wütend, schluckte, ballte ihre Hände zu Fäusten. Er hieß so nicht. Daniel, jetzt hatte sie es, Daniel. Daniel. Daniel. So hieß er.

Sie lag noch im Bett, in ihrem ganzen Körper war diese Unruhe, aber sie wagte nicht aufzustehen, sie wollte den Moment nicht zerstören. Wie oft zuvor, wenn sie Daniel in ihrem Sessel sitzen gesehen hatte, so wie jetzt, und auf ihn zugegangen war, war er plötzlich verschwunden, der Sessel leer, bis auf das zerknautschte Kissen an der Lehne.

Sie hielt den Atem an und beobachtete Daniel, wie er aus dem Fenster blickte. Sein ebenmäßiges Profil. Sein liebevolles Gesicht hatte sie in all den Jahren nicht vergessen können. Die hellblauen Augen, die geraden Augenbrauen, die schlanke, gerade Nase, das leicht fliehende Kinn und die kräftige, dunkelblonde Haartolle, die ihm in die Stirn fiel. Vor allem aber sein Mund, den immer ein leises Lächeln umspielte. Tief hatte es sich in ihr Gedächtnis gegraben. So wie die Erinnerungen an das, was damals geschehen war.

Daniel.

Er hatte sich überhaupt nicht verändert. Wie lange war das her? Für einen Augenblick hatte Berthilde das Gefühl, dass es gestern war, heute, eben noch, dass er seine Arme um sie gelegt, sie an sich gezogen und geküsst und gemurmelt hatte: »Ich muss gehen.« Lange hatte er sie allein gelassen. Sehr lange. Viel zu lange. Aber sie konnte ihm nicht böse sein. Hauptsache, er war wieder da.

Daniel.

Bleib bei mir, wollte sie rufen, so wie damals, aber es kam kein Laut über ihre Lippen. Hilflos streckte sie ihm die Arme entgegen. Aber der Anblick ihrer knochigen Hände am Ende der Ärmel des Nachthemdes, mit einer Haut dünn und faltig wie Papier und von dunklen Flecken übersät, irritierte sie. Waren das ihre Hände? Schnell versteckte sie sie unter der Bettdecke. Irgendetwas stimmte hier nicht.

Unruhig blickte sie sich in ihrem Zimmer um. Die weißen Lilien auf der Fensterbank, die Daniel beim letzten Mal mitgebracht hatte, standen jetzt in voller Blüte. Ihr Duft erfülle das Zimmer, sagten die Schwestern. Sie selber nahm keine Düfte mehr war, schon lange nicht mehr. Keine guten und keine schlechten.

Er wandte sich ihr zu und sagte mit weicher Stimme: »Berthilde.«

Ihr Herz machte einen Satz, und nichts hielt sie mehr in ihrem Bett. Sie schlug die Decke beiseite, hob die

Beine hinaus und setzte sie auf den kleinen, bunten Teppich. Sie stemmte sich hoch und lief auf ihn zu, unsicher und wacklig, die Hände ihm entgegengestreckt. »Daniel.«

Als sie gegen die Armlehne des Sessels stieß, wusste sie, dass sie angekommen war. Sie strich über sein Haar. Er blickte nicht zu ihr auf. Sie beugte sich hinab, um ihn zu küssen, da stieß er sie weg. Sie sank auf die nackten Knie. Eine Stellung, die ihr sofort bekannt vorkam, sie faltete die Hände und begann zu beten. »Vater unser, der du bist im Himmel, geheiligt werde dein Name, dein Reich …«

Was tat sie da? Daniel saß vor ihr im Sessel, in Augenhöhe, ohne sie anzusehen. Was war mit ihm los? Er sah traurig aus. Hatte er Sorgen?

»Du musst nicht traurig sein«, sagte sie, legte eine Hand auf seinen Arm, der auf der Sessellehne lag, so regungslos, als gehörte er ihm nicht. Sie streichelte ihn, ihre Hand tastete sich zu seiner Hand vor, befühlte jeden einzelnen Finger, von der Wurzel bis zum Nagel. Als sie beim Daumen angekommen war, zog er seine Hand weg. Was hatte er nur?

Sie rappelte sich auf und lief in ihrem Zimmer herum, so wie sie es oft tat, wenn die Unruhe sie überkam. Sie lief an den Möbeln entlang und um sie herum, ins Bad und wieder hinaus, von der Wohnungstür zu den beiden Fenstern. Hinter dem Sessel, in dem er saß, hielt sie an und betrachtete seinen Scheitel. Sie beugte sich hinab. Kein einziges graues Haar hatte er, stellte sie erstaunt fest. Sie berührte seine Haare mit den Lippen. Er ließ es geschehen. »Daniel.«

Sie wünschte, er würde sie berühren. Sie schlang seine Arme um seine Schultern und lehnte sich an seinen Kopf.

Da sprang er auf und fragte. »Gehen wir spazieren?«

Berthildes Herz wurde weich. Er hatte ja immer noch diesen süßen, amerikanischen Akzent, den sie so an ihm geliebt hatte. Dann erschrak sie. Spazierengehen? Aus ihrem Zimmer hinaus? Wohin?

»In den Park?«, fragte er.

Sie verzog das Gesicht. Sie wollte nicht in den Park. Sie wollte hier mit ihm allein sein. Er sollte sich neben sie in ihr Bett legen und sie festhalten. Sie stampfte mit dem Fuß auf. »Ich darf das nicht.«

»Doch. Schwester Mechthild hat es uns beiden erlaubt. Aber nur, wenn ich dich nicht allein lasse.«

»Gut.« Berthilde lief zur Tür, riss sie auf und stürmte los.

Mit Mühe konnte er sie aufhalten. »Willst du dich nicht vorher hübsch machen? Für deinen Daniel?«

Berthilde nickte und ließ sich ins Zimmer zurückführen. Sie machte sich große Sorgen. Was sollte sie anziehen? Sie hatte doch nur das Nachthemd. Aber Daniel öffnete den Kleiderschrank und schob Bügel hin und her, bis er einen hellen Mantel entdeckte. Berthilde hatte ihn noch nie gesehen, aber er passte ihr, als er ihr half ihn anzuziehen. Er knöpfte ihn zu, sodass das Nachthemd nicht mehr zu sehen war. Sein Gesicht war ganz nah an ihrem. Aber er nutzte die Gelegenheit nicht, um sie zu küssen.

Enttäuscht senkte Berthilde ihren Blick. Nur um ihn gleich wieder zu heben. Vielleicht traute er sich nicht.

Sie nahm sein Gesicht in beide Hände, zog es zu sich heran und drückte ihre Lippen auf seine. Er wandte sein Gesicht ab, führte sie zum Bett und drückte sie auf die Bettkante. »*Sit down*.«

»*Sit down*«, wiederholte sie lächelnd, setzte sich und hob den Kopf. Sie spitzte die Lippen, wenn er sie jetzt küssen wollte, sollte er wissen, dass sie bereit dazu war. Aber er bückte sich nur und schob ihre Füße in Schuhe, die sie noch nie gesehen hatte. Er band sie zu. Viel zu fest, aber das konnte er nicht wissen. Er quetschte ihre Füße. Es tat weh. Aber sie wollte den Schmerz aushalten und sich nicht beklagen.

Er zog sie hoch und fuhr ihr mit der Hand durch die Haare. Sie lächelte ihn erwartungsvoll an. Aber zärtlich war das nicht. Er rupfte an den Strähnen oder klopfte sie fest an ihren Kopf. Es tat weh. Aber nicht so weh, wie die eingequetschten Füße.

»*Let's go*.« Er ergriff ihr Hand und zog sie hinter sich her.

Auf dem Flur und im Treppenhaus begegneten sie einigen Personen. Sie schienen etwas vorzubereiten, brachten Stühle herbei und stellten sie in Reihen auf. Berthilde lächelte. Alles war gut.

Wenn Daniel nur nicht immer fester und fester an ihr gezogen hätte. Er hatte es wohl eilig, allein mit ihr im Park zu sein. Ihre eingequetschten Füße gehorchten ihr nicht immer, sie stolperte und schlingerte. Wenn seine Hand nicht ihren Arm gehalten hätte, wäre sie sicher hingefallen.

Er stieß das große Holztor auf, und schon standen sie oben auf dem Treppenabsatz mitten in der Sonne mit einem freien Blick auf den Park. Berthilde legte die Hand schützend über die Augen. Das Licht blendete sie. Sie hörte Vogelgezwitscher, sah bauschige Wolken über die Baumwipfel hinwegziehen. Gern hätte sie den Moment ein wenig länger genossen und eine Antwort gefunden auf die Frage, wo sie nur war, denn die Aussicht aus ihrem Fenster war eine ganz andere.

Aber Daniel zog sie die Stufen hinab, über den breiten Kiesweg, der so schön knirschte, wenn man einen Schritt vor den anderen machte. Berthilde ging diesen Weg an Schwester Mechthilds Arm immer ganz langsam, um das Knirschen auszukosten. Es erinnerte sie an Wanderungen am Meer, wenn sie über ein Muschelbett gelaufen war. Auch zusammen mit Daniel hatte sie das getan. Aber er schien sich nicht zu erinnern.

Er zog sie weiter. Vom Hauptweg gingen viele kleine, verschlungene Wege ab, die letzten Endes immer zurück führten, sodass man sich nicht verlaufen konnte. Nur einer führte durch ein kleines, dunkles Waldstück und endete an einem Zaun, der das Anwesen einschloss. Berthilde mochte diesen Weg nicht, mochte es nicht, wenn es Schritt für Schritt dunkler und dunkler um sie wurde.

Aber genau dahin zog Daniel sie, zog und zerrte und sagte kein einziges Wort. Berthilde ließ sich ziehen, halb unwillig, halb glücklich. Hauptsache, er war da und ließ ihre Hand nicht los. Nie mehr. Da war es egal, wohin sie gingen. Aber als es dunkler und dunkler um sie wurde, war es ihr plötzlich nicht mehr egal. Sie riss sich los, blieb stehen und rammte ihre Absätze in den Boden.

Er wandte sich um und schaute sie an. Er lächelte nicht. Sein Blick war ganz anders als früher. So böse hatte er früher nie geguckt. »*Come on*«, herrschte er sie an.

Heftig schüttelte sie den Kopf. So heftig, dass ihre Haare hin und her flogen und es in ihrem Kopf schepperte und ihr schwindlig wurde.

»*Come on*.«

Sie presste die Lippen aufeinander. Sie fürchtete sich, obwohl Daniel da war.

Mit einem Handstreich – so schnell, dass sie nicht bemerkte, wie es geschehen konnte – hatte er sie gegriffen, hochgehoben und trug sie nun in seinen Armen. Sie waren sich so nah, dass sie seinen Atem spürte. Seine Unterlippe zitterte.

Er verließ den Weg und drang ins Unterholz vor. Zweige und Blätter streiften ihr Gesicht. Sie kniff die Augen zu. Man durfte die Wege nicht verlassen. Wieso wusste Daniel das nicht?

»Man darf die Wege nicht verlassen.«

Es kümmerte ihn nicht. Vor dem Zaun blieb er stehen, ohne sie abzusetzen. Wie kleine Speere ragten die vergoldeten Spitzen des schmiedeeisernen Zaunes in die Höhe. Daniel reichten sie bis zur Schulter, für Berthilde in seinen Armen waren sie fast in Augenhöhe. Sonne fiel durch die Blätter und Zweige und ließ die vergoldeten Spitzen aufleuchten. Das gefiel ihr. Sie streckte eine Hand aus, um sie berühren. Aber es gelang ihr nicht, denn in diesem Augenblick ging Daniel ein wenig in die Knie, senkte kurz seine Arme, als würde er Schwung nehmen. Danach stemmte er

Berthilde hoch, bis ihr ganzer Körper die Speerspitzen erreicht hatte, über sie hinauswuchs.

»Nein!«, schrie sie. Was machte er da bloß mit ihr? Angst übermannte sie, sie krallte sich an einer eisernen Querstrebe fest, strampelte und entglitt ihm, rutschte am Zaun entlang und fiel auf den Boden. Sie zog die Beine an, die Knie bis zum Kinn, schrie und kreischte, und konnte erst still sein, als er ihr seine Hand auf den Mund legte. Seine Finger an ihren Lippen beruhigten sie.

»*Hush!*«, machte er und streichelte ihr über den Rücken. »*Hush!*«

Langsam beruhigte sie sich. Ihr Schreien ging in ein leises Wimmern über. Sie bebte am ganzen Körper.

»*Get up*«, sagte er und zog sie hoch.

Sie rappelte sich auf. Er rückte ihr den Mantel zurecht und wischte mit einem Taschentuch über ihr verheultes, verschmiertes Gesicht. Er versuchte, ihre Hände zu säubern, mit denen sie sich im feuchten Waldboden abgestützt hatte. Er richtete ihre Haare und zog einen Zweig aus den Strähnen. Und dieses Mal war er nicht grob, sondern sprach beruhigend auf sie ein. Sie verstand nicht, was er sagte, aber sie schöpfte Mut. Es tue ihm leid, was er getan habe. Sie verzieh ihm und lehnte sich an ihn. Er ließ es zu, stieß sie nicht weg, er hielt sie sogar fest und streichelte über ihren Rücken.

Sanft schob er sie nach einer Weile von sich weg. »Wir gehen zurück«, sagte er.

Berthilde war erleichtert. Er musste nicht an ihr ziehen und zerren, sie war fast schneller als er. Schon von Weitem hörte sie die Musik. Atemlos erreichten sie das Gebäude.

In der Eingangshalle fand ein Konzert statt. Fast alle Stühle waren besetzt. Vorne standen eine kleine Gruppe Männer mit Instrumenten und eine Frau im langen Kleid. Berthilde liebte Musik. Wenn sie Musik hörte, schwiegen die Stimmen in ihrem Kopf. Musik rieselte wie eine warme, wohlige Welle durch sie hindurch und machte sie ganz ruhig und froh. Aber Daniel drängte sie weiter, nach oben auf ihr Zimmer.

Als er die Tür hinter ihnen geschlossen hatte, drehte er den Schlüssel zweimal um, zog ihn ab und steckte ihn ein und lächelte sie an. Es war also alles gut. Er half ihr, den Mantel auszuziehen, und hängte ihn ordentlich in den Schrank. Er führte sie zum Bett und drückte sie wieder auf die Bettkante, bückte sich, band ihre Schuhe auf und streifte sie von ihren Füßen. Endlich konnte sie ihre Zehen wieder bewegen.

Er schob die Schuhe unters Bett. Dann schlug er die Bettdecke auf, hob Berthildes Beine an, half ihr, sich hinzulegen, und deckte sie zu. Und lächelte wieder. Alles war gut.

Ein Lied drang von der Eingangshalle durchs Treppenhaus ins Zimmer. Alle sangen mit. Berthilde kannte alle Strophen. Ihre Finger dirigierten, als sie ihre Stimme erhob.

Es waren zwei Königskinder,
die hatten einander so lieb,
sie konnten zusammen nicht kommen,
das Wasser war viel zu tief,
das Wasser war viel zu tief.

Daniel betrachtete sie mit gerunzelter Stirn. »Sing mit!«, forderte sie ihn auf. Er kannte den Text doch.

Warum tat er so, als hätte er das Lied nie gehört. Sie hatten es doch zusammen gesungen. Sie hatte ihm die Worte beigebracht, jedes einzelne. Unten ging es weiter im Takt. Berthilde hielt mit.

Ach, Liebster, kannst du nicht schwimmen,
so schwimme doch her zu mir,
drei Kerzen will ich anzünden,
die sollen leuchten dir,
die sollen leuchten dir.

»Hast du den Text vergessen?«, kicherte sie. »Du Dummer. Gestern haben wir es doch erst zusammen gesungen.« Ihre Hände dirigierten, aber er fing sie ein und presste sie auf die Bettdecke. Berthilde ließ sich nicht beirren und folgte dem Chorgesang.

Das hörte eine falsche Nonne,
die tat, als wenn sie schlief,
sie tät die Kerzen auslöschen,
der Jüngling ertrank …

Als er sich über sie beugte, riss für den Bruchteil einer Sekunde der endlos graue Himmel ihrer verschollenen Erinnerungen auf. Er kannte das Lied nicht! Wenn er das Lied nicht kannte, war er nicht Daniel. Er konnte es nicht sein. Sie erstarrte. »Wer sind Sie?«

Er legte den Kopf schief und flüsterte: »Daniel.«

»Sie sind nicht mein Daniel«, stieß sie ängstlich hervor.

»*Hush*, Betty. Ich bin dein Daniel, wer denn sonst?«

»Nein! Ich kenne Sie nicht.«

Aber diese Worte drangen nicht mehr bis zu ihr vor. Zu sehr war sie damit beschäftigt, ihre Hände aus den seinen zu befreien. Aber er war stärker, stark genug, um sie mit einer Hand festzuhalten, um mit der anderen etwas aus der Jackentasche zu ziehen, womit er ihre Handgelenke zusammenbinden konnte. Es fühlte sich an wie ein dünnes Gummi, das in ihre Haut schnitt.

»Hilfe!«

Gegen den Chorgesang hörte ihr Schrei sich an wie ein zaghaftes Wimmern. Sehnsüchtig lauschte sie, vergaß einen Atemzug lang, dass sie gefesselt war, und fiel leise ein:

Ein Fischer fischte wohl lange,
bis er den Toten fand.
Sieh da, du liebliche Jungfrau,
hier hast du deinen Königssohn,
hier hast ...«

»*Shut up!*«, knurrte er und zerrte an ihren Armen. Sie trat nach ihm, trat und trat, bis er ihre Beine und Füße festhielt und ihre Fußgelenke zusammenband.

»Hilfe!«

Als er ein Stück Stoff in ihren offenen Mund stopfte, konnte sie ihn nicht mehr schließen. Ihre Zunge hatte keinen Platz mehr. Nur summen konnte sie noch.

Sie nahm ihn in ihre Arme
und küsst seinen bleichen Mund.
Er musst ihr das Herze brechen,
sank in den Tod zur Stund,
sank in den Tod zu Stund.

17. Kapitel

Zur gleichen Zeit holte Nadine Schorlemer in Groß-Vernich den *Kölner Stadt-Anzeiger* aus dem Briefkasten. Sie war spät dran. Es war schon fast Mittag. Sie hatten sich beide freigenommen und lange geschlafen. Sandra, um ihre körperlichen und seelischen Wunden nach dem Autounfall zu pflegen, Nadine, um ihrer Freundin beizustehen. Durch die Ereignisse in den letzten Tagen waren sie näher zusammengerückt.

Nadine schob die Zeitung unter den Arm und sah sich um. Es war ein kraftloser Oktobermorgen, nicht warm und nicht kalt. Die Sonne schien hinter einem Dunstschleier. Es wehte ein kleiner Wind und am Himmel kreisten Wolken umher, als wüssten sie nicht wohin.

Die Josefstraße, in der jeder jeden kannte, lag und still und verlassen da. Nur in wenigen Einfamilienhäusern gab es Leben. Frau Wiener kehrte die Haustreppe, aus einem Fenster gegenüber hing das Bettzeug zum Lüften. Der alte Bendorf radelte Richtung Durchgangsstraße und winkte Nadine zu. Simone

Klink schob den Kinderwagen vor sich her und telefonierte gleichzeitig. Auf der naheliegenden Durchgangsstraße hatte sich der morgendliche Berufsverkehr gelegt. Ab jetzt würde nicht mehr viel passieren in Groß-Vernich.

Nadine kehrte ins Haus zurück, schlurfte durch den schmalen Flur, warf die Zeitung mit Schwung auf den Küchentisch, sodass sie Sandra fast in den Schoß fiel, und ging in den ersten Stock, um zu duschen.

Sandra stellte ihren Kaffeebecher ab. Auf der ersten Seite war das Foto von einer Straßenschlacht im Ukraine-Konflikt zu sehen. Sandra blätterte weiter, Seite um Seite, ohne etwas zu lesen. Einige Hochglanz-Prospekte und Werbezettel begleiteten die Ausgabe Euskirchen-Eifel. *Möbel Brucker* aus Kall warb in einem Küchenprospekt mit drei verschiedenen Stilen: Design, Landhaus, Modern. Wer eine Einbauküche im Wert von 4.000 Euro kaufte, bekam eine Spülmaschine geschenkt. Die Frauen, die zwischen den blank geputzten Küchenzeilen standen, strahlten um die Wette. Sandra hatte nie verstehen können, dass eine Küche eine Frau glücklich machen sollte. Sie brauchte dazu keine Küche. Inzwischen brauchte sie zu ihrem Glück überhaupt keinen Besitz mehr, nur Ruhe und Sicherheit, ein Recht auf Unversehrtheit und eine Perspektive, eine Chance.

Alles, was sie besaß, befand sich in der Reinaldstraße Nr. 75. Aber diese Wohnung stand unter keinem guten Stern. Sandra konnte sich nicht vorstellen, jemals dort wieder zu wohnen. Zu viel war dort geschehen. Unvergesslich, wie sie nackt im Wasser lag, als der Eindringling sich gegen die Glastür presste. Die weißen Lilien auf dem Küchentisch. Das Gekrakel auf der Tafel. Der Stein, der durchs Badezimmerfenster flog. Jede einzelne Szene konnte jederzeit unvermittelt auftauchen. Der Gedanke an sie ließ Sandras Herz schneller schlagen und ihr einen Schauer über den Rücken laufen. Nie wieder konnte sie mit einem gutem Gefühl in dieser Wohnung sein. Nie wieder baden können. Die Wohnung kam ihr verseucht und verflucht vor.

Sandra blickte in ihren Kaffeebecher. Er war leer. Sie erhob sich seufzend. Manchmal wünschte sie, sie könnte die Zeit zurückdrehen. Was sollte sie tun? Ewig bei Nadine bleiben, war unmöglich, obwohl in dem kleinen Haus, das diese von ihrer Mutter geerbt hatte, genug Platz für zwei war. Aber über kurz oder lang würde Nadine wieder einen Mann kennenlernen. Und was sollte dann aus Sandra werden?

Sie faltete einen gelben Werbezettel auf. Eine kleine Kfz-Werkstatt bot auf selbst gedruckten Handzetteln ihre Dienste an und listete Leistungen und Preise auf. Sandra las die Buchstaben, ohne den Sinn zu erfassen.

Ihre Gedanken kreisten um ihre Mutter. Auch sie konnte nicht im *Rosengarten* bleiben. Vielleicht sollte sie sie wieder zu sich nehmen. Sie könnte einen mobilen Pflegedienst beauftragen, und ihre Mutter könnte eine städtische Tagespflegestelle besuchen. Aber die Vorstellung machte ihr Angst. Es lief darauf hinaus, dass sie bis auf Weiteres – und das konnten viele Jahre sein – an ihre Mutter gebunden war und keine freie Minute mehr für sich allein hatte.

Sandra blätterte durch einen Prospekt von *C&A*, der die neue Herbstkollektion vorstellte. Grün sollte die Modefarbe werden. Sie dachte an den dunkelgrünen Pullover und die beiden grünen Blusen in ihrem Schrank. In der Reinaldstraße Nummer 75. Wütend zerriss sie den Prospekt.

Ein letzter Werbezettel blieb übrig. Ein weißes, zusammengefaltetes Blatt. Sandra schlug es auf und ließ es fallen, als hätte sie sich verbrannt. Es segelte zu Boden, mit der Schrift nach oben.

Nadine kam die Treppe heruntergeklappert, schenkte sich Kaffee ein und wäre beinah auf den Zettel getreten, als sie mit ihrem Kaffeebecher an den Tisch trat.

FUCK OFF

Sie schrie auf und ließ den Becher fallen. Das Steingut zerbrach in grobe Scherben, der Kaffee ergoss sich auf den gefliesten Boden. Wie durch ein Wunder blieb der Zettel unversehrt.

Sandra saß da wie versteinert. Plötzlich knallte sie die Ellbogen auf den Küchentisch und vergrub ihr Gesicht in den Händen. Sie hörte, wie Nadine sich auf einen Stuhl fallen ließ und sich die Nase schnäuzte.

»Du musst hier weg«, hörte sie Nadine sagen. »Sofort.«

»Gute Idee«, sagte Sandra voller Zynismus. »Und wohin?«

»Was weiß ich. Keine Ahnung. Frag deine Polizistin. Wenn die es schon nicht schaffen, den Typen zu fassen, müssen die dich wenigstens beschützen. Die könnten …«

»… mich ins Gefängnis stecken, da kann mir nichts passieren«, lachte Sandra zynisch auf und trommelte mit den Fäusten auf den Küchentisch.

»Oder sie quartieren dich in ein schickes Hotel ein. Weit weg. Ganz weit weg, am besten in …«, Nadine hatte sich wieder gefangen. »Brasilien.«

»Kommst du mich besuchen?«, bettelte Sandra.

»Von wegen besuchen? Ich komme selbstverständlich mit. Als dein persönlicher Bodyguard.«

Sandra seufzte. Welch aussichtslose, spinnerte, aber wunderbare Idee!

»Nun ruf sie endlich an, los, klär das!«, forderte Nadine sie auf.

»Ja, ja.« Sandra lief die Treppe hinauf. Sie hatte ihr Handy am Vorabend auf ihrem Nachttisch abgelegt. Aber da war es nicht mehr. Auch nicht im Bad.

Es klingelte. Ihr Handy rief nach ihr. Sie horchte. Woher kam der Klingelton?

»Ich hab es«, rief Nadine von unten. »Komm runter. Es lag auf der Fensterbank.«

»Geh dran!«, rief Sandra. »Das ist bestimmt wieder Schwester Mechthild, weil ich meine Mutter nicht besucht habe.«

»Nein!«, rief Nadine.

»Doch, du kannst ruhig drangehen«, sagte Sandra, als sie neben ihr stand.

»Es ist deine Polizistin«, sagte Nadine und reichte ihr das Handy .

»Die kommt wie gerufen.« Sandra nahm das Gespräch an und rief: »Hallo, ich wollte Sie gerade anrufen.«

»Ich stehe vor der Tür«, sagte Kommissarin Friederike Stein mit eisiger Stimme, die Sandra fast den Atem nahm. Zwei Schritte, sie war an der Tür und riss sie auf. Kommissarin Friederike Stein war nicht allein. Einer der Kollegen, die Sandra in der Polizeibehörde kennengelernt hatte, als man sie zu einer Anzeige gegen Unbekannt überredet hatten, stand neben ihr. Der Stämmige mit den auffälligen Augenbrauen, die schwarz und buschig fast eine gerade Linie auf seiner Stirn bildeten. Brummer hieß er.

»Guten Tag«, sagte er.

Frieda sah mitgenommen aus. Ihre Wangen waren blass, die Ringe unter ihren Augen dunkel und tief, als hätte sie lange nichts gegessen und viel zu wenig geschlafen. »Hallo«, sagte sie fast unhörbar und nahm die Stufen, die zur Haustür führten, mit einem langen Satz.

»Kommen Sie herein«, forderte Sandra sie auf und ließ die beiden Kommissare an sich vorübergehen. »Links geht es in die Küche.«

Sandra hatte das Gefühl, eine dunkle Wolke umwehte sie. Sie begrüßten Nadine mit derselben Einsilbigkeit. Frieda erklärte ihrem Kollegen, dass dies die Freundin von Sandra sei, die ihr jetzt schon zum zweiten Mal Asyl gewährt hatte.

»Setzen Sie sich bitte«, sagte Frieda zu beiden Frauen.

Sie gehorchten ihr. Zwischen ihnen auf dem Küchentisch lag der Zettel mit der unsäglichen Botschaft. Nadine drehte ihn so, dass die Kommissare ihn lesen konnten. Frieda schluckte und rang die Hände. Sandra kaute auf ihrer Unterlippe, bis es schmerzte.

Brummer fragte: »Wo war der Zettel?«

»Im Briefkasten«, antwortete Nadine.

»Woher weiß er, dass ich hier bin?«, fragte Sandra ängstlich.

Brummer zog Untersuchungshandschuhe und einen Plastikbeutel aus seiner Jackentasche, streifte die Handschuhe über und steckte den Zettel zusammengefaltet in den Beutel. Alles zusammen ließ er wieder in seine Jackentasche verschwinden. Die drei Frauen beobachteten ihn dabei.

»Es ist so …«, begann Frieda mit zittriger Stimme, sprach aber nicht weiter.

Brummer blickte Sandra an und sagte dann im geschulten, geschäftsmäßigen Ton: »Ihrer Mutter ist etwas zugestoßen, Frau Feldmann. Es tut uns sehr leid, dass wir Ihnen das sagen müssen. Aber sie ist vor einer Stunde tot in ihrem Bett gefunden worden. Die Heimleitung hat uns benachrichtigt.«

»Mich nicht?«, entfuhr es Sandra, als ihr bewusst wurde, dass sie geschlafen hatte, als ihre Mutter starb. Ganz friedlich. Wie konnte sie nur? Wieso hatte sie es nicht gespürt?

Frieda trat einen Schritt näher, aber Sandra lehnte sich zurück, um den Abstand zwischen ihnen größer werden zu lassen. Keine Nähe.

»Man hat versucht, Sie zu erreichen, aber Ihr Handy war wohl ausgeschaltet«, erklärte Frieda.

»Das war es nicht.« Sandra wusste selbst, wie unsinnig es war, diese Diskussion fortzusetzen. Aber es half ihr. Sie hatte den Anruf nicht gehört. Vielleicht hatte sie ihn verschlafen. »Tot in ihrem Bett, sagen Sie?«

Frieda und Brummer nickten.

»Ist sie im Schlaf gestorben?«

»Nein. Es tut mir leid. Aber wir gehen davon aus«, fuhr Brummer in diesem geschulten, geschäftsmäßigem Ton fort, »dass sie ermordet wurde.«

»Was?«, schrie Sandra und sprang auf. Ihr Stuhl fiel hinter ihr um. »Was reden Sie denn da? Wer sollte denn so etwas tun?« Sie lief in der Küche zwischen Herd und Tisch hin und her und schlug jedes Mal mit der Faust auf eine Möbelkante, wenn sie eine treffen konnte. »Eine alte Frau in einem Heim. Wer tut denn so was?«

Sie bekam keine Antwort.

»Und dieses scheißvornehme Heim, wieso hat das dort niemand verhindert?«

»Es fand gerade ein Konzert in der Empfangshalle statt.«

»Ach, wie schön!«, rief Sandra und klatschte in die Hände. »Und jetzt? Soll ich meine Mutter etwa identifizieren?«

Frieda und ihr Kollege schüttelten den Kopf.

»Aber vielleicht wollen Sie sie noch einmal sehen?«, schlug Frieda vor.

Sandra blieb stehen, schlug erst die Hände vor die Augen, dann ließ sie sie langsam hinabsinken und murmelte zwischen ihren Fingern hindurch: »Wie ist es passiert?«

»Es muss sehr schnell gegangen sein«, tröstete Frieda sie.

»Wie?«, wiederholte Sandra.

Brummer räusperte sich. »So wie es momentan aussieht, ist sie mit ihrem Kopfkissen erstickt worden.

Aber wir müssen natürlich die Ergebnisse der Rechtsmedizin abwarten, ehe wir ...«

»Mit ihrem Kopfkissen?«, wiederholte Sandra und verzog schmerzhaft das Gesicht. »Wie können Sie von einem schnellen Tod sprechen, wenn ...?«

»Ihre Mutter war sehr schwach. Sie hat sich kaum gewehrt. Es muss wirklich schnell gegangen sein«, versuchte Frieda sie zu beruhigen, obwohl sie es besser wusste. Ersticken war die wohl grausamste Art zu sterben.

»Ich versteh das alles nicht«, rief Sandra aus und begann wieder hin und her zulaufen und auf die Möbel zu schlagen. »Wer soll das denn gemacht haben?«

»Das wissen wir nicht.«

»Finden Sie es heraus!«

»Wir sind dabei«, sagte Brummer.

»Das sehe ich!«

»Pssst«, versuchte Frieda sie zu beruhigen und sie in ihrem verzweifelten Lauf aufzuhalten.

Aber Sandra ließ es nicht zu. Sie stieß auch Nadine weg. Sie rannte die Treppe hinauf und ihre Schritte waren direkt über der Küche zu hören. Dort lief sie noch einige Mal hin und her, kreuz und quer. Dann folgte auf das Ächzen eines Möbelstückes Stille.

Nach einer Weile kam sie herunter und war bereit, mit den beiden Kommissaren ins Pflegeheim zu fahren.

»Ich komme nicht mit«, entschied Nadine. »Ich kann das nicht. Ich warte hier auf dich.«

Sandra nickte ihr zu, nahm sie kurz in den Arm, rieb ihr über den Rücken, ehe sie mit den Kommissaren das Haus verließ.

Die Fahrt im Auto des Hauptkommissars Brummer nach Euskirchen verlief schweigend. Ein beredtes Schweigen. Sandra und Frieda saßen hinten, starrten aus den Fenstern, als gäbe es dort etwas Interessantes zu sehen. In Wirklichkeit schienen sie jeden Blickkontakt und jedes Wort vermeiden zu wollen. Brummer fuhr sehr konzentriert. Konzentrierter als nötig, denn er war ein routinierter Fahrer. Aber auch er beschäftigte sich mehr mit dem Straßenverkehr als mit den beiden verunsicherten Frauen auf der Rückbank.

Das schmiedeeiserne Tor zum *Rosengarten* stand weit offen. Das Auto rollte über den Kiesweg bis zum Treppenaufgang, wo ein Leichenwagen parkte, ein weißer Transporter, der PKW des Notarztes und Friedas grüner Golf.

Als Sandra ausstieg, traten zwei Männer in weißen Papieroveralls aus dem Gebäude. Sie trugen Kisten und Kästen und verstauten sie im Transporter. Brummer trat auf sie zu und sprach leise mit ihnen, während Frieda Sandras linken Arm festhielt, als könnte sie weglaufen oder etwas anderes Unvernünftiges tun. Sie konnte nicht wissen, dass Sandra wie gelähmt vor Angst war. Angst, ihre tote Mutter sehen zu müssen. Angst, Spuren des Verbrechens sehen zu müssen.

»Das war die KTU«, erklärte Brummer, als der weiße Transporter das Gelände verließ.

»Die Spurensucher«, übersetzte Frieda für Sandra.

Fast sehnsüchtig blickte Sandra dem Wagen nach. Sie wünschte, es gäbe irgendeinen Grund, den Besuch bei ihrer toten Mutter hinauszuzögern. »Was haben Sie gefunden?«

»Es ist noch zu früh, um etwas zu sagen«, vertröstete Brummer sie. »Sie müssen erst alles auswerten.«

»Gehen wir?«, fragte Frieda.

Die Kommissare nahmen die junge Frau zwischen sich. Sandra war ihnen fast dankbar dafür, es gab ihr kein gutes, aber ein weniger schlechtes Gefühl. Wie eine schützende Mauer kamen die beiden ihr vor. In der Eingangshalle waren wichtige Leute versammelt. Männer mit geschäftigen Mienen in dunklen Anzügen. Die Bestatter, hinter denen eine Überführungstrage auf einem Rollengestell stand. Der Geschäftsführer des Pflegeheims und die Pflegeleitung, Sandra hatte sie beim Aufnahmegespräch kennengelernt. Der Notarzt in Uniform.

Schwester Mechthild kam auf das Trio zu, ergriff Sandras Hände und umschloss sie mit ihren. »Es tut mir so unendlich leid.« Sie sah verheult aus.

Sandra entzog ihr ihre Hände mit einem heftigen Ruck. »Wo ist meine Mutter?«, stieß sie hervor.

»In ihrem Zimmer. In ihrem Bett. Ich bringe Sie zu ihr.«

»Ich weiß, wo ihr Zimmer ist«, entschied Sandra mit eisiger Stimme und wandte sich von ihr ab.

Brummer sprach noch mit dem Notarzt, während Frieda Sandra die Treppen hinaufführte. Vor der Tür zum Zimmer 7 blieben sie stehen.

»Ich möchte allein mit ihr sein«, sagte Sandra.

»Natürlich.«

Leise drückte Sandra die Klinke herunter, als könnte sie ihre Mutter stören. Vorsichtig schob sie einen Fuß über die Schwelle, zwängte sich durch den Türspalt und drückte die Tür sanft hinter sich zu.

Frieda ließ die Arme sinken, betrachtete eine Weile das Türblatt, versuchte sich vorzustellen, was dahinter vor sich ging, horchte auf ein Weinen oder Schluchzen oder ein anderes, heftiges Geräusch, das ihren Einsatz vonnöten machte. Aber kein Laut drang durch die Tür. Frieda setzte sich auf den gepolsterten Stuhl neben der Eingangstür. Sie wusste, welchen Anblick Sandra nun ertragen musste. Vielleicht war es die erste Tote überhaupt, die sie zu Gesicht bekam.

Üblich war es, dass der Notarzt der Toten die Augen geschlossen hatte. Sandra musste nicht in die lichtstarren Pupillen ihrer Mutter blicken. Sicher hatte er auch den Mund geschlossen, sodass sie nicht die Verletzungen in der Mundhöhle sehen musste. Und er hatte sie nach der gründlichen Untersuchung bis zum Hals zugedeckt, sodass keine Totenflecken zu sehen waren, solange Sandra ihre Mutter nicht aufdeckte. Aber der Anblick der dunklen Male durch die Stauungsblutungen im Gesicht würde ihr nicht erspart bleiben. Auch nicht die eisige Kälte und die Leichenstarre. Das Gesicht der Toten hatte der Notarzt nicht von den Spuren der Gewalt befreien dürfen, da die Untersuchung durch die Rechtsmedizin noch bevorstand. Wenigstens das Kopfkissen, mit dem der Mörder Berthilde Feldmann erstickt hatte und das erhebliche Spuren von Speichel, Hautfetzen und Blut trug, hatte die KTU mitgenommen. Inzwischen waren fast drei Stunden seit dem Verbrechen vergangen. Mit jeder Minute fiel Berthilde Feldmann ein wenig mehr in sich zusammen.

Frieda streckte die Beine aus und rieb sich über die Oberschenkel. Sie taten weh, als hätte sie einen Dauerlauf hinter sich gebracht. Sie lehnte sich zurück, so weit, dass ihr Kopf an der kalten Wand lag. Auch für sie war das heute eine Premiere gewesen, auf die sie gerne verzichtet hätte.

Berthilde Feldmann war Kommissarin Friederike Steins allererster Mordfall. Und sie hatte immer – zumindest seitdem sie wusste, dass sie zur Kriminalpolizei gehen musste – gehofft, dass es einen Bösen erwischen würde, damit ihr Weltbild nicht so schnell aus den Fugen geriet. Aber das hatte sich ja nun als naiv herausgestellt. Niemand konnte hilfloser und unschuldiger sein als eine alte, kranke Frau. Ein leichtes Opfer. Und der Täter ein Feigling.

Brummer stieg die Treppen herauf und kam über den breiten Flur auf Frieda zu. Ohne Fragen zu stellen, setzte er sich ihr gegenüber auf den Stuhl neben der Zimmertür 6. Auch er streckte die Beine aus. Auch er lehnte den Kopf an die Wand. Zwischen ihnen lag ein perserartiger Läufer.

»Schwester Mechthild hat gesagt, dass ihr aufgefallen sei, dass Berthilde Feldmanns Kleidung schmutzig war. Aber sie habe sich nichts dabei gedacht«, sagte er leise.

»Hm«, machte Frieda.

»Die alte Dame sei vielleicht ausgerutscht oder so.«

»Hm.«

Als sie hörten, dass sich eine Tür öffnete, richteten sich die Kommissare auf. Aber es war nicht Sandra, die im Flur erschien, sondern ein alter Mann, der Zimmer 6 verließ. Mit krummem Rücken, gestützt auf einen Stock, überquerte er den Flur und klopfte an die Tür von Zimmer 7. Frieda und Brummer wechselten einen Blick. Danach erhob sich Brummer und trat zu dem Mann.

»Guten Tag«, sagte er ein wenig zu laut und ein wenig zu deutlich.

Der Mann legte eine Hand schützend auf sein Ohr. »Sie müssen mich nicht anschreien, ich bin nicht taub.«

»Entschuldigung«, sagte Brummer. »Aber Frau Feldmann können Sie jetzt nicht sehen.«

»Warum nicht? Ist sie krank?«

»Ja«, sagte Brummer kurzerhand. Er schien nicht die Verantwortung für die Folgen einer Hiobsbotschaft übernehmen zu wollen.

»Wer sind Sie denn?«, fragte er und musterte ihn.

Brummer zögerte.

»Sind Sie etwa Daniel?« Ehe Brummer antworten konnte, wandte der Mann sich an Frieda. »Und Sie? Sie sind aber nicht Berthildes Tochter, die … die … Sandra.«

»Nein«, bestätigte Frieda. »Ich bin nicht Sandra.«

Der Mann schien zufrieden mit diesen Auskünften, machte auf dem Absatz kehrt, steuerte auf sein Zimmer zu und murmelte dabei: »Dann versuch ich es später noch mal.«

»Das ist eine gute Idee«, sagte Brummer und wartete, bis er die Tür hinter sich geschlossen hatte, ehe er sich wieder setzte.

»Was machen wir mit Sandra?«, fragte Frieda.

»Wenn wir davon ausgehen, dass der Stalker und der Mörder ein- und dieselbe Person ist, haben wir ein Problem.«

»Ich finde, dass wir das *müssen*, solange wir es nicht besser wissen«, sagte sie. »In Groß-Vernich bei Nadine ist sie jedenfalls nach dem Drohbrief auch nicht mehr sicher.«

Er nickte und spielte gedankenverloren an seinem rechten Ohrläppchen. Ohne Frieda anzusehen, sagte er: »Von Evakuierungen halte ich nichts. Außer vielleicht bei einem Bombenalarm.«

Der Vorwurf saß. Sonja Senger hatte Frieda gewarnt. Keine Alleingänge! Frieda hatte Sandra im Alleingang und ohne vorherige Rücksprache mit den Kollegen in Groß-Vernich einquartiert. Jetzt schon zum zweiten Mal. Unverbesserlich. Das mochten die Herren nicht.

»Damit bringt man andere unnötig in Gefahr«, fuhr Brummer fort. »Es ist schrecklich unprofessionell.«

»Ist ja schon gut, ich hab's ja verstanden«, stieß sie wütend hervor und versuchte, den Ärger herunterzuschlucken.

»Sandra kann ebenso gut in ihrer eigenen Wohnung verbleiben«, erklärte er, »wenn wir eine Streife vor das Haus stellen, die sie Tag und Nacht bewacht und ihr folgt, sobald sie das Haus verlässt.«

»Wie du meinst«, sagte Frieda kleinlaut. Sie hatte sowieso keine andere Idee.

Die Tür neben ihr wurde langsam aufgeschoben. Sandra verließ mit leisen Schritten das Totenzimmer und trat in den Flur. Die Kommissare erhoben sich.

»Was soll jetzt werden?«, fragte sie ratlos.

»Leider können Sie im Moment nicht viel tun«, sagte Brummer. »Solange der Rechtsmediziner Ihre Mutter nicht untersucht und die Leiche freigegeben hat, dür-

fen Sie sie nicht beerdigen. Aber Sie könnten alles vor-
bereiten.«

»Zum Beispiel eine schöne Grabstelle finden«, fuhr
Frieda fort. Ihr war schlecht, aber sie wollte ihren Beitrag leisten und nicht versagen. »Hat Ihre Mutter vielleicht früher einmal gesagt, wie sie beerdigt werden
möchte?«

Sandra nickte, schüttelte den Kopf, blickte zwischen
den Kommissaren hindurch ans Ende des Flures, wo
ein dämmriges Tageslicht durch ein hohes Sprossenfenster fiel.

»Kommen Sie«, sagte Frieda und legte ihre Hand auf
ihre Schulter.

Sandra stieß sie weg.

»Wir bringen Sie nach Hause.«

»Nach Hause?«, fragte Sandra entsetzt.

»Wir stellen einen Streifenwagen vor das Haus«,
wollte Brummer sie beruhigen, »der sie Tag und Nacht
bewacht.«

Sandra nickte unsicher, ließ sich die Treppe hinunter
ins Erdgeschoss führen. Der Notarzt war verschwunden, die anderen standen noch herum. Schwester
Mechthild wollte ihnen schon entgegengehen, als
Brummer ihr mit einem Zeichen zu verstehen gab, dass
jetzt nicht der Moment für ein Gespräch sei.

Draußen sagte Brummer zu Frieda. »Fahr du sie nach
Hause. Ich geh ins Kommissariat und organisiere die
Streife.«

»Wir bleiben so lange im Auto sitzen, bis sie kommen.«

»Sie werden eher da sein als ihr.«

»Hoffentlich.«

»Aber sie sollen die Wohnung filzen, eher ihr hoch-geht, klar?«

»Klar.«

Brummer tätschelte Friedas Schulter und zwinkerte ihr aufmunternd zu. Sie dachte, dass es das war, was er wollte: eine junge Kommissarin, die gehorchte.

18. Kapitel

Aber die beiden Streifenpolizisten waren nicht da, als Friedas Auto in die Reinaldstraße einbog. Ein Mann lungerte auffällig unauffällig auf dem Bürgersteig vor den letzten beiden Häusern herum.

Sandra krallte ihre Linke in Friedas Arm und duckte sich. »Das ist er«, flüsterte sie.

»Wer?«

»Tony Harper. Der Mann, der nach dem Autounfall den Notarzt gerufen hat.«

Die Hände beulten die Taschen seiner schwarzen, abgetragenen Cordjacke aus. Ein grauer Schal hing auf seinen Schultern. Lange, graue Haare umwehten seinen Kopf.

Frieda parkte ihr Auto in gebührendem Abstand. Die Streife musste jeden Moment eintreffen. Sie mussten gewarnt werden. Sie tippte auf das Display ihres Smartphones, das in der Freisprechanlage montiert war. Sie hatte sich eine Kurzwahl für ihr Büro eingerichtet.

»Wo bleiben die Kollegen denn?«, fragte sie aufgeregt, als Brummer sich meldete.

»Sie sollten längst da sein.«

»Sind sie aber nicht.«

Im gleichen Moment tauchte ein silberner Passat am anderen Ende der Reinaldstraße auf. Er fuhr sehr langsam. Vorne saßen zwei Männer. Sie sahen aus wie Polizisten, obwohl sie keine Uniform trugen. Sie hatten das gewisse Etwas.

»Jetzt sind sie da«, informierte Frieda Brummer.

»Na, geht doch.«

Die Kollegen parkten auf der gleichen Straßenseite wie Frieda, etwa hundert Meter entfernt, sodass Tony Harper ohne es zu wissen von beiden Seiten von Polizisten eingekeilt wurde. Vor und hinter ihm Häuser. Keine Fluchtmöglichkeit.

»Alles gut?«, fragte Brummer.

»Nein. Nichts ist gut. Tony Harper ist hier.«

»Scheiße. Mach keinen Fehler. Ich sag den Jungens Bescheid. Sie sollen ihn sich schnappen.« Ende des Gesprächs.

Frieda lachte leise auf. Mach keinen Fehler! Was bildete der sich eigentlich ein? Sie war doch nicht blöd. Im Ablagefach lag ihre Walther P99. Sie hatte noch nie außerhalb des Schießkinos geschossen. Und auch dort hatte sie keine Glanzleistungen abgeliefert. Schießen war nicht ihre starke Seite. Und hier am Tatort gab es keine Ohrenschützer, die ihr bei ihrem empfindlichen linken Ohr würden helfen können. Sie griff nach ihrer Pistole. Irgendwie unpassend, kalt und schwer lag sie in ihrer Hand.

Sandra war inzwischen fast komplett im Fußraum des Beifahrersitzes verschwunden.

»Bleiben Sie da unten und rühren Sie sich nicht vom Fleck«, befahl Frieda und öffnete mit einem leisen

Klacken die Fahrertür. Die beiden Kollegen gegenüber entstiegen im gleichen Moment mit fließenden Bewegungen ihrem Auto und drückten die Türen mit der Linken lautlos zu, während die rechten Hände auf den Hüften lagen, wo sie nach ihren Pistolen griffen. Frieda bewunderte ihre Synchronizität. Sie waren perfekt.

Aber nicht zu ihnen, sondern zu Frieda drehte sich Tony Harper um. Sie hielt die Pistole hinter ihrem Rücken. Hinter seinem Rücken näherten sich die Kollegen mit lautlosen Schritten, die Pistolen in den erhobenen Händen.

»Guten Tag«, sagte der Mann. Er hatte einen harmlosen, freundlichen Ton, einen leichten, amerikanischen Akzent und ein charmantes Lächeln.

»Guten Tag«, sagte Frieda, ohne sich ihm zu nähern. Alles, was sie tun konnte, war, ihn aufzuhalten. Wenn es sein musste mit einem Gespräch über das Wetter. »Warten Sie auf jemanden?«

Er schüttelte den Kopf.

»Wohnen Sie hier?«

Wieder Kopfschütteln.

Nun also das Wetter. Den Kollegen fehlten noch ein paar Schritte. Frieda wollte nichts riskieren. Es fiel ihr schwer, nicht zu offensichtlich über Harpers Schulter zu blicken und zu tun, als wäre alles in Ordnung.

»Schönes Wetter heute«, sagte sie.

Er blickte in den Himmel, als wäre es ihm bisher nicht aufgefallen. »Richtig.«

»Für Oktober, meine ich.«

Er nickte.

Bei aller Liebe! Warum schlichen die Jungens so langsam daher?

»Wohnen Sie denn hier?«, fragte er.

»Ich?«, fragte Frieda zurück und entschloss sich zu einem: »Ja.«

Bei diesem Wort hatten die Kollegen Harper erreicht. Er hielt den Atem an und machte ein Hohlkreuz, als sich die beiden Pistolenmündungen in seinen Rücken bohrten. In der gleichen Sekunde richtete auch Frieda ihre Pistole auf seine Brust. Er hob die Hände. Was sonst konnte er tun? Endlich war Schluss mit dem elenden Small Talk.

»Ganz ruhig«, sagte ein Kollege und drängte ihn mit dem Rücken zu Friedas Auto. Sie ließen alle drei die Pistolen sinken und positionierten sich ihm gegenüber.

»Wer sind Sie?«, fragte Frieda und bemühte sich um einen barschen Ton.

»Tony Harper.«

»Können Sie sich ausweisen?«

»Ja.«

Frieda streckte die Hand aus.

»Sie auch?«, fragte Harper.

Sie wechselte einen Blick mit den Kollegen und dann zückten alle ihre Ausweise.

»Danke«, sagte Harper, griff in die Brusttasche seiner Jacke und zog eine schwarze Brieftasche heraus. Er schlug sie auf und zog seinen Reisepass heraus.

»Tony Harper«, las Frieda erleichtert ab. »Aus Albany, New York.«

»Richtig«, sagte Harper.

»Wo wohnen Sie hier in Deutschland?«

»Im *Parkhotel* am Bahnhof.«

»Wir müssen Sie auffordern, mit uns ins Kommissariat zu kommen.«

Der Kollege klimperte mit den Handfesseln an seinem Gurt.

»Ist es wegen dem Fahrrad?«, fragte Harper.

Frieda blickte ihn irritiert an.

»Man hat mir mein Leih-Fahrrad gestohlen. Aber ich habe den Schaden schon ersetzt. Sie können die Rezeptionistin fragen. Es tut mir leid, aber …«

Frieda schüttelte den Kopf. »Das Fahrrad interessiert uns nicht. Sie haben keinen festen Wohnsitz und wir haben ganz andere Fragen an Sie.«

»Fragen Sie.« Harper fuhr sich mit der Hand durch sein dichtes, graues Haar und warf es mit gekonntem Schwung zurück.

»Nicht hier.«

»Verhaften Sie mich jetzt?«, fragte er mit dem Anflug eines Lächelns.

»Nein. Das hier ist nicht einmal eine vorläufige Festnahme. Es handelt sich um eine Befragung im Kommissariat.« Frieda hatte keine Lust, einem Amerikaner die deutschen Gesetze in allen Einzelheiten zu erklären. Sie gab den beiden Kollegen ein Zeichen.

Sie ergriffen Harpers Arme. Er senkte den Kopf und murmelte etwas.

»Möchten Sie etwas sagen?«, fragte Frieda.

Er lächelte. »Schon wieder kein *Café Kramer*.«

»Wie bitte?«

»Nichts. Es ist okay.«

Die Kollegen führten Harper hinüber zu ihrem Auto und verfrachteten ihn in den Fond. Als er beim Einsteigen seine Beine hob, blitzten grelle, orangefarbene Socken hervor. Einer der Kollegen setzte sich neben ihn, der andere warf den Motor an. Frieda wartete, bis sie die Reinaldstraße verlassen hatten, ehe sie zu Sandra ins Auto stieg.

Sandra kroch langsam aus dem Fußraum und schob sich auf den Beifahrersitz. Sie sah erschöpft aus und holte tief Luft. Ängstlich blickte sie aus dem Fenster.

»Wir haben ihn«, sagte Frieda.

»Und was hat er gesagt?«

»Wir werden ihn in aller Ruhe im Kommissariat befragen.« Frieda beugte sich vor und sah durch die Windschutzscheibe hinauf zu ihrer Wohnung. Sie hatte das Gefühl, ewig nicht zu Hause gewesen zu sein. Dann wählte sie auf ihrem Handy Brummers Telefonnummer, stellte den Lautsprecher an und informierte ihn über den Stand der Dinge. »Schickst du uns eine neue Streife?«

»Die Kollegen kommen zurück, sobald sie Tony Harper hier abgeliefert haben. Ich sorge dafür. Bleibt ihr zwei bloß so lange im Auto sitzen. Alles wie gehabt. Erst muss die Wohnung gecheckt werden, bevor ihr reingeht. Und – herzlichen Glückwunsch zur ersten Festnahme.«

»Danke«, sagte Frieda. Es war nicht ihre erste Festnahme. Es war eigentlich überhaupt keine Festnahme. Aber als sie zu einer Erklärung ansetzen wollte, hatte er das Gespräch schon beendet.

»Ich will nicht in meine Wohnung«, sagte Sandra leise und verschränkte die Arme vor der Brust. »Ich geh da nicht hoch.«

»Wo wollen Sie sonst hin?« Frieda seufzte. Bei allem Verständnis, es gab keine andere Lösung. Groß-Vernich war nach dem Drohbrief ebenfalls verbotenes Terrain. Sie konnte Sandra auch nicht in ihrer eigenen Wohnung nebenan einquartieren. Fürchterlicher Ärger mit Brummer und Neugebauer wäre die Folge. Ganz besonders, wenn sie die Herren Hauptkommissare nicht vorher um Erlaubnis bat. Und die würden sie ihr nicht geben. Niemals!

Besonders jetzt nicht, wo Tony Harper endlich gefunden war. Wenn der Tatverdacht sich erhärtete, stellte er ab sofort für Sandra keine Gefahr mehr da, weil er für ein gewissen Zeitraum in U-Haft sitzen würde.

»Da türm ich lieber!«

Frieda seufzte. Was würde Sonja Senger ihr jetzt raten? Sie glaubte die Antwort zu kennen, und warf den Motor an.

19. Kapitel

Das Forsthaus lag verlassen da, als der grüne Golf vor dem Gartenzaun parkte. Sonja konnte ohne Auto nicht weit sein, es sei denn, sie hatte den Bus genommen. Die Buslinie 231, wie sie Frieda erklärt hatte, hielt im Ort an zwei Haltestellen und durchfuhr die Eifel von Düren bis Schleiden und verband in einer Tagestour die Einwohner mit großen Städten und Bahnhöfen und damit mit dem Rest der Welt.

»Was sollen wir denn hier?«, meckerte Sandra Feldmann auf dem Beifahrersitz und blickte sich mürrisch um. Während der Fahrt von Euskirchen nach Wolfgarten hatte sie Frieda mit Fragen nach dem Wohin bombardiert. Aber Frieda hatte sie vertröstet. Was sie vorhatte, konnte sie auch schlecht erklären. Sie wusste es ja selbst nicht so genau. Sie wusste nur, dass es richtig war, nach Wolfgarten zu fahren und mit Sonja Senger zu sprechen. Wie das Zusammentreffen ausgehen würde, war völlig offen.

Frieda stieg aus, und Sandra folgte ihr zögernd.

Frieda schob das Gartentor auf und nahm die ausgetretenen Stufen zur Haustür. Es gab kein Namensschild und keine Klingel. Sandra stand am Gartentor und blickte griesgrämig umher, dann grinste sie plötzlich und sagte: »Die Hexe ist ausgeflogen.«

Frieda hob warnend den Zeigefinger. Sie erinnerte sich daran, dass Brummer die Haustür geöffnet hatte, indem er sich dreimal mit der Schulter hatte dagegenfallen lassen. Aber das wagte sie nicht zu tun. Das war Hausfriedensbruch.

»Wir können uns hinterm Haus auf eine Bank setzen und warten«, schlug Frieda stattdessen vor.

»Hört sich spannend an.«

Als Sandra neben ihr saß, begann Frieda ihr zu erklären, wie sie Hauptkommissarin Sonja Senger a. D. kennengelernt hatte, auch die Geschichte mit den Haschkeksen ließ sie nicht aus, auch nicht den Rat, den sie ihr mit auf den Heimweg gegeben hatte.

»Sehen Sie«, unterbrach Sandra sie stolz. »Ich habe auch immer gesagt, dass Christian nicht der Stalker ist. Und erst recht kein Mörder. Aber mir wollte ja keiner glauben.«

»Das ist keine Frage des Glaubens«, belehrte Frieda sie. »Das ist eine Frage der Beweise.«

»Und deswegen sind wir hier ans Ende der Welt gefahren?«

Da die Herren Kollegen so schrecklich selbstgerecht und kompromisslos seien, fuhr Frieda fort, und sie, Sandra, leider auch nicht ganz einfach sei, und sie, Kommissarin Friederike Stein, deswegen quasi zwischen allen Stühlen sitze, wünsche sie sich den Rat einer erfahrenen Hauptkommissarin a. D. »Deswegen sind wir hier.«

»Hm«, machte Sandra mit einer Falte zwischen den Augenbrauen.

Frieda hatte natürlich mit dem Gedanken gespielt, Sandra hier im Forsthaus am Ende der Stromleitung in Sicherheit zu bringen. Nirgendwo konnte sie sicherer sein. Entsprechend enttäuscht war Frieda, dass Sonja Senger nicht zu Hause war und auch nicht auftauchte. Sie blickte auf die Uhr. Die Zeit drängte. Sie wollte bei Harpers Verhör unbedingt dabei sein. Die Kollegen in Euskirchen warteten nicht auf sie. Sie stand auf. »Leider kann ich nicht ewig warten. Ich muss zurück ins Kommissariat, kommen Sie.«

»Ich könnte doch allein hier bleiben«, sagte Sandra und blieb sitzen. »Er wird nie auf die Idee kommen, dass ich hier bin.«

Frieda seufzte. »Warum sollte Frau Senger damit einverstanden sein?«

»Warum nicht?«

»Wir können sie nicht vor vollendete Tatsachen stellen.«

Sandra verschränkte die Arme vor der Brust, lehnte sich zurück und fragte: »Wo ist Tony Harper jetzt?«

»Tony Harper? Wieso? Er ist im Kommissariat, sage ich doch. Wir werden ihn verhören.«

»Und dann?«

»Wenn er Pech hat, kommt er in U-Haft.« Unruhig trat Frieda von einem Bein aufs andere. »Was soll die Fragerei? Wollen Sie Zeit schinden?«

»Wie lange wird er in U-Haft bleiben?«

Frieda seufzte. »Bis sich herausgestellt hat, ob er tatverdächtig ist oder nicht.«

»Wie lange dauert das?«

»Kommt drauf an.«

»Könnte ich nicht wenigstens so lange hier bleiben?«

Frieda schüttelte den Kopf, hob die Hände und kreuzte die Zeigefinger. »Ohne mich.«

»Klar«, sagte Sandra erleichtert und ihre Miene hellte sich auf. »Ohne Sie. Sie können doch nix dafür, wenn ich mich hier einniste. Sie können mich nicht zwingen, wieder in Ihr tolles Auto einzusteigen.«

Frieda zog die Stirn kraus. Not machte Sandra erfinderisch. Und ihre Not musste groß sein. Größer als ihr Eigensinn. »Wenn Sonja Senger zurückkommt, wird sie Sie rausschmeißen.«

»Das glaube ich nicht.«

»Garantiert.« Frieda erhob sich. Sie konnte es sich genauso wenig vorstellen. »Ich hoffe, Sie behalten recht. Wenn nicht, rufen Sie mich an, okay? Und Sie warten hier, bis ich Sie wieder abhole. Abgemacht?«

»Abgemacht.«

»Gut, dann fahre ich jetzt«, sagte Frieda zögernd, hoffte immer noch, Sandra käme zur Einsicht. Das tat sie nicht.

Bevor sie ihr Büro im Kommissariat am Endes des Flures betreten konnte, begegnete ihr Brummer und begrüßte sie mit den Worten: »Wo warst du denn so lange?«

»Sandra Feldmann wollte mich nicht gehen lassen. Sie hat eine ziemliche Angst, allein zu sein.«

»Muss sie aber nicht. Die beiden Kollegen, die jetzt in der Reinaldstraße stehen, sind wirklich die Allerbesten.«

Siedend heiß wurde Frieda bewusst, dass Brummer und Neugebauer noch nicht wussten, dass sie die Streifenbeamten nach Hause geschickt hatte, bevor sie Sandra nach Wolfgarten fuhr. Die beiden Beamten hatten sich offensichtlich noch nicht zurückgemeldet. Das konnte aber jeden Augenblick passieren. Vielleicht hatten sie es sogar schon getan, nur die Info war noch nicht bei den Kollegen angekommen.

Eine Sekunde lang war Frieda verführt zu beichten, aber dann sah sie ein, dass sie aus der Nummer ohne einen vernichtenden Rundumschlag nicht mehr herauskam. Dafür hatte sie jetzt nicht die Nerven.

Brummer hielt ihr die Tür auf. »Hereinspaziert«, sagte er aufgeräumt.

Neugebauer saß nicht an seinem Platz. Tony Harper war auch nicht da.

»Bitte sehr, Frau Kollegin.« Brummer rollte Friedas Drehstuhl hervor und bat sie mit großer Geste sich zu setzen.

»Wo ist denn Tony Harper?«

»Sekunde. Ich muss kurz zum Chef. Ich bin gleich zurück.«

Frieda setzte sich und rollte dicht vor ihren Schreibtisch. Brummer blieb lange bei Hauptkommissar Roggenmeier. Viel zu lange für ihren Geschmack. Warum hatte er sie nicht aufgefordert, ihn zu begleiten? Sie war ebenso in den Fall verwickelt wie er. In Wirklichkeit viel mehr als er. Tauschten sie Geheimnisse aus? Sie war kurz davor ihm nachzugehen, als Brummer wieder auftauchte.

»So. Da bin ich wieder. Musste Roggenmeier haarklein den Stand der Dinge auseinanderklamüsern. Habe ihm gegenüber deinen Alleingang nicht erwähnt, nehme an, dass war in deinem Interesse.« Als Frieda ihn mit großen, erstaunten Augen ansah, erklärte er: »Ich meine die Evakuierungsmaßnahme.«

Frieda nickte. Wenn er wüsste, dass bereits die nächste Evakuierungsmaßnahme in vollem Gange war, würde ihm seine Generosität im Halse stecken bleiben. »Wo ist denn Tony Harper nun hin?«, fragte sie.

Er wies auf den Boden. »In der Zelle. Wir haben ihn schon verhört.«

»Ohne mich?«

»Wir wussten nicht, wann du auftauchen würdest. Seine Fingerabdrücke sind kontrolliert worden. Dank dieser neuen Fingerabdruckscanner genügt ja heutzutage schon die Berührung eines Displays und der Computer sagt uns im Bruchteil einer Sekunde, ob die Fingerspuren registriert sind. Ich bin immer wieder fasziniert, wenn ich das sehe.«

»So neu sind diese Scanner nun auch wieder nicht«, kommentierte Frieda ausdruckslos.

Brummer runzelte die Stirn, sodass seine Augenbrauen zu einem dicken, schwarzen Balken zusammenwuchsen. Das sah bedrohlich aus. Aber Frieda ignorierte es.

Als er nicht weitersprach, fragte sie: »Vermutlich kannte der Computer Tony Harpers Fingerabdrücke nicht.«

»Nein. Sie sind nicht registriert, auch nicht bei Interpol, und stimmen leider, leider, leider mit keiner der

Fingerspuren an den sichergestellten Beweismitteln überein.« Er zählte an den Fingern seiner Hand ab: »Weder an der Vase, noch an der Tafel, noch am Drohbrief, noch am Stein, noch am … .«

»Was ist mit seinem Handy?«

»Er hat Sandra auch nicht angerufen und er hat ihr auch keine SMS geschickt. Außerdem hat er Alibis für alle Attacken, besonders für den Mord an Berthilde Feldmann. Die werden gerade von Neugebauer überprüft. Selbstverständlich hat er keines für den Autoanschlag, den er ja mit eigenen Augen gesehen hat.«

»Er hat den Notarzt gerufen«, erinnerte Frieda ihn. »Und die Polizei sogar!«

»Und er hat uns das Kennzeichen, die Automarke und eine vage Beschreibung des Fahrers genannt. Das Kennzeichen ist natürlich gestohlen.«

»Natürlich. Hat Harper eine Waffe?«

»Ich bitte Sie, Frau Kollegin«, sagte Brummer mitleidig. »Worauf wollen Sie hinaus? Er ist Amerikaner. Wie soll er denn mit einer Waffe durch die Kontrolle am Flughafen gekommen sein?«

»Er könnte sich hier eine gekauft haben.«

Er schüttelte den Kopf. »Wenn eine in seinem Hotelzimmer liegt, werden wir sie finden, denn das wird gerade von der KTU gefilzt. Wenn sie nichts finden, müssen wir ihn unter Umständen gehen lassen.«

»Was will er denn überhaupt von Sandra?«, fragte Frieda.

Brummer drehte sich auf seinem Stuhl hin und her. »Nichts Böses, wenn wir ihm glauben dürfen. Er ist Detektiv und wurde von ihrem amerikanischen Vater nach Deutschland geschickt, um sie ausfindig zu machen. Deswegen war er auch im Pflegeheim. Berthilde Feldmann konnte ihm nicht antworten, aber Schwester Mechthild hat ihm Sandras Adresse genannt. Angeblich geht es um ein beträchtliches Erbe.«

»Ah!«, rief sie aus. »Der reiche Onkel aus Amerika ist in diesem Fall der Vater.«

»Hört sich so an.«

»Und Sandras angeblicher Bruder?«, erinnerte sie ihn.

Er nickte. »Der ist noch abgängig.«

Abgängig, dachte Frieda, so konnte man es auch nennen, wenn man nichts wusste. Wenn man keine Ahnung hatte. Wenn man vorgab, als wäre man allwissend. Frieda fühlte, wie Wut in ihr aufstieg. Es fiel ihr schwer, freundlich zu bleiben. Brummer war nicht kollegial, er war patriarchal. Und das hasste sie. Sie war ein gebranntes Kind. Sie dachte, ihrem Vater entkommen zu sein, und lief nun in die Arme eines Kollegen, der nicht viel besser war. Brummer zu entkommen, hielt sie für aussichtslos, wenn sie sich nicht versetzen lassen wollte. Und das konnte sie sich nicht leisten. Nicht nach vierzehn Tagen im Dienst. Nein, sie musste den Kampf gegen ihn schon aufnehmen.

Sie spürte, dass er sie beobachtete, erwiderte kurz seinen Blick, ehe sie sich abwandte und ihren Rechner hochfahren ließ. Es gab ihm Augenblick nicht viel anderes zu tun.

»Harper sprach von einem Unbekannten«, hörte sie Brummer sagen, »der ebenfalls auf der Suche nach Sandra ist und ihm bei seinen Recherchen immer einen Schritt voraus war.«

»So«, machte Frieda.

»Und von jemandem, der sich bei der alten Berthilde Feldmann als ihre große erste Liebe ausgegeben hat.«

»So.«

»Diese große erste Liebe ist Harpers Auftraggeber.«

Frieda nahm die Hände von der Tastatur und sagte: »Nein.«

Brummer nickte beifällig. »Doch. Daniel Weinberg, der aber – laut Tony Harper – viel zu krank ist, um zu reisen.«

»Seltsam«, sagte Frieda.

»Das sehe ich auch so«, sagte Brummer.

Die Tür wurde aufgerissen.

»Das Hotelzimmer ist sauber«, rief der Mann, der seinen Kopf kurz hereinsteckte. »Keine Waffen, kein Rauschgift, kein Medaillon. Nur ein Miet-Fahrrad hat der Mann sich klauen lassen, hat aber den Schaden schon ersetzt.«

Brummer konnte gerade noch »Danke« rufen, da fiel die Tür schon wieder ins Schloss. »Jetzt fehlen noch Neugebauers Ergebnisse.«

»Und dann lassen wir Harper gehen?«, fragte Frieda.

»Nein. Dann fahren wir in die Reinaldstraße und reden mit Sandra Feldmann.«

Frieda hielt den Atem an. Sandra war nicht in der Reinaldstraße. Ob sie noch im Forsthaus war, konnte Frieda nur hoffen. Vielleicht war sie getürmt, weil es ihr zu lange dauerte, auf Sonja Senger zu warten. Vielleicht hatte Sonja Senger sie auch rausgeschmissen. Frieda erhob sich und wischte den Schweiß von ihren Handflächen an den Jeans ab.

»Was hast du?«, hörte sie Brummer fragen.

»Ich?«

Er blickte sich um. »Wer sonst?«

»Ich? Nichts. Was soll ich haben? Ich muss mal kurz vor die Tür.«

Auf dem WC trat sie ans Waschbecken, und ehe sie sich im Spiegel betrachten konnte, bückte sie sich, drehte den Hahn auf und schlug kaltes Wasser in ihr Gesicht – so lange, bis sie das Gefühl hatte, dass ihre Hände abstarben. Sie richtete sich auf, riss einige Papierhandtücher ab und trocknete ihr Gesicht ab. Im Spiegel blickte ihr eine verstörte Frieda entgegen, die aussah, als hätte sie zu lange in der Sonne gelegen. So konnte sie nicht zu Brummer zurückgehen. Sie betrat eine WC-Kabine, schloss sich ein und setzte sich auf den Toilettendeckel. Sie stützte die Ellbogen auf die Knie, legte ihr Gesicht in die Hände und versuchte sich zu beruhigen. Was sollte schon passieren? Eine Strafpredigt – na und, es wäre nicht die erste in ihrem Leben. Sie war mit Strafpredigten groß geworden. Ihr Vater war Spezialist darin, all ihre Sünden in einer langen, nicht enden wollenden Rede aufzuzählen. Schlimm würde es für sie erst werden, wenn Sandra nicht mehr bei Sonja im Forsthaus war. Sie zog ihr Smartphone aus der Gesäßtasche und versuchte, Sonja Sengers Telefonnummer zu googeln, aber es gelang ihr nicht.

Eine Frau betrat das WC. Frieda hörte, wie sie die Toilette benutzte, sich die Hände wusch und wieder ging. Sie schien auf Schuhen mit hohem Absatz zu gehen. Frieda kannte nur eine Frau auf diesem Flur, die

Pumps trug. Sie folgte ihr bis ins Sekretariat und bat sie um die Telefonnummer von Sonja Senger.

»Aber die ist doch gar nicht mehr bei uns.«

»Ich weiß, aber ich muss sie trotzdem sprechen. Es ist privat.«

Mit der ergatterten Telefonnummer ging Frieda hinaus auf den Parkplatz und wählte. Sonja Senger ging ans Telefon, als der Anrufbeantworter schon angesprungen war.

»Hier ist Kommissarin Stein.«

»Na und?«, fragte Sonja Senger ungeduldig.

»Ist Sandra Feldmann bei Ihnen?«

»Das kann man wohl sagen.«

»Stört Sie sie sehr?«

»Quatsch! Sie heult sich die Augen aus dem Kopf.«

»Warum denn?«

»Wir haben eine kleine Runde gedreht, wirklich nur eine kleine, eine halbe Stunde waren wir weg und ich habe ein paar Zweige für meinen Ofen gesammelt. Aber als wir eben zurückkamen, lag unten auf dem Tisch ein Medaillon, das sie …«

»Ein Medaillon?«, schrie Frieda.

»Wenn Sie mich ausreden lassen würden, dann …«

»Lassen Sie Sandra nicht gehen. Auf keinen Fall. Bitte, ja?«

Als Frieda Atem holte, flüsterte Sonja Senger. »Ich glaube, es ist jemand im Haus.«

»Sie müssen vorsichtig sein. Wir sind sofort bei ihnen. Haben Sie noch Ihre Pistole?«

Der Knall, der von Wolfgarten via Funk nach Euskirchen Friedas linkes Ohr den Rest gab, klang wie ein

Schuss. Danach herrschte Stille. Frieda wechselte das Handy zum anderen Ohr. Dort war ebenfalls Stille. Sie blickte auf das Display. Das Gespräch war beendet. Die Alarmglocken schrillten in ihrem Kopf.

Sie stürzte ins Gebäude, flog über den Flur, stürmte in ihr Büro, wo inzwischen auch Neugebauer eingetroffen war und einen Kaffee kochte. Auf einem Stuhl unterm Fenster saß ein selbstzufriedener Tony Harper.

»Wir müssen sofort nach Wolfgarten«, rief Frieda aufgelöst. »Alle! Und wir brauchen Verstärkung. Sofort!« Die Herren blickten sie fragend an. »Ich erkläre es euch unterwegs. Bitte! Beeilt euch!«

»Geht's um Leben oder Tod?«, fragte Neugebauer spitz.

»Er ist im Forsthaus und schießt um sich.«

20. Kapitel

Währenddessen verteidigte Hauptkommissarin Sonja Senger a.D. ihr Forsthaus mit Vehemenz. Der Knall, den Kommissarin Friederike Stein im Telefon gehört hatte, war tatsächlich ein Schuss gewesen. So ohrenbetäubend metallen, schrill und nah, dass es sich nur um wenige Meter handeln konnte, die Sonja Senger und Sandra Feldmann von dem Schießwütigen trennten.

Beide Frauen saßen wir erstarrt in der Wohnküche. Sonja lauschte, Sandra hielt den Atem an. Das Problem war nicht, dass Sonja Senger ihre Walther P99 abgegeben hatte, als sie in den Ruhestand getreten war. Denn, selbst wenn es nicht so wäre, so befände diese sich an ihrem üblichen Aufbewahrungsort, oben im Schlafzimmer im Schrank, oberstes Fach hinter den Pullovern. Unerreichbar – wenn der Feind irgendwo im Erdgeschoss herumtobte. Und das tat er.

Auf den Schuss folgte ein Rumpeln. Als sei ein Bär in einer Speisekammer gefangen. Der Bär räumte auf. Den scheppernden und klirrenden Geräuschen nach zu urteilen, tat er das im Abstellraum, dessen Zugang sich unter der Stiege befand. Der Abstellraum hatte es nötig, aber nicht auf diese Weise.

Dorthin hatte Sonja nach dem kleinen Spaziergang mit Sandra schnell und ohne hinzusehen die Zweige, die sie unterwegs gesammelt hatte, auf den Reisigberg hinter der Metalltür geworfen und abgeschlossen. Ihr war nicht aufgefallen, ob sie offenstand, als sie und Sandra vom Spaziergang zurückkehrten. Sie hatte andere Sorgen, sie war ins Gespräch vertieft, Sandras schicksalhafte Erlebnisse hatten Sonja tief berührt.

So hatte es geschehen können, dass Sonja den Eindringling, ohne es zu wissen, in den Abstellraum eingesperrt hatte. Mit dem Schuss hatte er vermutlich versucht das Schloss der Metalltür aufzuschießen. Entweder hatte er nun keine Munition mehr oder eingesehen, dass die Tür uneinnehmbar war. Stattdessen rumpelte er schrecklich im Abstellraum herum. Der Raum war ohne Fenster, das Deckenlicht seit langer Zeit defekt. Vielleicht war er klaustrophobisch veranlagt.

Sonja erhob sich lautlos, legte den Finger auf den Mund und schlich auf Zehenspitzen in den Windfang. Sie hielt sich an den Stufen der Holzstiege fest, als sie um die Ecke Richtung Abstellraum linste. Der Schlüssel steckte. In Höhe der Klinke prangte ein ausgefranstes Schussloch im Türblatt.

Sonja ging vor der Metalltür in die Knie und umkreiste mit ihrem Gesicht das Schussloch. Für eine Sekunde gelang es ihr hindurchzusehen. Aber diese Sekunde reichte nicht aus, um etwas anderes als Finsternis zu erkennen. Als sie es ein zweites Mal versuchen wollte, bohrte sich eine Eisenstange durch das Loch, die um Haaresbreite Sonjas Wange verfehlte. Sie wich erschrocken zurück und duckte sich. Als Fäuste und Stiefel wie wild gegen das Türblatt hämmerten und traten, machte sie, dass sie davonkam.

Sandra kauerte hinter dem Kachelofen. Ihre Hände vor der Brust hielten das heiß geliebte Medaillon umfasst, nur die kleine, goldene Kette baumelte heraus. »Das ist er wieder!«, flüsterte sie.

»Wer?«

»*Er.*«

Soweit, so gut, dachte Sonja. Aus Sandras Berichten war sie nicht ganz schlau geworden. Darüber, wer im Abstellraum randalierte, konnte sie nur spekulieren. Ein Blick auf die Uhr. Die Ex-Kollegen könnten eigentlich langsam auftauchen. Kommissarin Stein hatte sich nicht explizit angekündigt, aber Sonja ging selbstredend davon aus, dass sie aufgrund des Schussgeräusches alle im Anmarsch waren.

Die Tatsache, dass die rückwärtige Außenwand des Abstellraumes nur aus morschen Schalbrettern bestand, beunruhigte Sonja zunehmend. Wie lange würde das verrottete Holz der Randale standhalten? Sie überlegte, wie sie den Feind bis zum Eintreffen der Ex-Kollegen in Schach halten könnte. Am besten wäre es, ihn in ein Gespräch zu verwickeln.

Sie legte wieder den Finger auf den Mund und ließ Sandra allein. Die Eisenstange steckte noch im Türblatt. Sonja zog sie heraus und legte sie beiseite. Hinter der Metalltür rumpelte es noch. Die Abstände waren aber größer geworden. Sonja klopfte an das Türblatt. Stille. Sie klopfte noch einmal.

»Hallo?«, rief sie. »Können Sie mich hören?«

Stille.

»Wer sind Sie?«

Ein Flüstern hinter der Tür.

»Was machen Sie in meinem Abstellraum?«

Ein Rascheln.

Verdursten musste er nicht. Ein Kasten Wasser und ein Kasten Bier – das gute Eifeler Landbier – und einige Rotweinflaschen würden das Ärgste verhindern.

Sonja hämmerte gegen die Tür. »Leben Sie noch?«

»*Fuck off*«, stieß eine männliche Stimme hasserfüllt hervor. Er schien an der Tür zu lehnen, denn Sonja hatte das Gefühl, dass er seinen heißen Atem durch das Schussloch presste.

»Wie Sie meinen«, murmelte sie und wandte sich ab. Der Feind war ein wortkarger Mann, der keinerlei Manieren hatte .

Als sie in die Wohnküche zurückkehrte, vernahm sie in der Ferne endlich den Signalton eines Krankenwagens. Erleichtert trat sie ans Fenster und sah hinaus. Ein PKW näherte sich in eine Staubwolke gehüllt und bremste vor dem Gartenzaun mit blockierenden Reifen ab. Der Reihe nach entstiegen Brummer, Neugebauer, ein unbekannter Mann mit langen, grauen Haaren und … Roggenmeier!

Sie konnte es nicht fassen! Hauptkommissar Hans Roggenmeier! Er wagte es hierherzukommen?! Er war noch nie hier gewesen. Sie war außer sich. Er trug ein Megaphon, was hatte er vor? Und wo war bloß Friederike Stein?

Hinter der Metalltür war es seltsam still, als Sonja dem Einsatzkommando entgegenging. Sie öffnete vorsichtig die Haustür und blickte direkt in Brummers Gesicht. Er sah besorgt aus.

Er streckte die Hand aus. »Gib mir deine Pistole.«

Fragend blickte sie ihn an.

»Frieda sagt, du würdest in der Gegend herumschießen.«

»Ich doch nicht.« Sie zeigte hinter sich zum Abstellraum. »Er.«

»Bist du in Ordnung?«, fragte er.

Sie legte den Finger auf den Mund und nickte.

»Sandra auch«, flüsterte sie.

»Sandra?«, zischte er. »Wieso ist die denn hier?«

Flüstern: »Willst du das jetzt ausdiskutieren?«

Ein Getöse enthob ihn einer Antwort. Es hörte sich an, als bräche der Dachstuhl über dem Forsthaus zusammen.

»Am besten geht ihr zwei nach oben«, flüsterte Brummer.

Obwohl Sonja der Gedanke missfiel, nicht mitten im Geschehen zu sein, gab sie nach. Die Zeiten waren eben vorbei. Und wer wusste schon, wozu das gut war. Nur eines wollte sie noch wissen.

»Wo bleibt Frieda?«

»Keine Ahnung.«

Während Sonja sich oben in ihrem Schlafzimmer mit Sandra Feldmann verschanzte, musste sie mit anhören, wie Roggenmeier und die Ex-Kollegen unten agierten. Einer fiel über die Eisenstange und fluchte.

»Wir kommen jetzt rein!«, hörte sie Roggenmeier ins Megaphon rufen.

Keine Reaktion.

»Lassen Sie Ihre Waffe fallen und heben Sie die Hände über den Kopf.«

Einer drehte den Schlüssel um und zog die Tür auf. Deutlich hörte Sonja, wie das Türblatt über den Holzboden schabte. Offensichtlich war man da unten mit Taschenlampen ausgerüstet, sonst wäre man sicher nicht so schnell zu dem Urteil gekommen: »Scheiße! Der Vogel ist ausgeflogen!«

Sonja stürmte ans Dachfenster, wo Sandra stand und Kommissarin Stein erspähte, die just in diesem Augenblick mit ihrem alten, grünen Golf das Forsthaus erreichte.

Roggenmeier hatte beschlossen, Brummer und Neugebauer nach Wolfgarten zu begleiten. Tony Harper hatte den dreien glaubhaft versichert, dass er bei der Feststellung der Identität des Täters von großem Nutzen sein würde. Frieda Stein nahm in weiser Voraussicht ihren Dienstwagen, weil sie davon ausging, Sandra Feldmann auf dem Rückweg zu transportieren, was die vier Herren nicht ahnen konnten. Nicht bedacht hatte sie allerdings, dass sie auf diese Weise keine Zeit mehr hatte, sie darauf vorzubereiten, dass sie Sandra im Forsthaus antreffen würden.

Eine verfahrene Situation, nein, es war eine beschissene Situation. Hinzu kam, dass Frieda am Morgen mit rot aufblinkender Benzin-Reserveanzeige im Kommissariat gelandet war und in aller Ruhe auf dem Heimweg tanken wollte. Von Ruhe konnte nun keine Rede mehr sein. Stadtauswärts, auf der Kommerner Straße, hatte sie an der *Total Station* Halt gemacht. Alle Zapfsäulen waren belegt. Sie reihte sich in die Schlange ein und stellte sich vor, zehn Liegestütze, zehn Sit-ups und zehn Kniebeugen zu machen. Es half nichts.

Als der erste Fahrer endlich den Shop verließ, notierte er erst in aller Ruhe den Kilometerstand, ehe er davonfuhr und Frieda seine Nachfolge antreten konnte. Das Benzin lief langsamer als sonst, der Tank war größer als sonst. Die Kassiererin wollte ihr eine Payback-Karte andrehen, und die Kommerner Straße war dicht. Die ganze Welt schien sich gegen Frieda verschworen zu haben.

Aber als sie Sonja Senger und Sandra Feldmann am Dachfenster des Forsthauses stehen sah, war sie beruhigt. Sie winkte ihnen zu. Anstatt erfreut zurückzuwinken, fuchtelte Sonja Senger plötzlich mit den Armen herum und zeigte zum abgemähten Stoppelfeld, wo eine dunkle Gestalt umherirrte und auf das Unterholz des nächsten Waldstückes zustrebte.

In der nächsten Sekunde sprang Frieda aus dem Auto, riss ihre Pistole aus dem Holster, machte einen Riesensatz über die Böschung und jagte ihm hinterher.

Der Mann wurde schneller und geschickter, er lief um sein Leben und verschwand hinter die erste Baumreihe.

»Polizei! Stehen bleiben oder ich schieße!«

Frieda trieb ihn weiter ins Dickicht hinein. Die Baumstämme waren wie ein Labyrinth. Er galoppierte Haken schlagend umher und geriet wieder hinaus aufs Feld. Frieda nur wenige Meter hinter ihm.

»Polizei! Stehen bleiben oder ich schieße!«

Brummer und Neugebauer kamen aus entgegengesetzter Richtung auf sie zu. Er bog ab, strauchelte, irrte zwischen den Kommissaren umher wie ein aufge-scheuchtes Reh. Gehetzt blickte er sich um. Es gelang ihnen nicht, ihn einzuzingeln. Frieda rief es ein letztes Mal, ehe sie selbst stehen blieb, heftig atmend auf seine Beine zielte, den Finger um den Abzug legte und … schoss. Er schrie auf, reckte die Arme, stolperte und fiel mit dem Gesicht ins Stoppelfeld.

Frieda widerstand dem Rückschlag, senkte die Pisto-le, lief zu ihm, warf sich neben ihn und starrte aufgelöst auf seine Wade. Sie fühlte sich nicht imstande, irgendet-was anderes zu tun. Sie hatte keine Wahl gehabt. Er wäre ihr entkommen, wenn sie nicht geschossen hätte. Die Kollegen waren noch viel zu weit entfernt. Die Ent-scheidung war in dem Bruchteil einer Sekunde gefallen.

Ihr Schuss hatte den rechten Unterschenkel eines schmächtigen, nicht besonders großen Mannes getrof-fen. Seine rotblonden, raspelkurzen Haare waren schweißnass, man konnte bis auf seine Kopfhaut sehen. In der Kapuze seines blaugrauen Sweatshirts hatten sich Zweige und Blätter verfangen. In Höhe der Wade, sickerte dunkelrot das Blut hervor, rann über seine schwarze Jeans und die Socken in die lehmverschmier-ten Sportschuhe.

Als Frieda den Mann vorsichtig umdrehte, sah sie, dass die Vorderseite seines Unterschenkels unverletzt war. Das Projektil war demnach nicht auf der anderen Seite wieder ausgetreten, sondern steckte noch im Bein.

Brummer, Neugebauer und Harper erreichten fast gleichzeitig keuchend den Verletzten.

Harper beugte sich zu ihm herab. »Ich kenne ihn«, stieß er hervor.

»Verraten Sie uns auch seinen Namen?«, herrschte Brummer ihn an.«

»Ich weiß nicht, wie er heißt, aber ich glaube, ich habe ihn gesehen, als ich meinen Auftrag in Springfield erhielt. Er hat mir die Tür geöffnet.«

»Aha, Sie glauben«, sagte Brummer. »Geben Sie uns mal lieber Ihren Schal.«

»Jetzt erinnere ich mich, er ist auch der Mann im Auto … glaube ich.«

Neugebauer hob am Waldrand ein kurzes, dickes Aststück auf. Brummer nahm sein Taschenmesser und schnitt die Jeans auf. In Gemeinschaftsarbeit legten sie ziemlich fachmännisch mithilfe des Schals einen Druckverband an, während Frieda immer noch nichts anderes als zusehen konnte.

»Wir brauchen einen Krankenwagen«, stieß sie endlich hervor. Ihre größte Furcht war, dass dieser Mann eine Sepsis bekommen könnte. Hier war nichts hygienisch. Hier musste es nur so wimmeln von Bakterien und Viren.

»Das wird der Chef längst getan haben«, beruhigte Neugebauer sie.

»Hoffentlich«, brummte Brummer.

Der Mann knirschte mit den Zähnen und spuckte Erde und Grashalme aus. Nasenspitze, Wangen und Stirn waren dreckverschmiert. Brummer und Neugebauer fassten ihn unter den Schultern und zogen ihn in die Höhe. Während Brummer ihn festhielt, tastete Neugebauer ihn ab. Auf dem Weg ins Forsthaus ließ er sich von den beiden Kommissaren eher tragen als führen. Das verletzte rechte Bein zog er an, das linke ließ er schleifen.

Vor dem Forsthaus warteten Roggenmeier und Sonja Senger. Demonstrativ blickten sie in verschiedene Richtungen. Sandra Feldmann saß wie ein Bollwerk zwischen ihnen. Sie trug das lang vermisste Medaillon um ihren Hals. Der smaragdgrüne, ovale Deckel und der Goldrand blinkten bei jeder Bewegung auf. Brummer und Neugebauer führten den Verletzten auf direktem Wege auf sie zu. Als er vor ihr stand, ließen sie ihn für einen Moment los, er schwankte, fast wäre er umgefallen. Vorsichtig setzte er seinen rechten Fuß auf. Aber anstatt sein Gesicht schmerzhaft zu verziehen, grinste er Sandra an.

»*Hey, little sister*«, sagte er.

Angewidert wandte Sandra den Blick ab.

Harper trat unruhig von einem Bein aufs andere. Brummer und Neugebauer führten den Verletzten zur Ofenbank und klemmten sich neben ihn. Roggenmeier und Harper nahmen ihre Position ihnen gegenüber ein. Sonja und Sandra stellten sich in die zweite Reihe. Frieda fand einen Platz in der dahinter. Die Vorstellung konnte beginnen.

Der Vorgarten des Forsthauses am Ende der Stromleitung hatte noch nie so viele Menschen auf einmal gesehen. Ein kleiner, hellblauer Schmetterling hatte sich verirrt und flatterte aufgeregt um die vielen Köpfe herum, ehe eine Windbö ihn davontrug.

»Wer führt das Verhör?«, wollte Roggenmeier wissen.

»Ich!«, Frieda musste sich nicht recken, um über die Köpfe der anderen hinwegzublicken.

»Von mir aus. Versuchen Sie es! Sie können beginnen.«

»Und der Krankenwagen?«, fragte sie und trat hervor.

Brummer fegte ihren Einwand beiseite.

»Gut«, sagte sie, um Zeit zu gewinnen. Sie stellte das Mikro ihres Smartphones an und stellte die erste Frage an den Verletzten. »Wie heißen Sie?«

»Dr. Steven Weinberg«, antwortete er mit einer erstaunlich jungenhaften Stimme. Er sprach seinen Namen englisch aus. Um seinen kleinen, schmalen Mund lag ein zynischen Lächeln, als seine Blicke von einem zum anderen huschten. Er schien die Reaktionen zu genießen.

Sandra schlug eine Hand vor den Mund und wurde kreidebleich. Harper entfuhr ein Aufschrei. Er rang nach Luft und hielt sich an Roggenmeier fest, der ihn abschüttelte wie eine lästige Fliege.

Steven Weinberg grinste Harper an und stieß ein paar schnelle, genuschelte Sätze auf Englisch hervor, die keiner außer den beiden verstand. Nur die Worte Wittlich und Euskirchen stachen hervor.

»Können Sie sich ausweisen?«, fragte Frieda.

Er sah sie fragend an.

»Pass?«

Ohne zu zögern, griff er in die Gesäßtasche seiner Jeans und reichte Frieda seinen Ausweis.

»Steven Weinberg«, las sie vor.

»Dr. Steven Weinberg«, berichtigte er sie.

»Aus den USA, aus der Stadt Springfield. Und Sie, Harper, kommen auch aus den USA.«

»Ja, aus Albany«, bestätigte Harper.

»Wie weit liegen diese beiden Städte etwa voneinander entfernt?«, fragte Frieda den jungen Steven Weinberg.

»Albany liegt im Bundesstaat New York. Springfield in Massachusetts. Das sind Nachbarstaaten«, dozierte Weinberg.

Frieda wandte sich Harper zu.

»Etwa 80 Meilen«, antwortete dieser.

»Danke«, sagte Frieda. »Sie sind Detektiv, nicht wahr?«

Harper nickte.

»Wie heißt Ihr Auftraggeber?«

»Daniel Weinberg.«

Sandra stieß einen kurzen, spitzen Schrei aus.

Frieda wandte sich ihr zu. »Wie heißt noch gleich Ihr Vater?«

»Daniel«, stammelte Sandra. »Daniel Weinberg.«

Steven Weinberg wurde ungehalten. »Dr. Daniel Weinberg, *please!*«

Frieda beachtete seinen Einwand nicht und fragte Harper: »Und warum hat Daniel Weinberg Sie nach Deutschland geschickt?«

»Weil ich den Sohn finden sollte, den Berthilde Feldmann von ihm erwartete, als er das Land verließ.« Harper scharrte mit einem Fuß im Boden und vermied den Blickkontakt zu Sandra. »Er hat sich so sehr gewünscht, dass es ein Junge ist.«

Sandras Finger spielten nervös mit dem Medaillon. »Bin ich aber nicht! Tut mir leid!«

»Warum wollte er unbedingt einen Sohn?«, fragte Frieda.

»Er sucht einen Erben für seine Firma. Es handelt sich um ein großes Forschungszentrum, das *Weinberg Research Center*. Kurz WRC. Der Sohn sollte sein Nachfolger werden. Etwas anderes konnte er sich wohl nicht vorstellen. Er ist etwas *old school*, wissen Sie?«

»Aber er hat doch einen Sohn!«, rief Frieda mit gespielter Verwunderung und richtete ihren Finger auf Steven. »Und was für einen! Und er kann stolz auf ihn sein.«

Nun war es an Steven Weinberg, hysterisch zu lachen.

»Das habe ich damals nicht gewusst«, sagte Harper.

»Gut«, wiederholte Frieda nervös, um Zeit zu gewinnen und sich zu sammeln. Sie presste die Handflächen gegeneinander. Sie waren schweißnass und klebten. Es war nicht ihr erstes Verhör. Aber das erste vor einer versammelten Mannschaft, aus dem Stegreif und an der frischen Luft. Sie wandte sich wieder Steven Weinberg zu. »Haben Sie Berthilde Feldmann mit dem Kopfkissen erstickt?«

Er nickte, ohne den Blick zu senken. »*Sorry*. Ich wollte sie nicht in ihrem Bett umbringen, ich wollte sie überhaupt nicht umbringen, ich wollte sie entführen und Sandra erpressen«, sagte der Mann starkem Akzent.

»Das ist natürlich etwas anderes«, stellte Frieda fest.

»Psst!«, machte Brummer. »Lass ihn reden.«

»Aber auf dem Weg aus dem Heim hat sie einen Anfall bekommen und so laut herumgeschrien, dass ich sie in ihr Zimmer zurückbringen musste. Und dort hat sie plötzlich gemerkt, dass ich nicht ihr heißgeliebter Daniel bin und schrie noch mehr. Unten haben die alten Leute gesungen, aber …«

»Niemand hat sie gesehen?«, fragte Frieda ungläubig.

»Da lief dieses Event, es gab viel Durcheinander. Es war nicht schwer, nicht aufzufallen.«

Schreie fielen vom Himmel. Er blickte nach oben, alle anderen folgten seinem Beispiel. Weiße, lang gestreckte Kraniche flogen in einer V-Formation gen Süden, begleitet von ihren typischen, trompetenartigen Rufen.

Als es verklungen war, fragte Frieda: »Wäre Sandra die Nächste gewesen?«

»Wer weiß«, meinte Steven.

»Vielleicht hätte sie das Erbe gar nicht antreten wollen?«

»Natürlich hätte sie das. Sie wissen nicht, wovon Sie sprechen. Das WRC ist ein milliardenschweres Unternehmen. Niemand lässt sich so etwas entgehen. Erst recht nicht eine kleine Blumenverkäuferin. Aber eine Blumenverkäuferin würde das WRC über kurz oder lang in den Ruin treiben.« Seine Stimme wurde plötzlich weich, er senkte den Kopf. »Das konnte ich nicht zulassen.«

Das Auftauchen des Krankenwagens kam ihm zu Hilfe. Sanitäter halfen ihm in den Krankenwagen. Die Türen schlossen sich hinter ihm. Die Untersuchung seines Beines fand ohne Publikum statt. Das verschaffte auch den anderen eine kleine Pause. Zeit zum Luftholen.

Frieda entfernte sich ein wenig von der Versammlung, ging ein paar Schritte ziellos auf dem Feldweg auf und ab, dankbar, dass ihr niemand folgte und man sie in Ruhe ließ. Sie wollte sich weitere Fragen zurechtlegen, aber ihr Kopf war leer. Leer wie ein Tanzsaal.

Als sich eine Hand auf ihre Schulter legte, fuhr sie erschrocken herum. Sonja Senger stand vor ihr.

»Fragen Sie ihn, warum sein Vater ihn verstoßen hat!«

Frieda rang die Hände. Diese Frage hatte sie sich auch gestellt. Dankbar nickte sie Sonja zu. »Ich verstehe das alles nicht. Wie kann es sein, dass ein reicher und gebildeter Mann zu solchen Mitteln greift, er hätte Sandra doch eine Abfindung anbieten können. Er hat doch Geld ohne Ende.«

Sonja winkte ab. »Nein. Nein. Nein. Das hat mit Bildung nichts zu tun. Er wollte den verhassten deutschen Familienzweig der Weinbergs vernichten. Er wollte, dass Sandra nicht mehr existierte. Etwas anderes konnte er sich nicht vorstellen. Sonst würde er nie zur Ruhe kommen. Weg, weg, weg damit.«

»Ein Getriebener?«, fragte Frieda beeindruckt.

»Ja, wie ein Getriebener«, bestätigte Sonja.

»Konnte er deswegen auch aus Ihrem Forsthaus entwischen?«, fragte Frieda und schaffte ein Lächeln.

Sonja breitete hilflos die Arme aus. »Er hat die Rückwand des Abstellraumes aufgebrochen. Dazu brauchte es nicht viel Kraft. Ich hätte mich längst um die alte, morsche Holzverschalung kümmern müssen, aber wie gesagt, hier geht alles den Bach runter.«

»Sobald das hier erledigt ist«, versprach Frieda, »komm ich raus zu Ihnen und helfe Ihnen, aber nur …«

»Aber nur?«, fragte Sonja.

»Wenn Sie mir auch helfen.«

»Wie könnte ich?«

»Eine Frau mit Ihrer Erfahrung, die schickt man doch nicht einfach in Pension! Das ist doch eine Katastrophe! Das ist doch …«

»Das ist das Gesetz«, antwortete Sonja.

»Ich scheiß auf das Gesetz!«, fluchte Frieda.

»TzTzTz«, machte Sonja und hakte sich bei Frieda unter. »Ich bin a. D. Basta.«

»Das werden wir noch sehen.«

Sandra lehnte etwas entfernt an einer Hausecke. Das Medaillon war unter ihrem Shirt verschwunden. Harper wanderte im Vorgarten umher. Steven Weinberg saß mit einem blütenweißen Verband am rechten Bein und weinerlicher Miene wieder zwischen Brummer und Neugebauer.

Der Notarzt erklärte, dass er den Verletzten nun ins Marien-Hospital fahren lassen würde, damit das Projektil unter hygienischen Bedingungen entfernt werden könne. Roggenmeier verkündete, dass das Verhör im Kommissariat fortgesetzt werden sollte. Er habe keine Lust, den ganzen Tag in der Kälte vor einem Forsthaus am Ende der Welt herumzustehen, wo jeden Augenblick ein Unwetter heruntergehen konnte. Mit keinem Wort erwähnte er, ob er mit dem bisherigen Verlauf zufrieden war und drückte Frieda nebenbei ein kleines Päckchen in die Hand.

Es handelte sich um einen kleinen Stapel Visitenkarten, zusammengehalten von einem roten Haushaltsgummi. Schwarz auf weiß stand da, dass Friederike Stein Kommissarin und wirklich und offiziell ein Teil des Kriminalkommissariats der Polizeibehörde Euskirchen war.

»Einen Augenblick noch. Ehe das Unwetter kommt«, sagte Frieda. Widerwillig schaute Roggenmeier in die Ferne, als wollte er Regen, Sturm und Hagel herbeiwünschen. »Würden Sie uns den Namen Ihrer Mutter nennen, Dr. Weinberg?«

»Kathleen. Dr. Kathleen Weinberg.«

»Wissen Sie«, spekulierte Frieda drauflos. »Ich glaube, Sie wollten diesen unseligen, nicht-akademischen, deutschen Zweig der Familie vernichten, weil er nicht in Ihre vornehme Ärzte-Sippe passt!«

Steven Weinberg zeigte den Anflug eines Lächelns. »Gar nicht schlecht. Aber wir sind keine Ärzte, sondern Biologen, Genetiker, Stammzellenforscher, Biochemiker ....«

»Auf jeden Fall alles feine Doctores!«, unterbrach Frieda ihn schnippisch.

Er lächelte mitleidig. »Neidisch?«

Sie überging die Frage. »Ich nehme an, Sie arbeiten auch im WRC?«

»Ja, natürlich.«

»Warum werden Sie nicht der Nachfolger Ihres Vaters?«

Er verzog den Mund.

»Warum hat er Sie verstoßen?«

»Ich verstehe nicht.«

»Warum hat er Sie enterbt?«

»Wie bitte?« Seine Deutschkenntnisse schienen sich plötzlich verflüchtigt zu haben.

Harper sprang Frieda zur Seite und schleuderte ihm einen Haufen englischer Worte entgegen. Steven Weinberg konterte. Es ging hin und her.

»Wir brauchen einen Übersetzer«, lamentierte Roggenmeier.

»Sie vielleicht«, zischte Sonja hinter ihm. »Alle anderen sprechen hier fließend englisch.«

Er rieb sich das Ohr, als hätte er sich verhört.

Tony Harper resümierte: »Es war an seinem 18. Geburtstag. Seine Mutter und ihr Pferd stürzten. Sie überlebte nicht. Sein Vater gab ihm die Schuld. So einfach war das.« Er holte tief Luft und ergriff Stevens Partei, als er erklärte: »Aber es war kein Mord, es war ein Unfall.«

»Und Daniel Weinberg ein uneinsichtiger Vater«, schloss Frieda in logischer Konsequenz und erschrak, als die Worte ausgesprochen in der Luft hingen. Sie hatte mit diesem Satz mehr von ihrem eigenen Leben preisgegeben, als sie gewollt hatte. Schnell fügte sie eine weitere Frage an: »Wie haben Sie eigentlich von dem Auftrag an Tony Harper erfahren, Mr. Weinberg?«

»Er hat mich hereingelassen«, antwortete Tony an seiner Stelle. »Und dann …«

»Das reicht jetzt aber«, meldete sich Roggenmeier wieder zu Wort. »Mir ist kalt.« Er blickte in den Himmel, wo endlich dunkle Wolken aufzogen. »Es fängt jeden Moment an zu regnen.«

»Niemand hat Sie hergebeten«, zischte Sonja hinter ihm. Als er sich zur ihr umdrehte, fragte sie: »Hatten Sie etwa Sehnsucht nach mir?«

Er lächelte irritiert.

»Und ich dachte schon, ich sehe Sie nie wieder.« Sie bebte vor Zorn, bereit zu einem Wortgefecht.

Er kniff, wandte sich von ihr ab und knurrte: »Mit Ihnen hat man nur Probleme.«

»Haben Sie mich deswegen in den Ruhestand geschickt?«, rief sie ihm hinterher und stellte sich auf die Zehenspitzen.

»Psst!«, machte Brummer und legte ihr den Arm auf die Schulter. »Reg dich nicht auf. Sei froh, dass du ihn los bist. Und mach dir ein schönes Leben.«

»Haha.«

Auch Neugebauer musste seinen Beitrag leisten. »Anstatt dich in unsere Fälle zu mischen, genieße deine neue Freiheit. Geh doch zur Volkshochschule, mach eine Weltreise oder so was.« Dann packte er Steven Weinberg unter den Arm und führte ihn zum Krankenwagen, und die Sanitäter halfen ihm einzusteigen. Er legte sich auf die Trage, Neugebauer setzte sich neben ihn und betrachtete ihn.

»Ich habe mich überhaupt nicht eingemischt«, rief Sonja ihnen nach.

Die Türen wurden geschlossen, der Krankenwagen fuhr an. Als er hinter der Anhöhe verschwunden war, wandten sich die Hauptkommissare Roggenmeier und Brummer Frieda Stein zu. Sie sahen aus, als hätten sie vor, ein Hühnchen mit ihr zu rupfen.

»Sie können die Streife in der Reinaldstraße jetzt abziehen«, kam Frieda ihnen zuvor. Sie fühlte sich stark mit Sonja an ihrer Seite und den Visitenkarten in der Tasche.

»Sehr freundlich«, sagte Neugebauer.

Roggenmeier steckte seine Hände in die Hosentaschen. »Die Streife hat Sandra Feldmann also entwischen lassen, wie?«

Frieda blickte ihn fest an. »Nein, das hat sie nicht. Sandra wollte nicht zurück in ihre Wohnung. Ich konnte sie schlecht zwingen, also habe ich sie hierhergebracht.«

»Hierher? Was für eine absurde Idee.«

»Ich dachte, sie wäre hier sicher.«

»Sie sollen nicht denken …«, begann Roggenmeier und wippte auf den Fersen. Untrügliches Zeichen dafür, dass er zu einer Rede ansetzte.

»Und wir sollten jetzt fahren«, unterbrach Brummer ihn.

»Sie haben ja recht, Brummer«, sagte Roggenmeier. »Was rege ich mich hier auf. Es ist viel zu kalt zum Diskutieren.«

»Eben«, sagte Frieda, wandte sich Tony Harper zu und verabschiedete sich von ihm. »Fliegen Sie heute noch zurück?«

Er wurde blass und verschluckte sich. »Auf keinen Fall«, stieß er hervor. »Ich fliege zusammen mit Sandra Feldmann, hoffe ich wenigstens. Sie wird die Beerdigung ihrer Mutter abwarten wollen – also habe ich noch ein paar Tage hier in Euskirchen und ich kann endlich ins *Café Kramer* gehen.«

»Nun kommen Sie schon«, drängelte Roggenmeier, griff nach seinem Arm und zog ihn mit sich, ehe Frieda ihn fragen konnte, was es mit dem Café auf sich hatte.

Roggenmeier, Harper und Brummer kletterten ins Auto. Ein Kavalierstart und sie brausten davon, ein Staubwolke flog auf und hüllte die drei Frauen ein. Nachdem sie sich die Staubkörner aus den Augen gewischt hatten, bedankte Sandra sich bei Sonja Senger, ehe sie zu Friedas Golf hinüberging und sich auf den Beifahrersitz setzte. Sie holte das Medaillon aus ihrem T-Shirt, öffnete es und blickte lange hinein. Sie wischte mit dem Daumen über das Foto.

Frieda und Sonja standen nebeneinander und schienen nicht recht zu wissen, was sie sagen sollten.

»Tja«, meinte Frieda schließlich und bohrte die Spitze ihres Schuhs in den Staub. »Das war's dann wohl.«

Sonja hob mahnend einen Finger. »Sie haben versprochen, mir die Rückwand meines Abstellraumes zu reparieren.«

Frieda zog ihre erste Visitenkarte aus dem Bündel. Dass Sonja Senger die Erste war, der sie eine Karte überreichte, kam ihr symbolhaft vor. Ein geradezu feierlicher Moment. »Anruf genügt. Ich kann mir auch die Haustüre ansehen.«

»Auf keinen Fall«, widersprach Sonja und betrachtete die Karte. »Die Telefonnummer kommt mir irgendwie bekannt vor.« Frieda hob lachend die Schultern. »Aber die Haustüre bleibt, wie sie ist. Es gibt Dinge im Leben, die muss man nehmen, wie sie sind.«

»Es gibt sicher genug anderes zu tun. Aber das mache ich nur, wenn ...«

Sonja winkte ab. »Ich bin a. D.«

»Wussten Sie, dass das a. D. gar nicht ›außer Dienst‹ heißt, sondern ...«

»Sondern?«, fragte Sonja und legte den Kopf schief.

Nun galt es, das Kind beim richtigen Namen zu nennen. Aber Frieda war blockiert, ihr fiel nichts ein. Sie blickte in den Himmel, als ob von dort Ideen fallen.

»Außergewöhnlicher Dienst?«, schlug Sonja vor.

»Ja!«, Frieda lachte erleichtert auf. »Das hört sich doch gut an.«

Sie spürte, dass Sonja gerührt war. Ihr selbst ging es nicht viel anders. Zeit zu gehen.

Sonja sah dem grünen Golf lange nach. Aber das Gefühl von Verlassenheit stellte sich nicht wieder ein.

Auch nicht, als die ersten dicken Regentropfen fielen und sie ins Forsthaus zurückkehrte, wo niemand, nicht einmal West auf sie wartete. Ihn mussten die Menschenjagd, der Schuss und die ungewöhnliche Versammlung in seinem Vorgarten vertrieben haben. Zum Trost bereitete sie ihm ein besonderes Abendessen zu, eine Premiummarke für Senioren, das sie mit einem Petersiliensträußchen garnierte. Sie stellte den Napf auf seinen Stammplatz und sagte: »Außergewöhnlicher Dienst.«

Dann setzte sie sich in ihren Ohrensessel, zog den Hocker heran und wartete auf Wests Heimkehr. Beine hoch und Ruhe im Forsthaus.

21. Kapitel

Zwei Wochen später saßen Tony Harper und Sandra Feldmann im Flugzeug nebeneinander. Sie hatten eine Reisezeit von fast dreizehn Stunden bis Albany vor sich, mit Zwischenstopps in London und Philadelphia. Beim Start in Düsseldorf hatte sich Tony an Sandras Hand, die auf der Lehne lag, geklammert und es vermieden, aus dem Fenster zu sehen. Auch als die Warnzeichen über seinem Kopf erloschen, ließ er sie nicht los.

Und sie ließ ihn gewähren, das Eifelmädchen.

Das war die einzige Art der Kommunikation, die zwischen ihnen stattfand. Schwer zu sagen, wem von den beiden es schlechter ging. Hier und jetzt mit Sandra an seiner Seite und seiner Hand auf ihrer, da konnte Tony seine Flugangst einigermaßen beherrschen. Keine Übelkeit, keine Panik, keine Schweißausbrüche – dankbar blickte er zu ihr. Wer sie noch vor ein paar Tagen gesehen hätte, hätte sie nicht wiedererkannt.

Sie trug ganz selbstverständlich ein dunkelblaues Business-Kostüm mit einer weißen Bluse, hatte die blonden Haare hochgesteckt und die Pumps saßen wie angegossen. Sie hatte sich geschminkt, zart und fast unsichtbar. Sie trug winzige, silberne Ohrstecker. Eine schmale Aktenmappe aus edlem Leder lag auf ihrem Schoß, aus der sie das Hochglanzprospekt des *Weinberg Research Center* genommen hatte, das ihr Vater Tony Harper überlassen hatte. Mit der Hand, die Tony Harper nicht krampfhaft festhielt, blätterte sie durch bunte Grafiken, Gliederungen, Spalten und Tabellen. Sie sah aus wie eine dieser unzähligen, wichtigen Frauen aus den Vorstandsetagen, die um die Welt reisten, um die Welt zu bewegen.

Wer hatte ihr bloß diesen Tipp gegeben? Wer hatte aus der kleinen Blumenverkäuferin im Handumdrehen eine Frau von Welt gemacht? Zwei Frauen traute Tony die Metamorphose zu. Und sie hatten gut daran getan. Frei nach der Devise: *Es gibt keine zweite Chance für den ersten Eindruck.* Abgerechnet wurden die Kosten über Harpers Spesenkonto. Dr. Daniel Weinberg musste schon ein Hardliner sein, um dem Charme seiner Tochter nicht zu erliegen.

Es war nicht leicht gewesen, Sandra davon zu überzeugen, mit ihm nach Amerika zu fliegen, um ihn endlich kennen zu lernen. Letztendlich konnte Tony auch nicht sagen, welches Argument den Ausschlag gegeben hatte.

Die Neugier auf das WRC, das über seltene Krankheiten forschte? Hatte er eine missionarische Ader in ihr getroffen, als er ihr von den Menschen erzählte, die ein Leben lang an einer Krankheit litten, gegen die es keine Medikamente gab? Auch wenn sie noch keine Ärztin war und noch nicht das Abitur geschafft hatte, konnte das noch werden. Sie konnte eine kluge Chefin werden, wenn sie sich mit den richtigen Beratern umgab. Voraussetzung war allerdings, dass der alte Weinberg von seinem patriarchalen Ross herabsteigen würde.

Oder hatte Tonys Frage »Was haben Sie zu verlieren« Sandra überzeugt? Euskirchen musste voller schlechter Erinnerungen für sie sein, und was geschehen war, übertraf durchaus eine griechischen Tragödie: Ihr Geliebter hatte sie betrogen. Ihr Halbbruder hatte ihr nach dem Leben getrachtet und ihre Mutter getötet. Ihr Vater wollte keine Tochter.

Tapfer hatte sie am Grab ihrer Mutter gestanden und ertragen, woran andere zerbrochen wären. Sie war eine Kämpferin. Gewonnen hatte Sandra bisher nicht viel, nur eine Perspektive, eine Chance.

Das war mehr als ihr Halbbruder Dr. Steven Weinberg hatte. Er war des Mordes an Berthilde Feldmann überführt worden. Seine DNA und seine Fingerspuren waren auf dem Kopfkissen, den Schuhen und dem Mantel gefunden worden. Schwester Mechthild hatte ihn wiedererkannt. Und er war als Stalker überführt worden. Er hatte das Auto gemietet, mit dem Sandra angefahren worden war. Er hatte die Drohungen per Brief, Zettel und SMS geschickt. Er war in ihre Wohnung eingebrochen und hatte den Stein durchs Fenster geworfen. Auch seine Fingerspuren auf dem Medaillon und der kleinen Tafel waren eindeutig. Sobald er in die USA abgeschoben war, galt der Fall für die deutsche Kriminalpolizei als gelöst.

Für Tony Harper nicht. Das Schlimmste stand ihm noch bevor.

Und das war nicht Dr. Daniel Weinberg, das war Zoe. Er hatte seine Freundin die ganze Zeit über telefonisch nicht ein einziges Mal erreichen können. Er hatte ihr seine Ankunftszeit auf dem Flughafen in Albany mitgeteilt und hoffte und bangte zugleich, dass sie dort auf ihn wartete, und es nicht tat. Wenn sie Sandra Feldmann in seiner Begleitung missdeuten würde, gäbe es Ärger. Außerdem hatte er keine Zeit, sich um Zoe zu kümmern, da er Sandr versprochen hatte, sie bis nach Springfield zu begleiten. Aber wenn Zoe nicht am Flughafen stand, konnte das auch bedeuten, dass sie ihn vergessen und abgeschrieben hatte.

Als Zoe dann am Flughafen tatsächlich nicht auf ihn wartete, war Tony enttäuscht und erleichtert zugleich – und rief ein Taxi.

»Ich steige nicht mit aus«, sagte er, als der Wagen vor dem Herrensitz in Springfield anhielt. »Aber ich warte hier eine Weile, falls ...« Er ließ den Satz unvollendet. »Geben Sie mir ein Zeichen?«

Sie nickte, drückte ihre Lippen auf seine Wange und sagte: »Danke für alles.« Dann stieg sie aus, ging mit sicheren und langen Schritten die Treppen hinauf. Er sah sie klingeln, warten und ihm den Rücken zuwenden.

Harper dachte an sein Konto. Eine Woche musste er Dr. Weinberg Zeit lassen, sein Honorar zu überweisen. Der alte Mann hatte einiges zu bewältigen.

Die Tür wurde aufgezogen. Die Frau erschien, die auch Tony Harper hinausbegleitet hatte, als er am 27. September – einen Monat zuvor – seinen Auftrag erhalten hatte. Sandra trat ein, und die Tür schloss sich hinter ihr.

Tony wartete und wartete, und das Taxameter lief und lief.

Martina Kempff

UMKEHRSCHUSS

Taschenbuch, 256 Seiten
ISBN 978-3-95441-386-7
10,95 EURO

Henkersmahlzeit in Katjas Einkehr?

Auf dem Friedhof im Grenzörtchen Kehr liegt eine Leiche.
Nicht, wie sich das gehört, ordentlich im Sarg, sondern mitten
auf dem Rasen. Mit einem Loch in der Brust. Die Polizei steht
vor einem Rätsel: Niemand kennt den Toten, nichts weist
auf seine Identität oder Herkunft hin. Wie kann man ohne
jeglichen Hinweis den Täter ermitteln? Doch dann führt die
erste Spur ausgerechnet in Katja Kleins Restaurant Einkehr: Im
Magen des Toten finden sich Bestandteile des schrägen Menüs
vom Vorabend. Wer hat dem schönen jungen Mann die Henkersmahlzeit serviert?
Für Katjas Freund, den belgischen Polizeiinspektor Marcel
Langer, ist das Grund genug, die deutsche Polizei mit unge-
wöhnlichen Ermittlungsmethoden zu unterstützen.

Schon zum achten Mal wird Martina Kempffs eigenwillige
Ermittlerin in einen Kriminalfall verwickelt.

KRIMINALROMAN

KBV

Stefan Barz

NIMMERWIEDERSEHEN

Taschenbuch, 272 Seiten
ISBN 978-3-95441-364-5
10,95 EURO

Der neue Roman des Jacques-Berndorf-Preisträgers

Tödliches Klassentreffen in der Eifel

Zwanzig Jahre nach dem Abitur treffen sich die Ehemaligen des Münstereifeler Gymnasiums auf einem abgelegenen Pferdehof, um ihr Jubiläum zu feiern. Cornelius Beck hat eigentlich keine Lust zu feiern. Er ist aus einem ganz anderen Grund zu dem Treffen gekommen: Als einziger glaubt er nicht daran, dass sein bester Freund damals einem Unfall zum Opfer gefallen ist, sondern dass er ermordet wurde. Heute ist er in die Eifel zurückgekehrt, um den Mörder zu einem Geständnis zu zwingen.

Mitten in der Nacht, während die anderen Jubilare feiern, verschwindet Cornelius. Als er wenig später tot auf einem Feld gefunden wird, steckt eine Heugabel in seinem Rücken. Der junge Kommissar Jan Grimberg nimmt die Ermittlungen auf. Kein leichtes Spiel, denn er muss tief in die Vergangenheit eintauchen, und außerdem hat er große Probleme damit, sich mit seinem neuen Partner Jürgen Wagner zu arrangieren, der nur seine Karriere im Blick zu haben scheint.

KRIMINALROMAN

Rosa & Thorsten Wirtz
**DIE KUNST
DER LETZTEN STUNDE**

Taschenbuch, 240 Seiten
ISBN 978-3-942446-68-6
9,50 EURO

Malu und Markus Poschen sind ein erfolgreiches Autoren-paar. Während ihre Krimis im Ausland die Bestseller-Listen stürmen, sind sie doch in ihrer Eifelheimat nahezu unbe-kannt. Als Markus beim Nordic-Walking buchstäblich über den schwerverletzten Lokalpolitiker Jean-Marie Caspers stol-pert, ist es mit der Eifeler Beschaulichkeit vorbei.
Wurde Caspers von den Gegnern des neuen Schulprojekts attackiert, für das er sich im Gemeinderat stark macht? Was ist dran an den Gerüchten über eine Beziehung zu einer Schü-lerin des Gymnasiums, an dem er als Kunstlehrer arbeitet? Die Poschens beginnen nachzuforschen - jeder in eine andere Richtung. Und ganz unerwartet schlägt der Täter ein weiteres Mal zu. Doch diesmal kostet es ein Menschenleben.

Das Krimi-Debut von Rosa und Thorsten Wirtz wurde vom nordrhein-westfälischen Eifel-Landkreis Euskirchen unter 44 Bewerbern ausgewählt und mit dem Jacques-Berndorf-Preis 2012 ausgezeichnet, der im Rahmen des Festivals »Nordeifel Mordeifel« als Förderpreis für Eifelkrimis verliehen wird.

KRIMINALROMAN

KBV

Ralf Kramp

ABENDLIED

Taschenbuch, 256 Seiten
ISBN 978-3-95441-357-7
10,95 EURO

**Herbie Feldmann ist wieder da –
und wie immer ist er nicht allein!**

Der in die Jahre gekommene Schlagerstar Teddy Marco muss
sich für eine Weile von seiner Fahrerlaubnis verabschieden
und engagiert ausgerechnet den »Spinner« Herbie Feldmann
als Chauffeur. Dummerweise steht ihnen nur ein schrottreifes
altes Wohnmobil zur Verfügung, mit dem sie nun von Auftritt
zu Auftritt durch die Eifel kurven.

Dass die Frohnatur Teddy Marco ein dunkles Geheimnis hütet,
dämmert Herbie, als eines Morgens im Laden von dessen
Freundin eine Leiche zwischen den Schaufensterpuppen liegt.
Und das ausgerechnet im Outlet-Center von Bad Münstereifel.

*»Der Fabulierkunst des Großmeisters Ralf Kramp sei es gedankt,
dass sich eine Menge skurriler Figuren vor unserem geistigen Auge
materialisieren.« (Heidelberg aktuell)*

*»Was für Köln ›Tünnes und Schäl‹ ist und für London ›Sherlock
Holmes und Dr. Watson‹, das findet in der Eifel seine gekonnte Ver-
schmelzung in Form von Herbie und Julius.« (krimi-forum.de)*

KRIMINALROMAN

Ingrid Schmitz

MORD IM KRIMIHOTEL

Taschenbuch, 272 Seiten
ISBN 978-3-95441-385-0
10,95 EURO

Ein Zimmer mit Leiche, bitte

Krimiautorin Lea Schein reist mit einer ordentlichen Portion Lampenfieber in das beschauliche Städtchen Hillesheim mitten in der Eifel. Dort blüht angeblich das Verbrechen. Selbstverständlich nur auf dem Papier. Inmitten der morbiden Atmosphäre eines Krimihotels soll sie mit ihren Lesungen den Wochenendgästen zu einem angenehmen Schauder verhelfen.

Aber nicht alle Anwesenden hat die spannende Kriminalliteratur hierhergelockt, wie Lea schon bald feststellen muss. Zum Entsetzen aller liegt plötzlich eine Tote auf dem Hotelparkplatz. Es handelt sich keineswegs um eine makabre Inszenierung, denn die Leiche ist echt! Lea Schein ermittelt – und diesmal nicht auf dem Papier.

KRIMINALROMAN

KBV

Carola Clasen

EIFELMADONNA

Taschenbuch, 288 Seiten
ISBN 978-3-95441-360-7
10,95 EURO

Ihr Wille geschehe!

Hauptkommissarin Sonja Senger genießt ihren Ruhestand und ist zu einer längeren Reise aufgebrochen, während ihre Nachfolgerin, die junge Kommissarin Frieda Stein, Sonjas einsames Forsthaus mitten im Nationalpark Eifel hütet. Eines Nachts wird dem Landidyll jedoch ein jähes Ende bereitet. Schüsse zerreißen die Stille, und Frieda findet einen toten Mann im Garten.
Ein verlassenes Auto und ein aufmerksamer Nachbar verraten der Mordkommission wenig später die Identität des Toten. Was der Mann aus Euskirchen jedoch mitten in der Nacht beim Forsthaus zu suchen hat, bleibt ein Rätsel. Auch von seinem Mörder fehlt nach wie vor jede Spur.

Frieda Stein versucht verzweifelt Kontakt mit Sonja Senger aufzunehmen, aber die ist einfach nicht zu erreichen …

»Carola Clasen hat die Eifeler Schwester der schrulligen Christie-Heldin Miss Marple erfunden.« (Kölnische Rundschau)

KRIMINALROMAN